trafo Taschenbuch

Jürgen Hargens

SUTER

oder

DAS CHAMÄLEON-PRINZIP

trafo

Bibliografische Informationen Der Deutschen Bibliothek
Die Deutsche Bibliothek verzeichnet diese Publikation
in der Deutschen Nationalbibliografie;
detaillierte bibliografische Daten sind im Internet über
http://dnb.ddb.de abrufbar

Impressum

ISBN 978-3-86465-033-8

trafo Literaturverlag
Finkenstraße 8, 12621 Berlin
Fax: 030/612 99 421
e-Mail: info@trafoberlin.de
www.trafoberlin.de
Satz & Layout: *trafo* Literaturverlag
Umschlagfoto: William Warby, 2012

Druck: SDL oHG, Berlin

Chamäleons (Chamaleonidae), artenreiche Fam.
der Reptilien, vor allem in Afrika und auf
Madagaskar heimisch, einige Arten lebendgebärend.
Eigenartig gebaute, bis zu 50 cm lange Baumeidechsen,
Körper seitl. zusammengedrückt, Greiffüße und
Wickelschwanz, die Augen unabhängig voneinander
bewegbar; Nahrung: hauptsächl. Insekten, die mit
langer, vorschnellbarer, klebriger Zunge gefangen
werden; Ch. sind zu starkem Farbwechsel fähig.

Kapitel 1 – Vorstellung

Ich bin mir sehr unsicher, ob ich nicht besser mit einer Art Entschuldigung beginnen sollte. Denn wenn Sie erfahren, was mich bewegt, dann könnte es leicht passieren, dass Sie mich in eine dieser Schubladen entsorgen, in die ich nicht hinein möchte. Das ist eine meiner Lebenserfahrungen, dass uns alles Ungewöhnliche einerseits sehr anzieht, dass wir aber andererseits zugleich ausreichend Abstand wahren wollen, um der Antwort auf die Frage auszuweichen, weshalb wir selber nicht ebensolche Sachen gemacht, sondern unseren Alltagstrott weitergelebt haben. Und da fängt das an, was ich gerade meinte. Denn ich höre schon einige sagen „Was bildet der Kerl sich denn ein! Wieso maßt der sich an, für uns alle zu sprechen? Der sollte doch erst mal vor seiner eigenen Tür kehren!“

Sie haben ja Recht. Oder doch nicht? Egal. Ich denke, es könnte helfen, wenn Sie etwas mehr von mir wissen. Dann können Sie mich gerne in die Schublade stecken, in die ich Ihrer Meinung nach hineingehöre. Aber doch nicht jetzt schon. Obwohl, das gestehe ich, auch ich oft der Versuchung nicht widerstehen konnte, ohne jede

Kenntnis und ohne jedes Wissen meine Gegenüber in die Schublade zu stecken, die mir am besten und nützlichsten erschien. Das half mir. Aber das sind andere Geschichten.

Ich selber habe das Arbeitsleben hinter mir. Bin also im Ruhestand, doch was heißt das schon? Nur mit und in Ruhe zu leben, ist doch kein Leben mehr. Etwas muss man schließlich tun. Daraus ziehe ich immer Energie. Und schaffe mir einen Sinn, der es mir wert ist, den Tag zu meistern. Ohne solchen Sinn wäre das alles ziemlich sinnlos. Und dann hätte ich nichts mehr von meiner Ruhe. Nicht umsonst kennt das gemeine Volk den Ausdruck Friedhofsruhe.

Was mir zunehmend bewusster wird, ist eine Ahnung meiner Endlichkeit. Damit meine ich nun nicht, dass ich sterben muss. Der Tod ist mir vertraut. Fast ein wenig zu vertraut. Vor etwa fünfzehn Jahren starb meine Frau. Einfach so. Ich war sehr glücklich mit ihr. Und eines morgens stand sie nicht mehr auf. Lag im Bett. Tot. Es gab keine Erklärung. Ich habe das überlebt, auch wenn ich heute nicht mehr so genau sagen kann, wie und weshalb. Der Gedanke an den Tod ist seitdem ein mehr oder weniger stiller Begleiter geblieben. Mir fielen dann meine Kinder ein und ich fand, ich hätte also auch meine biologische Funktion erfüllt. Für den Erhalt der Gattung gesorgt. Mit vier Kindern darf ich das sagen. Und dann dachte ich, was das wohl bedeuten könnte. Erwachsen. Gearbeitet. Kinder groß gezogen. Rente. Biologisch war ich, so dachte ich des Öfteren, überfällig. Hatte keine Funktion mehr. Denn auch sozial, in der Gemeinschaft, wurden die Alten wenig geschätzt. Ihr Wissen und ihre Erfahrung waren kaum gefragt. Die Entwicklung war zu schnell. Biologisch konnte ich abtreten. Hatte keine Funktion mehr. Das machte mich manchmal sehr traurig. Meine Zeit schien einfach um.

Wenn ich Ihnen verrate, dass ich in einer psychotherapeutischen Gemeinschaftspraxis meine Brötchen verdiente, dann passt das vermutlich ganz gut in die Vorurteilskiste, denn Psychos sind doch Leute, die selber eine Macke haben. Stimmt schon irgendwie. Und dennoch tut es mir gut zu wissen, dass eine solche Macke auch etwas ganz Persönliches ist. Meine Macke gehört mir. Die zeichnet mich aus. So wie Ihre Macke Sie auszeichnet. Aber darüber müssen wir jetzt nicht streiten.

Das ist auch so etwas, was mir im Gefolge des Todes meiner Frau und dem Großwerden der Kinder zunehmend bedeutsamer wurde. Ich hatte immer weniger Lust zu streiten. Wollte auch nicht mehr kämpfen. Wollte nur noch leben. Und mich daran erfreuen. Das war einige Jahre lang ein fast zu großes Vorhaben für mich. Jetzt geht es ganz gut. Mir gelingt es immer wieder, irgendeinen Sinn zu finden, der mich weitermachen lässt. Manchmal ist es nur der Genuss der Sinnlosigkeit, an dem ich mich erfreuen kann. Auch so eine Macke.

Zurück zur Rente.

Der Sprung war ziemlich heftig – von der täglichen Arbeit zur täglichen Selbstorganisation. Ich erfand eine neue Macke. Nach dem Aufstehen und der morgendlichen Routine, zu der eine ausgiebige Körperpflege ebenso gehörte wie ein umfassendes Frühstück mit Zeitung und Musik, blieb ich immer einige Minuten sitzen, um zu überlegen, was ich heute tun würde, um es mir gut gehen zu lassen.

Sie werden es nicht glauben, auf welche auch abstrusen Ideen ich da alles gekommen bin. Meine Lieblingsidee, die möchte ich Ihnen allerdings erzählen. Das hängt auch mit meinem früheren Beruf als Psycho zusammen. Ich fand schon immer, dass es eine meiner besonderen Stärken gewesen ist, bei vollständiger Präsenz unsichtbar zu bleiben. Das hat mir den Namen Chamäleon eingetragen. Ich kann es inzwischen genießen, ein Chamäleon zu sein. Im Job war das sehr hilfreich. Ich konnte handeln, ohne dass die Leute das Gefühl hatten, von mir bestimmt, beeinflusst oder unter Druck gesetzt zu werden. Sie hatten immer das Gefühl, dass sie selber die Helden der Geschichte wären.

Ja und dann geschah es eines Morgens. Die Nachrichten brachten wieder einmal viele Berichte über Unglücke, Tragödien, Anschläge und Morde. Da dachte ich, dass ich mit meinen Fähigkeiten doch der geborene Ermittler wäre. Unauffällig und doch auf Höhe des Geschehens. Ich musste damals lächeln und mir fielen viele solcher Gestalten ein. Nein, keine wirklichen Menschen, sondern Fernsehhelden. Das wär doch was, dachte ich und überlegte, wie ich in meinem Alltag zu einem solchen Krimiheld werden könnte.

Ja – und so fing ich damit einfach an. Nicht gewerbsmäßig – bewahre, denn ich lebe schließlich im Ruhestand. Nein, ganz einfach zu meinem eigenen Vergnügen. Und ein weiteres hielt mich davon ab, dieses Gewerbe offiziell zu praktizieren. Ich war schließlich nicht mehr der Jüngste und Fitteste, und ich wollte auf mich Rücksicht nehmen.

Eines hatte ich von Anfang an gelernt, gleichsam als Teil meines früheren Lebens. Ich war mir sehr klar und bewusst, dass das Wort, das ich verwenden würde, die Tat, die geschehen war, erst zu einer solchen – nämlich zu eben dieser – Tat machen würde. Mir fielen als erstes die Geisterfahrer auf der Autobahn ein, die eine ganze Zeit lang durch die Verkehrsnachrichten geisterten. Eben Geisterfahrer. Seit sie offiziell Falschfahrer hießen, waren sie vollständig aus dem öffentlichen Bewusstsein verschwunden und es gab sie einfach nicht mehr.

Das hat meine Empfindsamkeit gegenüber Worten verstärkt. So lese ich dann immer wieder einmal die Zeitungen unter eben diesen Aspekten: welche Tat wird durch das Medium konstruiert, wenn eben die Worte verwendet werden, die ich in der Zeitung lese. Und was würde passieren, wenn ich andere Worte gelesen hätte? Wäre es noch dieselbe Tat?

Ich weiß wohl, dass dies eine ganz andere Art von Held hervorbringen würde. Und schon fing mein Gehirn an zu arbeiten. Held? Wieso Held? Und da war ich dann schon mitten drin im Geschehen. Helden waren für mich immer eine Art Übermenschen gewesen – solche, die mich faszinierten und die mich zugleich abstießen, weil ich ahnte, dass ich nie ihre Klasse erreichen würde. Und wenn ich ehrlich bin, weiß ich auch nicht, ob ich das wollte. Denn Helden sind für mich immer irgendwie einsam. Weil sie übermenschlich sind. Ich wollte nicht einsam sein. Heldenhaft – das wäre schon etwas, aber eben menschlich heldenhaft. Nur würde das vermutlich nie jemandem auffallen. Eben zu menschlich und zu wenig heldenhaft. Denn wer kennt schon die Helden des Alltags?

Da war sie schon wieder, meine Idee des Chamäleons. Heldenhaft und unauffällig. Ich hatte Lust, das auszuprobieren, mir damit meinen Ruhestand freud- und lustvoller zu machen. Nur über das „wie“ hatte ich leider keinerlei Vorstellung. Dennoch war ich zuversichtlich. Der Volksmund sagt doch, der Appetit kommt erst beim Essen. Wieso sollte das bei meinem Vorhaben anders sein?

Ich freute mich.

Kapitel 2 – Erster Reinfall

Mitten im Frühstück meldete sich mein Nachbar.

Dazu müssen Sie allerdings wissen, dass ich in einem Mietshaus wohne. In den fünfziger Jahren sprach man von Mietblocks. Hingesetzt von Wohnungsbaugesellschaften, um den wachsenden Bedarf an Wohnraum zu befriedigen. Da blieb einiges auf der Strecke, was Dämmung, Isolierung, Energiesysteme und solche modernen Errungenschaften anging. Das zählte damals nicht. Und heute lässt sich das nicht mehr so einfach nachträglich einbauen. Auf diese Art meldete sich mein Nachbar – die Dusche rauscht, so dass ich immer mitbekomme, wie lange er braucht, um sich zu waschen. Aber an solche Geräusche habe ich mich gewöhnt und höre sie manchmal gar nicht mehr. Dann wundere ich mich später darüber und bin unsicher, ob mein Nachbar überhaupt aufgestanden ist, ob er sich gewaschen hat, ja, ob er überhaupt noch lebt.

Zeit, mich startklar zu machen. Mein erster Tag als Ermittler. Und ich hatte immer noch keine Ahnung, wie das gehen könnte. Sollte ich ein Gewerbe anmelden? Im

Telefonbuch nachschlagen, um einen Praktikumsplatz zu suchen? Ich schüttelte den Kopf.

„Du spinnst doch“, sagte ich zu mir. „Ermittler? Schnapsidee!“ Ich lächelte trotzdem. Ging, nachdem ich den Frühstückstisch abgedeckt hatte, in den Flur, zog meine festen Schnürschuhe an, eine warme Jacke mit Kapuze, setzte meine alte Schiebermütze auf und verließ die Wohnung. Die sechs Treppen bis ins Erdgeschoß waren auch ein Teil meines täglichen Fitnessprogramms. Einfach, praktisch und kostenlos.

Ich stieß die Haustür auf. Klarer Himmel. Kühle Luft. Die Luft roch irgendwie. Ich kann das nicht genauer beschreiben, doch ist dies sehr typisch für den Norden, wo ich lebe. Klar, frisch und riechbar. Solche Luft macht mich sofort gut gelaunt. Ich blieb vor der Haustür stehen und schaute erst einmal nach beiden Seiten. Ein breiter Fußweg, gepflastert, an der Straße in Abständen von knapp zwanzig Metern im Frühjahr gepflanzte Bäume.

„Keine besonderen Vorkommnisse“, registrierte ich. Schließlich musste ich meinen neuen Job ernst nehmen, auch wenn ich weder Auftrag noch Auftraggeber hatte. Es war ja der erste Versuch.

Ich schlug den Weg nach rechts ein, um in die Innenstadt zu kommen. Der Wohnblock lag weder direkt am Stadtrand noch in der Stadtmitte. Irgendwie dazwischen. Und genau so lebte es sich da auch. Dazwischen. Irgendwie.

Es war weder früh noch spät. Auch dazwischen. Kurz nach halb zehn. Arbeit und Schule hatten begonnen, die Supermärkte, die auf meinem Weg lagen, hatten auch geöffnet, der Autoverkehr war mäßig. Das war das einzige Glück meiner Wohnlage. Wenig Verkehr. Tatsächlich abseits. Aber nicht zu sehr.

Ich setzte einen Fuß vor den anderen, irgendwie in Gedanken versunken, mit Überlegungen beschäftigt, wie ich nun zu einem Ermittler werden könnte.

Mir kam eine Idee. Ich könnte doch erst einmal schauen, welche Menschen herumlaufen, von wem ich Aufträge annehmen würde und wer mir irgendwie verdächtig erschien. Gesagt, getan und nach einer guten halben Stunde war die Innenstadt erreicht. Sie unterschied sich kaum von anderen Innenstädten. Fußgängerzone wie überall. Mit denselben Geschäften, die ich in jeder anderen Stadt auch finde. „Die Städte haben ihr Gesicht verloren", dachte ich und fühlte mich ein wenig elend dabei. Ich schaute auf, sah die vorübereilenden Passanten an und merkte, wie groß mein Abstand inzwischen geworden war. Ich fühlte mich außen vor. Wurde wieder zum Chamäleon. Beobachtete. Machte meine kleinen Experimente. Kamen jüngere Leute direkt auf mich zu, so ging ich langsam weiter, wich nicht aus, bereitete mich auf einen Zusammenstoß vor, doch im allerletzten Moment drehte sich einer von ihnen rasch zur Seite, so dass es nur zu einer kaum wahrnehmbaren Berührung kam. Ich fühlte mich bärenstark.

Ich lächelte. „Das musst du auch", dachte ich, „dich bärenstark fühlen. Das ist so bei solchen Leuten."

Ich ging ein paar Schritte an die Seite, blieb vor der Auslage eines Juwelierladens stehen, achtete aber nicht auf die Auslage, sondern wandte ihr den Rücken zu. Ich schaute Leute an, die vorbeieilten. Wie immer war ich überrascht, wie viele Leute jeden Alters um diese Zeit unterwegs waren.

„Was tun die bloß?", fragte ich mich wieder einmal. Als ich selber noch meinen Job hatte, war mir das nie so aufgefallen. Ich erinnerte mich durchaus an meine eigenen Wege durch die Stadt. Während der Arbeitszeit. Doch jetzt kam mir das alles eher merkwürdig vor.

Ich verließ meinen Beobachtungsposten und zog weiter. Zum nächsten Beobachtungsposten. Die Cafeteria des größten Kaufhauses in der Innenstadt.

Die Cafeteria war, wie nicht anders zu erwarten, im obersten Stockwerk. Ich lächelte, denn der Weg dorthin war mit den Versuchungen des Einkaufs gepflastert und das vier Etagen lang. Ich hielt mich an der rechten Seite der Rolltreppe, um Eilige wie Rastlose vorbeizulassen und um meine eigene Ruhe und Gelassenheit zu spüren. Beides verstand ich als unabdingbare Voraussetzung, meine Umwelt zu beobachten.

Klar, um die Cafeteria zu erreichen, musste ich das ganze Stockwerk durchqueren, vorbei an Textilien, Spielwaren und CDs. Die ganze hintere Wand der Cafeteria bestand aus Fenstern – Helligkeit lud ein und zog an. Ich blieb zunächst einmal stehen, um mich zu orientieren und war erstaunt, wie viel Betrieb hier herrschte. Es war immerhin noch Vormittag an einem ganz normalen Arbeitstag.

Ich schaute mich in aller Ruhe um.

Zu meiner Linken schien der Kassenbereich. Dort wie auch ein Stück vor mir waren verschiedene Tische und Auslagen mit all dem aufgebaut, was der Gast sich nehmen konnte. Selbstbedienung. Leider auch Selbstbezahlung.

Ich suchte nach einem geeigneten Platz. Geeignet hieß in meinem Fall, freie Sicht auf den Eingang und die Tische, aber weit genug vom Geschehen entfernt, um nicht allzu sehr aufzufallen. Ich ging nach rechts an einen freien Tisch im Nichtraucherbereich, nahm meine Schiebermütze ab, legte sie deutlich sichtbar auf den Tisch – Reviermarkierung nennt man das in der Zoologie, glaube ich –, um dann an den Auslagen vorbeizuschlendern und zu schauen, was ich mir Gutes antun sollte. Im Grunde hatte ich überhaupt keinen Appetit, deshalb wählte ich einen Becher Tee, ging langsam zur Kasse, wobei ich immer umherschaute, bezahlte – „viel zu teuer", fluchte ich innerlich –, um dann zu meinem Tisch zurückzugehen und Platz zu nehmen.

Den Becher Tee hielt ich zwischen den Händen, wärmte sie, wobei mir diese Haltung eine gute und unauffällige Gelegenheit bot, mich umzuschauen.

Es saßen etliche ältere Leute hier oben. Ich musste lächeln. „Ältere Leute?“ Ich selber war doch auch alt und diese Leute waren nicht älter als ich. Ich nickte, ohne mir dessen bewusst zu sein und bekam das Gefühl, irgendwie dazu zu gehören. Einfach aufgrund meines Alters.

Interessant fand ich, dass es keine ältere Frau gab, die alleine saß. Entweder saß sie mit anderen Damen am Tisch oder mit einem Mann, wobei ich annahm, dass es sich dann um ihren Ehemann handelte. Ältere Männer saßen schon allein am Tisch. Meist mit einer Zeitung und einer Tasse Kaffee. Als Teetrinker fiel ich hier auf. Das musste ich mir unbedingt merken.

An den Tischen, an denen Frauen saßen, ganz egal wie alt, wurde viel geredet. Intensiv und angeregt. Waren Männer dabei, schien Schweigen angebracht.

Ich schaute weiter. An einem Tisch saß eine Gruppe Jugendlicher. Es fiel mir schwer, ihr Alter zu schätzen. Irgendetwas zwischen fünfzehn und zwanzig vermutlich. Nur Jungen. Bis auf zwei trugen alle diese Schirmmützen. Mit einem Reklamespruch oder einem Firmen- oder Vereinslogo. Sie tranken Cola und waren in ein lebhaftes Gespräch verwickelt. Ab und zu lachten sie – so laut, dass einige der älteren Männer ein wenig pikiert zu ihnen blickten. Doch davon nahmen sie keine Kenntnis.

Dann gab es den Tisch mit den auffallenden Charakteren, um mich ein wenig diplomatisch auszudrücken. Vier Männer dunkler Hautfarbe, mit Drei-Tage-

Bärten, die sich leise unterhielten. Sie fielen nicht nur wegen ihres Aussehens auf, sondern auch, weil die Tische in ihrer Nähe nicht sehr besetzt waren. Vermeidungsverhalten?

Meine Aufmerksamkeit pendelte zwischen den fremdländisch aussehenden Männern und den Jungen hin und her. Ich vergaß sogar, meinen Tee zu trinken, obwohl ich ihn teuer bezahlt hatte.

Als die Jungen aufstanden, was nicht ohne Turbulenzen, Geschiebe, Gestoße, Lachen und großer Unruhe abging, entschied ich mich, ihnen zu folgen. Sie verließen die Cafeteria und fuhren ins Erdgeschoß. Ich blieb ihnen mit Abstand auf den Fersen.

Als sie vor dem Büchertisch stehen blieben und den Grabbeltisch durchwühlten, fragte ich mich, was ich hier eigentlich tat. Ich schüttelte den Kopf, stand einfach da, vor einem Pfeiler, an dem Hinweisschilder auf die großartigen Sonderangebote hinwiesen. Ich schüttelte erneut den Kopf und überlegte, wie es weitergehen sollte.

„Ich werde ein paar Studien treiben“, sagte ich zu mir, „wie sich Leute im Kaufhaus verhalten. Es müsste doch möglich sein zu erkennen, wer hier etwas mitgehen lassen will …“

Das fand ich eine sehr gute Idee. Ich lehnte mich an den Pfeiler, nahm meine Schiebermütze ab, strich mir beinahe liebevoll über meine Halbglatze und wartete. Es war ein gutes Gefühl, im reißenden Strom der Passanten und

Kauflustigen einfach zu stehen, zu warten, nicht mitzuschwimmen, Zeit zu haben.

Ich weiß nicht, wie lange ich so gestanden habe, als ich hinter mir ein freundliches „Guten Tag, der Herr“ vernahm. Ein wenig erschrocken und irritiert sah ich mich um und blickte einem unauffällig gekleideten jüngeren Mann direkt in die Augen.

„Ja?“ Meine Stimme war ein einziges Fragezeichen.

„Sie stehen schon lange hier.“ Das war einfach eine Feststellung.

„Das ist doch nicht verboten, oder?!“ Ich wurde ein wenig ärgerlich. Meine Ruhe und Gelassenheit schwanden. Einige Leute blieben stehen, hatten offenbar mitbekommen oder gespürt, dass hier etwas in der Luft lag, schauten mit Neugier und hofften offenbar darauf, dass nun endlich ein spannendes Geschehen seinen Lauf nehmen würde.

Der Mann lächelte. „Das stimmt. Ich frage mich nur, welchen Grund Sie haben.“

Nun lächelte auch ich, denn ich hatte meine Gelassenheit wieder gefunden. „Das freut mich, dass Sie das interessiert, aber ich wüsste nicht, was Sie das angeht.“

Mit diesen Worten setzte ich meine Schiebermütze auf, nickte dem Mann zu und ging in Richtung Ausgang. Ich musste mich richtig durch einen kleinen Menschenauflauf zwängen, der sich dann, als ich abdrehte, auch in Bewegung setzte.

An der Außentür holte der Mann mich ein, stoppte mich, indem er mich mit seiner rechten Hand an der linken Schulter hielt. „Entschuldigen Sie bitte ...", begann er. Ich blieb tatsächlich stehen, drehte mich langsam um, schaute ihn direkt an – nicht in die Augen, sondern auf die Nasenwurzel, weil das viel leichter durchzuhalten ist, als der direkte Blick in die Augen, der den anderen nur aggressiv macht – und wartete.

„Ich", begann der Mann, während er mich langsam und unauffällig auf die Seite schob, so dass wir nicht mehr mitten im Ausgang standen und die Leute aufhielten, „ich bin hier angestellt als Kaufhausdetektiv." Er machte eine Pause. Jetzt lächelte ich. „Ein Kollege", dachte ich.

„Und Sie sind mir aufgefallen, weil Sie sich so anders verhalten haben und da wollte ich einfach nach dem Rechten schauen."

Das war ein herber Rückschlag. Ich, der unauffällige Beobachter, der verdeckte Ermittler, schon nach weniger als einer Stunde enttarnt. War ich doch ungeeignet? Hatte ich mich gnadenlos überschätzt? Oder mir bloß etwas angemaßt, was ein paar Nummern zu groß für mich war?

Ich atmete erst einmal tief durch, um ein Stück meiner Fassung wieder zu gewinnen. Dann versteckte ich mich hinter meiner Fassade des Fragens: „Aufgefallen? Was heißt denn das?"

„Ja, ich habe Sie oben in der Cafeteria schon gesehen. Da saßen Sie so herum ..." Er schien nach Worten zu suchen. „So ... irgendwie ... suchend. Dann sind Sie den Jungen bis unten gefolgt, haben sie beobachtet und sind stehen geblieben, so als ob Sie auf etwas Bestimmtes warten. Sie ließen sich so viel Zeit ...“ Er ließ den Satz einfach in der Luft hängen, die Stimme am Ende erhoben, als handle es sich um eine Frage.

Ich war sauer.

„Ach, nur weil ich Zeit habe, bin ich ... ja, was? Verdächtig? Das darf doch nicht wahr sein!“ Ich drehte mich um und ließ den Kaufhausaufpasser stehen. So ließ ich mit mir nicht umgehen.

Ich merkte, dass ich mich mehr über mich als über ihn ärgerte. Mein erster Versuch – ein Reinfall! Niederlagen schmecken mir nicht. Doch so schnell gebe ich nicht auf. Schon nach etwa zweihundert Metern mäßigte ich mein Tempo, ging an die Seite, blieb stehen, wandte mein Gesicht den Passanten zu und begann wieder zu schauen.

Ich überlegte, wie und woran ich den Kaufhausdetektiv hätte erkennen können. Und wenn ich wirklich so ein guter Ermittler gewesen wäre, hätte ich ihn doch erkennen müssen, oder?

Ich versank ins Grübeln.

Woran könnte ich denn erkennen, um was für Menschen es sich handelt? Diese Frage quälte mich jetzt. Und dabei hatte ich mein ganzes Berufsleben damit verbracht, mir immer wieder zu bestätigen, dass der Schluss vom

Äußeren aufs Innere fast immer ein Trugschluss ist. In diesem Moment eine deprimierende Einsicht. In meinem früheren Job sehr hilfreich, denn diese Ungewissheit hielt meine Neugier wach.

Ich merkte meinen Fehler. Ich wollte immer gleich und viel zu schnell alles wissen und können. Auf meine Neugier verzichten. Das konnte nicht gut gehen. Das würde auch nie gut gehen. So schnell hatte ich meine Lektion verlernt. Ich konnte jetzt wieder lächeln. „Da hatte der Reinfall doch etwas Gutes."

Diese Einsicht brachte mich in die Wirklichkeit der Fußgängerzone zurück. Ich hatte Hunger. Ich entschied mich für den Chinesen. Der hatte ein Mittagsbuffet. Und das hatte ich mir wirklich verdient.

Kapitel 3 – Gute Mahlzeit

Gelassen oder besser: gemessenen Schrittes durchquerte ich die Fußgängerzone in Richtung Marktplatz. Auch dieser Marktplatz unterschied sich kaum von denen in anderen Städten. Die mittelalterliche Kirche war von den anonymen Fassaden der Kaufhäuser in den Hintergrund gedrängt worden, so dass nur noch der Turm als unübersehbares Zeichen für einen Fußgänger sichtbar blieb. Der Marktplatz selbst wurde an drei Seiten von Häusern begrenzt, an der vierten Seite verlief die nur für Anlieger freigegebene Straße. Selbstverständlich hatten viele Leute ein Anliegen, so dass die Straße befahren war. Das galt im übrigen auch für die Fußgängerzone, in der morgens ab halb neun der Lieferverkehr die Fußgänger für Stunden zu besonderer Sorgfalt zwang.

Mich berührte das im Moment alles überhaupt nicht. Ich hatte ein Ziel. Ein sehr konkretes Ziel. Und ein nahrhaftes dazu. Ich ließ den Marktplatz rechter Hand liegen, bog nach links in die leicht abschüssige Straße ein, die seit dem letzten Jahr ein merkwürdiges Zwittergesicht trug. Einerseits verkehrsberuhigt, andererseits immer noch frequentiert. Aber auch das berührte mich nicht. Ich konnte nämlich schon mein Ziel sehen. Jedenfalls die an der Fassade angebrachte Schrift. Das Restaurant hieß – weder besonders überraschend noch besonders originell – *Peking*.

Ich stieß die Glastür auf, die nach innen aufschwang. Es war schließlich der Zugang zum Treppenhaus und noch nicht der zum Lokal. Der lag zwei Treppen höher. Und dort ging die Tür selbstverständlich wie bei jeder guten Kneipe nach außen auf. Sobald ich eingetreten war, befand ich mich in einer anderen Welt. Ein roter Samtvorhang wollte beiseite geschoben werden und öffnete den Weg in die ruhige, gedämpfte Atmosphäre, die ich jetzt gut gebrauchen konnte.

Die Tische, rechteckig, waren relativ klein, boten Platz für jeweils vier Personen. Auf einer roten Tischdecke waren jeweils vier helle Sets angeordnet, dazu die Bestecke und kunstvoll gefaltete Servietten. Mich erstaunte immer wieder, auf wie viel verschiedene Arten sich Servietten falten ließen. Zuhause war ich froh, wenn ich überhaupt an Servietten dachte und sie wenigsten einmal in der Diagonale gefaltet an die rechte Seite legte.

Zwischen den Tischen standen eine Art kleine Säulen, ebenfalls mit rotem Samt bekleidet, auf denen die verschiedenen Nippesfiguren Platz gefunden hatten, die hier bei uns mit China assoziiert werden. Dazu gehörte auch ein kleiner, ununterbrochen plätschernder Springbrunnen. Drachen spien das Wasser in eine kunstvoll gefertigte Schale, die so groß war, dass ich Angst hatte, sie würde herabfallen, wenn ich nur in ihre Nähe käme oder sie zu scharf anschauen würde. Auch wenn Wasser beruhigen soll, so suchte ich mir meinen Platz möglichst weit weg von diesem auf mich im Moment penetrant wirkenden Geräusch.

Kaum saß ich, da war auch schon eine aufmerksame, asiatisch aussehende Kellnerin lautlos an meinen Tisch getreten, schaute mich strahlend an und fragte in allerbestem hochdeutsch: „Möchten Sie das Büffet oder die Karte?"

„Ich glaube, ich nehme nur eine Kleinigkeit", erwiderte ich, wobei ich zu der Kellnerin, die kleingewachsen war, aufblicken musste. „Bringen Sie mir ruhig die Karte."

„Gerne. Vielen Dank." Und schon drehte die Kellnerin ab, um mir meinen Wunsch zu erfüllen.

„Einen Moment!" Ich wurde ein wenig lauter, was mir bei der in diesem Raum herrschenden Ruhe beinahe wie ein grober Verstoß gegen die guten Sitten vorkam.

„Bitte schön." Die Kellnerin hatte elegant gewendet, war zwei Schritte an meinen Tisch getreten und hatte sich verbeugt.

„Einen Jasmin-Tee hätte ich noch gerne."

„Sehr wohl."

Nun war dieser Teil des Mittags erledigt und ich schaute mich in Ruhe um. Das heißt, ich lehnte mich in meinem Stuhl zurück, schob die Füße beinahe unanständig weit nach vorne, kreuzte die Arme vor der Brust, lächelte ein wenig, lehnte meinen Kopf mit einem Seufzer in den Nacken, um mich dann nach vorn zu beugen, um den Raum zu inspizieren.

„Als Ermittler bist du ein Versager", sagte ich mir, denn mein auffälliges Benehmen war einfach nicht zu übersehen. Langsam durch den Raum gehen, laut mit der Kellnerin reden, mich strecken und seufzen – das war keineswegs ein Höchstmaß an gekonnter Beobachtung.

Ich war zwar nicht zufrieden mit mir, sprach mir aber dennoch Mut zu. „Wenn ich mich so normal auffällig verhalte, dann denkt doch kein Mensch daran, dass ich verdeckter Ermittler bin. Normalität schützt vor Entdeckung, oder?"

Ich war stolz auf diese Einsicht. Da kam der Tee und die Karte. Ich nahm mein Brillenetui aus der Jackentasche, setzte meine Lesebrille auf, schlug die Karte auf. Ich lächelte, denn mir war sofort klar, was ich wählen sollte. Ich hatte schließlich nur die Wahl zwischen mehr oder weniger opulenten Gerichten oder der üblichen Haifischflossen-Suppe sowie einer Frühlingsrolle. Die Entscheidung für letzteres war schon gefallen, als ich das Büffet abgelehnt hatte.

Da es noch früh am Tag war, kurz nach halb zwölf, das Restaurant hatte gerade erst geöffnet, waren die meisten Plätze noch frei, was mir sehr entgegenkam, denn ich brauchte meine Ruhe, um meinen ersten Reinfall zu verwinden. Bei so etwas war Essen und Trinken immer hilfreich. Je umfangreicher und ungesünder, desto besser. Aber da es noch früh war, nahm ich auf meine Kondition Rücksicht. Jetzt ein opulentes Mahl mit einem Gläschen Wein – oder zwei oder drei –, dann wäre der Tag gelaufen.

Ich aß langsam, schlürfte erst die Suppe, aß dann die Frühlingsrolle, gepflegt mit Messer und Gabel. Stäbchen lagen mir nicht. Also ließ ich es sein. Während meines Mahls füllte sich das Restaurant. Die in der Mitte stehenden Tische, jeweils zwei aneinander geschoben, wurden nach und nach mit all den chinesischen Kostbarkeiten und Kleinigkeiten gefüllt und die Gäste begannen, sich an diesem Büfett zu laben. Ich blieb noch ein wenig sitzen, weil ich ein Spiel mit mir spielte. Ich guckte mir zwei Gäste aus, von denen ich annahm, dass sie ihre Teller mindestens drei Mal füllen würden. Und ich guckte mir drei Gäste aus, von denen ich annahm, dass sie sehr vornehm tun würden, indem sie auf ihren Tellern jeweils kleinste Portionen aufluden. Ich gab mir eine halbe Stunde Zeit.

Das Ergebnis war sehr durchwachsen, um nicht zu sagen: schlichtweg enttäuschend. Ich hatte eine Trefferquote von unter 50% – im Grunde glattes Versagen. Schon wieder ein Reinfall. Heute war offenbar nicht mein Tag. Ich zahlte und verließ das Restaurant, ohne mich noch einmal daran zu erinnern, dass ich ja eigentlich beobachten wollte.

Als ich das Haus verlassen wollte, erwies sich das als ziemlich kompliziert. Eine große Menschenmenge hatte sich versammelt, so dass kaum ein Durchkommen war. Ein mühseliges Schubsen und Drängeln, mit bösen Blicken und wenig erfreulichen Kommentaren verbunden. Blaulicht drehte sich. Ich erkannte den Notarztwagen und mehrere Polizisten, die sich bemühten, die Menge zurückzudrängen und zum Weitergehen zu bewegen.

Ich war nun neugierig geworden.

„Was ist denn da los?“ fragte ich den neben mir stehenden Mann.

„Weiß ich auch nicht so genau“, erwiderte der, stellte sich dann auf die Zehenspitzen, um besser sehen zu können. „Irgendwie ein Unfall. Hat jemand gesagt.“

Ich blieb stehen, schaute mich um und merkte, wie ich von der Stimmung der Neugierigen erfasst und mitgerissen wurde. Jetzt hatte auch ich Witterung aufgenommen, musste unbedingt wissen, was los war und begann, mich ein wenig rüde nach vorne zu drängeln.

„Pass doch auf!“ „Blödmann!“ „Au, das tut weh!“ „So ein ungehobelter Klotz!“ „Spinnst du, Alter!“ Das war eine kleine Auswahl der Kommentare, die mich aber nicht abhielten, mich erfolgreich dem Zentrum des Geschehens zu nähern.

Ich war wohl ein wenig spät gekommen, denn außer einigen Polizisten und einer offen stehenden Tür des Notarztwagens sah ich nichts, was mir Aufklärung bieten könnte. Da entdeckte ich Frau Brendau, eine Klientin aus der Gemeinschaftspraxis, die vor zwei oder drei Jahren bei mir gewesen war. Wegen irgendeiner Familiensache. War eine irgendwie ziemlich verwirrende Familiengeschichte gewesen. Ich glaube, sie war nur zweimal da. Einmal alleine und einmal mit ihrem Mann und ein paar Kindern. Kinder hatten sie, fast hätte ich gesagt, im Überfluss. Ich glaube es waren sechs oder sieben. Und jetzt sah ich sie hier, neben dem Notarztwagen. In Tränen aufgelöst. Zwei Männer standen bei ihr. Einer hatte sie untergehakt, redete leise auf sie ein. Der andere stand einfach daneben, so, als ob er nicht dazu gehörte.

Das war ihr Mann, wurde mir klar, als ich ihn genauer ansah. Was hatte der sich verändert. Alt geworden, so dass ich ihn fast nicht wieder erkannt hätte. Also hatte das Ganze irgendetwas mit den Brendaus zu tun. Ich blieb stehen. Wartete.

Nach einer ganzen Weile, ich hatte inzwischen jedes Zeitgefühl verloren, fuhr der Notarztwagen ab. Mit Blaulicht. Die Brendaus standen immer noch an derselben Stelle. Die Polizei bemühte sich, die Menschenmenge, also auch mich, dazu zu bewegen, weiterzugehen, die Straße wieder frei zu machen. Ich wollte noch bleiben, doch das war nicht so einfach. Ich schwamm gewissermaßen gegen den Strom, musste den Menschen immer wieder ausweichen, um nicht mit weggeschoben zu werden.

Nach meinem Gefühl ging das alles ziemlich schnell. Bald standen nur noch drei Polizisten, der Mann neben Frau Brendau, ihr Mann und ich da. Frau Brendau blickte den Mann an, schüttelte den Kopf. Ich wusste nicht, ob ich mich bemerkbar machen sollte oder nicht. Die Entscheidung wurde mir abgenommen.

„Herr Suter!“ Jetzt hatte Frau Brendau mich entdeckt, was kein Wunder war, war ich doch der einzige Mensch, der in ihrer Nähe stand und sie anstarrte. Ich nickte kurz.

Frau Brendau sprach auf den Mann neben ihr ein, zeigte auf mich und der Mann winkte mich heran. Ich zeigte mit dem Finger auf mich, machte ein fragendes Gesicht und als der Mann nickte und erneut winkte, ging ich auf die beiden zu. Herr Brendau war inzwischen ein paar Schritte beiseite gegangen und hatte sich eine Zigarette angezündet.

„Es hat hier einen Unfall gegeben. Frau Brendau“, dabei schaute der Man sie kurz an, „ist ziemlich außer sich, braucht Hilfe. Sie sagt, Sie seien Ihr Therapeut?“ Das klang wie eine Frage.

Ich beeilte mich zu sagen, dass ich ihr Therapeut gewesen war, jetzt aber nicht mehr praktiziere.

„Ach so.“ Der Mann war ziemlich enttäuscht. Was ich gut verstehen konnte. Ich wartete einfach ab, nicht ohne mich ab und zu nach Herrn Brendau umzublicken. Er rauchte immer noch oder schon wieder.

„Ich fahre Frau Brendau und ihren Mann ins Krankenhaus, damit sie zur Ruhe kommen. Es wäre schön, wenn sie sich bei Ihnen melden könnten.“

„Hoppla“, dachte ich, „was ist das? Ein neuer Job? Als Therapeut? Als Ermittler? Oder werde ich wieder einmal ausgenutzt?" Aber das dachte ich nur. Laut sagte ich: „Klar, wenn Brendaus das wünschen, können Sie gerne in der Praxis anrufen. Ich sag dort Bescheid."

Ich fand das eine elegante Lösung und verabschiedete mich. Inzwischen war ein weiterer Krankenwagen gekommen, in den der Mann und das Ehepaar Brendau einstiegen. Ich blieb allein zurück. Es dauerte ein wenig, bis ich in meine Wirklichkeit zurückfand. Ich wollte Ermittler sein, hatte meinen ersten Reinfall erlebt, mich bei einem Mittagessen erholt und hatte jetzt das Gefühl, das alles wäre gar nicht mehr wahr und ich hätte eben etwas erlebt, was überhaupt nicht geschehen wäre, sondern was wie ein Film abgelaufen war, in den ich zufällig hineingeraten war. Ich hatte nicht einmal Eintritt bezahlen müssen.

Ich schüttelte den Kopf und machte mich auf den Heimweg.

Der verlief nun ganz anders, als erhofft. Bruchstücke der Arbeit mit den Brendaus gingen mir durch den Kopf, aber ich bekam die Geschichte nicht mehr so richtig zusammen. Der Unfall verwirrte mich genau so. Wer hatte den Unfall? Und wie schwer? Und was war mit den beiden Eltern?

Viele Fragen. Ich konnte mich jetzt tatsächlich entscheiden – wollte ich nichts davon wissen oder ermitteln?

So hatte ich mir das allerdings nicht vorgestellt.

Kapitel 4 – Geschäfte

Am nächsten Morgen stand ich ein wenig später auf als sonst. Das hatte mit dem Abend vorher zu tun. Ich war in die Kneipe gegangen, hatte ein bisschen geklönt, getrunken und war, wie nicht anders zu erwarten, ein wenig spät nach Hause gekommen. So ein nächtlicher Spaziergang von der Kneipe in die Wohnung hat leider nicht immer die von Ärzten propagierte Wirkung, beim Einschlafen zu helfen. Mich hatte der Spaziergang wieder wacher gemacht, so dass ich, zu Hause angekommen, die übliche Prozedur durchlief, doch als ich dann gewissermaßen bettfertig da stand, merkte ich, dass ich nicht mehr die richtige Bettschwere hatte. Deshalb zog ich mir meinen Bademantel über und ging in die Küche, auf der Suche nach etwas Trinkbarem. Ich machte das Licht in der Küche an, ging zum Kühlschrank, öffnete ihn und fand was ich suchte – eine angebrochene und gut gekühlte Flasche Weißwein. Ich lächelte.

Mit einem Wasserglas Weißwein und zwei Scheiben Kochschinken – ein nächtlicher Trunk macht mich immer auch hungrig – zog ich ins Wohnzimmer, ließ mich in den bequemsten Sessel fallen und lächelte weiter über mich.

„Du bist fertig, Alter“, dachte ich. „Wenn dich jetzt jemand so sieht, der denkt auch – so sind sie, die Alten. Gelangweilt, versoffen, verfressen und schlafgestört.“ Als ich dann noch merkte, dass ich ja nur mit dem Bademantel bekleidet da saß, lachte ich los. „Wie im Altenheim! Oder war das schon ein Pflegefall?“

Ich nahm einen großen Schluck Weißwein, biss in den Schinken und ließ es mir einfach gut gehen.

Ich hatte keine Ahnung, wie lange ich so da gesessen hatte, ich merkte nur irgendwann, dass mir kühl wurde, dass ich eingenickt war, dass Wein und Schinken verzehrt waren, dass es draußen tief dunkel war. Zeit, um wirklich ins Bett zu gehen.

Jetzt wissen Sie also, weshalb ich diesen Morgen später dran war als üblich. Ein Blick auf die Uhr zeigte es mir auch in aller Deutlichkeit: kurz nach neun. So lange hatte ich schon lange nicht mehr geschlafen. Doch noch ehe ich mich daran erfreuen konnte, störte der Lärm des Telefons meine Ruhe. Ich schüttelte den Kopf, ging in den Flur und nahm das Telefon aus dem Halter.

„Ja, hier bin ich. Wer da?“ Meine Laune war gesunken, und ich machte keinen Hehl daraus.

„Oh je, da stör` ich wohl den Pensionisten?“ Die Stimme am anderen Ende lachte, spottete und verbreitete gute Laune. Ich brauchte einen kleinen Moment, um sie zu erkennen: Hermann Meier, mein Kollege aus der Gemeinschaftspraxis. Mein ehemaliger Kollege, um genau zu sein. Manchmal hatte ich mich eben doch noch nicht so ganz an mein Rentnerdasein gewöhnt.

„Du störst. Wirklich." Ich lächelte jetzt auch, denn Hermanns guter Laune konnte ich mich kaum entziehen. „Für einen Psycho hast du wirklich die unnachahmliche Begabung zu stören, das sogar zu merken und trotzdem zu stören. Dieses dicke Fell zeichnet dich aus. Zu dir würde ich deshalb auch nie gehen."

„Herrlich!" Hermann genoss unser Spiel. „Aber mal im Ernst, mein Lieber."

Hermanns Stimme wurde plötzlich ernst, so dass ich richtiggehend erschrak. Was sollte das denn bedeuten?

„Ja?" Ich schaltete auf völlige Wahrnehmung, wurde wieder zum Chamäleon, das ruhig da saß, alles registrierte, ohne deshalb aber sofort zu reagieren. Wahrnehmen, abwarten, ruhig bleiben. Das war schon immer mein Motto gewesen.

„Weißt du", Hermann schien nicht zu wissen, wie er anfangen sollte. „Da kam gerade so ein etwas merkwürdiger Anruf. Eine Frau Brendau. Sie wollte dich sprechen. Als ich ihr sagte, dass du nicht mehr arbeitest, wurde sie fast wütend. Beinahe hätte sie mich regelrecht beschimpft. Und dich nannte sie einen Lügner, weil du ihr gesagt hättest, sie solle hier anrufen."

Mit einem Mal stand ich wieder vor dem China-Restaurant, sah die ganze Szene wieder vor mir. Fühlte mich unwohl. Unsicher. Erinnerte mich aber glücklicherweise auch an den Satz einer meiner Lehrmeister. „Wenn du nicht weißt, was du tun sollst, dann tu am besten gar nichts. Das richtet am wenigsten Schaden an." Auch so könnte ein Chamäleon beschrieben werden.

„Ja?" Ich blieb ruhig und fragend.

„Was, ja?" Ich konnte Hermanns Ungeduld beinahe körperlich spüren, selbst durch das Telefon.

„Ich hab sie gestern getroffen. Es war irgendein Unfall. Und Frau Brendau hielt mich immer noch für ihren Therapeuten, obwohl sie nur zwei Mal kam und das vor einigen Jahren. Und weißt du", ich dachte ich könnte jetzt eine gute Erklärung nachschieben, „da sie unter Schock stand, hielt ich es für das Beste, ihr nicht alles haarklein auseinanderzufriemeln, denn das hätte sie in der Situation sowieso nicht verstanden. Das weißt du doch selber." Jetzt klang ich vermutlich sogar ein wenig vorwurfsvoll. „Und deshalb habe ich ihr gesagt, dass sie in der Praxis anrufen kann. Klar, tut mir Leid, ich hab vergessen, dir vorher Bescheid zu geben. Aber so ist es mit den Ruheständlern. Die haben`s nicht mehr so eilig."

Stille am anderen Ende. Ich wartete auch. Ging ins Wohnzimmer, der Vorteil der schnurlosen Telefone, schaltete die Stereoanlage an, suchte eine CD heraus und legte sie ein. Währenddessen hörte ich Hermann zu, der inzwischen weiter redete.

„Ja, klar, das leuchtet ein." Hermann schien wieder die Ruhe selber. Er war auf dem besten Wege, meine Rolle als Chamäleon zu übernehmen. „Und da die Brendau so versessen darauf war, mit dir zu sprechen und mit niemand anderem, da hab ich ihr gesagt, ich würde dir das sagen und du würdest dich bei ihr melden und vorbeikommen."

„Bei ihr vorbeikommen?!" Ich erschauderte. Da hatte Hermann mir was eingebrockt.

„Klar doch. Du warst doch derjenige, der mir immer gepredigt hat, kundenorientiert zu arbeiten." Hermann lachte leise. „Das hab ich beherzigt. Und da du, das dachte ich mir so, niemanden so einfach in deine Wohnung lassen würdest, sondern deine Ruhe und Abgeschiedenheit bewahren möchtest ..." Hermann machte eine Pause, so als erwartete er eine Reaktion. Als ich ebenfalls wartete – zwei Chamäleons belauerten sich offenbar – fuhr er schlicht fort: „da habe ich es eben so gemacht. Also, Bernie, dann viel Spaß. Ach ja, ihre Adresse. Am Stadtpark 12 und Telefon ist sieben fünf drei sechs acht. Viel Spaß!" Und damit hatte er aufgelegt.

Ich hielt das Telefon in der Hand, starrte die Stereoanlage an und begann langsam wach zu werden.

Das, was in solchen Situationen immer hilft, sind verlässliche Rituale. Deshalb ging ich erst einmal zurück in die Küche, um mein Frühstück vorzubereiten. Zwei Scheiben Brot toasten, Kaffeemaschine mit Wasser füllen, Kaffee einfüllen, Maschine anstellen, die zwei Scheiben aus dem Toaster nehmen, Butter drauf streichen, auf das eine eine Scheibe Schinken legen, das andere dick mit Nutella bestreichen, Zeitung aus dem Briefkasten holen, auf den Tisch legen, geschmierte Scheiben Toast samt Teller dazu stellen, Milch aus dem Kühlschrank auf den Tisch stellen, ab ins Bad, duschen und anziehen.

Diese vertrauten Abläufe und Handgriffe funktionierten ohne Nachdenken, ich lief gewissermaßen auf Autopilot und konnte dabei meinen Gedanken nachhängen. Als ich dann das nächste Mal die Küche betrat, war ich wieder Herr meiner selbst und freute mich auf den Tag.

Lächelnd, gut gelaunt und bestens gestärkt, räumte ich den Tisch ab und ging zum Telefon. Das war doch das, was ich die ganze Zeit gewollt hatte – Beobachter zu sein, verdeckter Ermittler zu werden und hier bot sich ganz offenbar eine einmalige Chance. Ich drückte die Tasten sieben fünf drei sechs acht nacheinander und wartete.

„Zur Zeit ist niemand erreichbar ...“ Ich kannte diese Ansagen zur Genüge und sagte am Ende mein Sprüchlein auf: „Hier spricht Herr Suter. Frau Brendau, Sie hatten um meinen Anruf gebeten. Der Herr Meier hat mich gerade angerufen. Ich denke, ich werde heute am späten Nachmittag noch einmal“, da meldete sich Frau Brendau.

„Hallo, Herr Suter. Schön, dass Sie anrufen.“

„Ist doch klar, oder? Wie geht es Ihnen denn heute?" Ich wollte einfach etwas mehr erfahren, ohne gleich zu aufdringlich zu wirken.

„Na ja, es geht. Lasse liegt noch in der Klinik. Ach, das wissen Sie ja gar nicht. Der Lasse hatte den Unfall. Glücklicherweise nicht so schlimm, wie ich es befürchtet hatte. Aber ..." Frau Brendau stockte, ich hörte sie schluchzen und wartete einfach.

„Ich denke, ich weiß auch nicht, aber ..." Frau Brendau kam ins Stottern, so dass ich weiter wartete, allerdings ein vernehmliches und hoffentlich positiv ermunterndes „hmm" in den Hörer brummte.

„Ja, es gibt da so einige Sachen, vielleicht ... und ich denke, ich würde gerne 'mal mit Ihnen darüber sprechen, denn das letzte Mal, das war sehr hilfreich und gut. Und ich glaube eben nicht an Zufälle und wenn Sie dann schon da waren, dann dachte ich, also ich würde gerne wieder einen Termin bei Ihnen machen. Aber ich habe gehört, Sie arbeiten gar nicht mehr und nun weiß ich nicht, wie ich das hinkriege."

Frau Brendau redete und redete, so als stünde sie unter großem Druck. Damit hatte sie natürlich meine Neugier nicht nur geweckt, sondern riesengroß gemacht. Am liebsten wäre ich gleich los marschiert, aber das hielt ich denn doch für übertrieben. Deshalb unterbrach ich sie erst einmal.

„Ist gut, Frau Brendau, ich denke, es spricht nichts dagegen, einen Termin zu machen." Sie unterbrach mich sofort: „Das finde ich ganz toll von Ihnen, Herr Suter. Danke!"

Ich bemühte mich, diese Begeisterung ein wenig abzumildern, da ich keine Ahnung hatte, worauf sich Frau Brendau bezog und woran sie sich so begeisterte. Ich merkte, dass ich mich kaum an die Sitzungen erinnerte. Aber bei ihr musste da etwas geschehen sein, und ich hatte überhaupt keine Ahnung, was.

„Also …" ich unterbrach ihren Ausbruch und bemühte mich, wieder geschäftlich zu werden. „Ich arbeite nicht mehr in der Praxis, die Sie ja kennen, aber ab und zu mache ich noch ein bisschen. Aber dann gehe ich zu den Leuten hin. Also, wenn Sie gerne einen Termin möchten, dann würde ich zu Ihnen kommen. Ist das in Ordnung?"

Frau Brendaus Reaktion verwirrte mich noch mehr. Sie schien restlos begeistert. Auf was hatte ich mich da gerade eingelassen?

Ich bremste ihre Euphorie, indem ich ihren Vorschlag, am besten gleich am Nachmittag vorbeizuschauen, ablehnte. Klar, es war eine fadenscheinige Ausrede, aber ich merkte, dass ich ein wenig Zeit brauchte, mich zu orientieren. Wir verabredeten uns für übermorgen. Zehn Uhr am Morgen.

Kaum war das Gespräch beendet, merkte ich, was mich jetzt besonders verwirrte. Ich hatte mich auf ein Treffen am Morgen eingelassen, zu einer Zeit, wo die Kinder mit

Sicherheit in der Schule und der Mann zur Arbeit wären. Ich würde also der begeisterten Frau Brendau in ihrer Wohnung ganz allein begegnen. Ich lächelte: „Ein Fall für das Chamäleon. Es ist wieder im Geschäft.“

Mit diesen Gedanken machte ich mich ans Saubermachen.

Kapitel 5 – Am Stadtpark

Die beiden letzten Tage hatte ich es mir – nach dem Telefonat mit Frau Brendau – gut gehen lassen. Meine Alltagsrituale genossen – ein wenig laufen, spazieren gehen, Fahrrad fahren, gut essen und trinken, Freunde treffen, ein gutes Buch lesen und die Blumen anschauen. Das war nämlich etwas, was mich weiterhin mit meiner Verstorbenen verband. Ich habe ihre Blumen übernommen und pflege sie. Dazu muss ich gestehen, dass ich im Grunde gar kein Händchen für so etwas habe, so dass bei mir vor allem das eher unverwüstliche Grünzeug herumsteht. Aber auch zwei Orchideen, wunderschön anzusehen. Von meiner Mutter wusste ich, dass Orchideen etwas Besonderes waren und einer entsprechenden Aufmerksamkeit und Behandlung – mir fiel kein passenderes Wort ein – bedurften.

Meine Frau hatte mich gelehrt, dass es einen Kniff gab, der das Ganze einfacher machte und zu den Ergebnissen führte, die ich nun bei mir bewundern konnte – volle Blütenpracht und das monatelang. Und das alles nur, weil ich die Orchideen einmal in der Woche in ein Bad mit erkaltetem abgekochten Wasser stellte. So leicht kann es manchmal sein, vorausgesetzt man hatte wie ich eine gute Lehrmeisterin.

Heute morgen wehte ein kühler Wind, wie ich beim Öffnen des Klofensters feststellen konnte. Deshalb zog ich mir meine feste Winterjacke an, als ich mich auf den Weg zu Frau Brendau machte.

Am Stadtpark zwölf. Beste Wohngegend, oben auf der kleinen Erhebung, der einzigen, die diese Stadt aufzuweisen hatte. Auf der Höhe, gewissermaßen ganz oben, lag der Stadtpark. Nicht allzu groß, mit altem Baumbestand. Alles Laubbäume, einige schon so alt, dass sie sich zur Seite neigten. Dazwischen nur Gras und Wege. Keine Blumen. Also kein Park, der zum Genießen und Ausspannen einlud, denn dazu spendeten die Bäume zu viel Schatten, verdüsterten den Blick. Im Sommer, wenn es denn hier so richtig warm wurde, ein beliebter Platz. Um diese Jahreszeit weniger. Da war der Stadtpark eher der Auslauf der vielen Hunde, die hier in der Gegend heimisch waren. Hunde schienen mittlerweile neben dem Auto zu einem Statussymbol geworden zu sein. Mir war das ein Gräuel. Zuviel Abhängigkeit. Täglich ausführen. Füttern. Kämmen. Und das Hundeklo stellte besondere Anforderungen. Überall standen inzwischen die Säulen mit den Tüten, in die die Hundebesitzer die Haufen ihrer Lieben hineinschaufeln sollten, wenn sie es denn taten.

Ich lächelte, als ich den Stadtpark betrat.

Die Häuser, ich denke, ich sollte besser sagen: Villen, lagen gewissermaßen eine Etage tiefer, unterhalb des Stadtparks, um die Erhebung herum, mit freiem Blick auf die Stadt. Diese Blicke gingen aber hinten heraus. Vorne zeigten die Häuser wenig von sich. Vorgärten, sehr bewachsen, die vieles abschirmten. Zäune, die ungebetene Gäste abhielten. Grundstücke von einer Größe, wie man sie heute nicht mehr in einem Wohngebiet finden würde.

Ich näherte mich der Nummer zwölf, verlangsamte meinen Schritt. Plötzlich fiel mir ein, dass ich so gut wie nichts über Familie Brendau wusste. Nicht nur, dass ich mich an die Sitzungen nicht mehr erinnern konnte, ich hatte es auch versäumt, in meinen alten Unterlagen zu suchen.

„Alter Esel!", schimpfte ich mit mir und hielt erst einmal an, schaute mich ein wenig suchend um. Suchte ich etwas? Ich wusste doch, wo es hin ging. Aber dieses Wissen konnte eben auch sehr verwirrend und irritierend sein.

Die Nummer zwölf war an der Pforte am Zaun angebracht. Ein kleines, unauffälliges Schild. Das war mir angesichts der Villenpracht wiederum sehr sympathisch. Oder war es nur bestes Understatement?

Das Haus hatte drei Etagen, zwei Türmchen auf dem Schieferdach, frisch weiß gestrichen. „Für mich unerschwinglich", dachte ich und merkte, dass ich anfing, mich kleiner zu fühlen. Ich kannte solche Reaktionen von mir, wusste, dass der äußere Schein Wirkungen dieser Art entfalten konnte. Deshalb blieb ich weiter stehen, atmete tief durch, blickte zurück, den Weg nach oben, den ich gekommen war. Ich lächelte. „Ich komme schließlich von oben herunter." Das half. Ich öffnete die Pforte und betrat den schmalen Aufgang zur Haustür. Schmal, weil an beiden Seiten Gehölze den Weg und den Blick begrenzten. Ich hatte keine Ahnung, wie diese Gehölze hießen und meine biologische Unsicherheit ärgerte mich ein bisschen. Um mich zu beruhigen, überlegte ich, wo denn Brendaus ihr Auto parkten. Von einer Auffahrt keine Spur. Ich stand vor der Tür, doppelflügelig, Holz, ganz dicht und undurchschaubar, ein Metallklopfer am rechten Flügel, den ich anhob und auf die Metallplatte fallen ließ. Ich wartete.

„Ja?" Die Stimme erschreckte mich und ich schaute mich suchend um. Eine Gegensprechanlage, die in die Wand neben der Tür auf eine so raffinierte Art eingelassen war, dass ich sie nicht entdeckt hatte.

„Guten Tag. Hier ist Bernfried Suter." Wieso, dachte ich, fühle ich mich fast ein wenig ausgezogen und unsicher, hier meinen Vornamen zu nennen. Wie stellt man sich vor einer Gegensprechanlage vor? Hier bin ich? Hier Suter? Keine Ahnung.

„Herr Suter." Die Stimme klang sehr freundlich. „Einen Moment."

Der Türöffner summte, und ich drückte den linken Flügel auf. Vor mir ein langer dunkler Flur. Sehr hoch. Ein tief dunkelroter Läufer erstreckte sich über den ganzen Boden. An den Wänden einige Lämpchen, die ein eher spärliches Licht verbreiteten. Ich fühlte mich unwohl, zögerte. Da trat Frau Brendau aus einer der vielen Türen, die vom Flur abgingen. Sie kam direkt auf mich zu, gab mir die Hand.

„Ich freu' mich, dass Sie gekommen sind. Vielen Dank." Dabei strahlte sie mich an und ich hatte den Eindruck, dass sie meine Hand viel zu lange festhielt.

„Ja." Mir fiel nichts Gescheites ein.

„Oh, bitte", Frau Brendau ließ meine Hand los, lächelte mich an, zeigte auf die Garderobe, die in einer Nische in der Mitte des Flurs untergebracht war. „Legen Sie ab."

Ich ging die vier, fünf Schritte zur Garderobe, zog meine Jacke aus, nahm einen Bügel, hängte die Jacke darüber und beides dann zurück auf die Garderobe.

„Ich habe Kaffee und Tee gemacht. Darf ich Ihnen etwas davon anbieten?"

Frau Brendau stand inzwischen vor einer geöffneten Tür, so dass sie wie ein Lebewesen aus einer anderen Welt aussah. Das Licht von hinten betonte die Silhouette ihrer Figur und ich nahm mir Zeit, sie jetzt erst einmal aufmerksam anzuschauen. Sie trug einen langen grünen Wickelrock, darüber ein weites T-Shirt, in passendem Grünton, zwei große, ich vermute hölzerne Ohrringe und eine Halskette aus demselben Material. Sie stand lächelnd in der Tür, irgendwie einladend und wartete, dass ich mich äußerte und mich näherte.

Plötzlich wurde mir heiß. Ich merkte, was mich so verunsicherte. Früher, als ich noch arbeitete, war mir der Rahmen immer klar und eindeutig. Ich war der Psycho und trat auch als solcher auf. Jetzt war ich der Psycho im Ruhestand, und dafür gab es in Situationen wie dieser kein Modell. Ich hatte ganz einfach meine Rollensicherheit verloren. Und Frau Brendau hatte ihr Heimspiel. Das war ein Vorteil für sie.

Ich schüttelte leicht meinen Kopf, was Frau Brendau bemerkte und mit einem Lächeln und einer Frage quittierte: „Ist irgendwas? Sie scheinen so ..." Sie machte eine kurze Pause. „So ... ich weiß gar nicht, wie ich das sagen soll."

Wir standen uns im Flur gegenüber. Frau Brendau in der Tür, ich davor – vor der Tür und vor ihr. Wieso blieb sie stehen? Ich hing noch dieser Frage nach, als sie sich zur Seite drehte und mich mit ihrer Geste aufforderte, einzutreten. Ich musste an ihr vorbeigehen, was eine flüchtige Berührung unausweichlich machte. Ich atmete ihren Geruch ein. Ich ging rasch weiter, wollte mich nicht in Gerüchen und Düften verlieren. Das erinnerte mich zu sehr an meine Vergangenheit, an meine Verstorbene. Ich konnte sie heute noch riechen. Ich brauchte nur die Augen zu schließen, an sie und an bestimmte Situationen zu denken, dann kroch ihre Wärme an mir hoch, dann schien ein vertrauter Duft auf mich herabzufallen, mich einzulullen und mich in eine andere Wirklichkeit zu entführen.

Dann verlor ich mich, war nicht mehr ganz Herr meiner selbst. Und hier konnte und wollte ich nicht die Kontrolle verlieren, mich auf Wegen verlaufen, die überhaupt nichts mit dem Geschehen zu tun haben. Normalerweise suchte ich in solchen Situationen das Alleinsein, das mit mir allein sein. Nur ging das hier und heute überhaupt nicht. Ich ging einige Schritte wie in Trance, hörte Frau Brendaus Stimme „Bitte, nehmen Sie doch Platz“, setzte mich auf den Sessel vor dem Fenster. Ich freute mich, dass meine unbewussten Kontrollmechanismen doch noch funktionierten, denn auf dem Sessel vor dem Fenster konnte ich am besten sehen und am schlechtesten gesehen werden.

Mein „System unbewusst“, so nannte ich es, übernahm glücklicherweise die Kontrolle, so dass ich das Geschehen einfach geschehen lassen konnte.

Ich schlug die Beine übereinander, lehnte mich zurück und hatte das Gefühl, ich wäre jetzt der Zuschauer in einem Spiel, das noch nicht bekannt war. Ich merkte nur, dass mir das Zuschauen gefiel und ich mich zu freuen begann. Das wiederum erhöhte meine Lust, mitzuspielen.

Um ganz ehrlich zu sein – aber das dürfen Sie niemandem erzählen –, sobald meine Rolle als Psycho wegfällt, habe ich immer das Gefühl, meine Deckung zu verlieren und schutz- wie wehrlos den Bedingungen ausgeliefert zu sein. Meine Kompetenz und mein Können waren ganz einfach daran gebunden, immer Psycho zu sein und alles andere dem unterzuordnen.

Diese Erkenntnis ließ mich lächeln. Ich war wieder bei mir, aufmerksam. Der Psycho und ich bildeten nun ein Team. Die Eingangsphase war vorbei. Das schien auch Frau Brendau klar, als sie mich fragte, was ich denn nehmen würde. Ich wählte Tee. Sie stand auf, um den Tee zu holen, was mir Gelegenheit bot, mich im Zimmer umzuschauen.

Hinter mir ein großes Fenster, das einen wunderbaren Ausblick auf die Stadt bot, die sich am Fuße des kleinen Hügels erstreckte. Der Anblick zog mich so in seinen Bann, dass ich aufstand und ans Fenster trat. So hatte ich meine Stadt noch nie gesehen.

„Ich finde den Ausblick auch bezaubernd." Frau Brendau war wieder eingetreten, hatte den Tee und alles, was dazu gehörte, auf den Tisch gestellt und stand neben mir.

„Ja, umwerfend", stimmte ich ihr zu. „So einen Blick hat man sonst nie. Von keiner Stelle aus."

„Stimmt, ja." Frau Brendau schaute und so standen wir einige Zeit nebeneinander. „Das war auch eine der ganz tollen Sachen, als ich meinen Mann kennen lernte. Dieses Haus, dieser Ausblick. So etwas kannte ich gar nicht." Sie schaute mich mit einem Lächeln an, das nicht mir galt, sondern ihre Erinnerungen untermalte und bestärkte.

„Das Haus gehört Ihrem Mann?" Ich begann, geschäftsmäßiger zu werden, Informationen abzufragen. Schließlich war ich nicht zum Tee trinken hier. Zumindest nicht nur zum Tee trinken.

„Ja, ja." Frau Brendaus Ton veränderte sich. Sie schien zurückzukommen, ihre Erinnerungen abzustreifen. „Im Grunde nicht meinem Mann. Der Familie. Ich glaube, das Haus gehörte schon immer den Brendaus. Sie haben es gebaut, vor etlichen Jahren. Ich weiß gar nicht, ob es Peers Eltern waren oder seine Großeltern. Ich weiß noch, als Peer mich das erste Mal hierher mitnahm." Sie schüttelte den Kopf, wandte sich um, ging aufs Sofa zu und setzte sich, wobei sie mich mit einer Geste einlud, es ihr gleichzutun.

Ich setzte mich wieder in meinen alten Sessel, auf meinen Beobachtungsposten.

„Ich weiß es noch wie heute. Ich war damals ein ganz junges Ding. Teenager. Wollte nicht so werden wie meine Eltern. Na ja, das werden Sie wissen, Sie sind ja vom Fach."

Jetzt hatte mich Frau Brendau genau dort, wo ich mich am sichersten fühlte. Ich stimmte ihr zu und begann, mich dafür zu interessieren, weshalb sie mit mir sprechen wollte.

Kapitel 6 – Familiengeschichten

Ich muss bekennen, dass mich das Treffen, das Gespräch, die Begegnung – ich weiß gar nicht, welche Bezeichnung die treffendste ist – mit Frau Brendau ziemlich mitgenommen hatte. Ich war kaputt. Ich wusste lange Zeit nicht, welche Rolle ich für Frau Brendau spielen sollte, aber, viel belastender, ich brauchte viel zu lange, um für mich selber eine Rolle zu finden, in der ich mich zurecht fand.

Frau Brendau fing einfach an zu erzählen und ich wusste nicht, war ich hier als Mann gefragt, als Fachmann, als Freund? Oder wollte ich nur meine neue Rolle als verdeckter Ermittler ausprobieren? Sollte, wollte oder musste ich der Wahrheit auf die Spur kommen, herausfinden, was tatsächlich dahinter steckte oder wäre es passender, eine ganz andere Geschichte zu finden, die ebenso passend sein könnte?

Frau Brendau wollte ihre Geschichte loswerden, sie in ihren Worten erzählen. Aber warum mir? Darüber rätselte ich nach, zumal Frau Brendau auf meine diesbezüglichen Fragen – „Wieso erzählen Sie das mir?" „Was erwarten Sie von mir?" „Wenn ich Ihre Geschichte kenne, was soll ich dann mit diesem Wissen tun?" – eher ungehalten reagierte. „Sie wissen doch noch gar nicht, um was es sich dreht, oder?" Das klang schon ein wenig aggressiv. Oder trotzig. Auf jeden Fall eindeutig so, dass Frau Brendau keinen Zweifel daran ließ, dass sie ihre Geschichte, warum auch immer, los werden wollte und dass ich in der Geschichte, die danach kam, von ihr für eine noch unbestimmte, aber ihr möglicherweise schon sehr klare Aufgabe vorgesehen war.

Ich rief das Chamäleon zu Hilfe. Und es half mir, so dass ich zunächst einfach zuhörte, gelegentlich leicht mit dem Kopf nickte und mit den Augen irgendeinen Punkt an der Decke fixierte, hin und wieder meine Sitzposition veränderte oder meine Teetasse zur Hand nahm, Tee schlürfte und die Tasse mit einem kleinen Geräusch zurückstellte. Das waren die Chamäleonstrategien, Frau Brendau dezent darauf aufmerksam zu machen, dass sie einen Zuhörer hatte.

Sie begann in ihrer Jugend. Vermutlich hatte sie zu viele Bücher über die Tiefenpsychologie oder von und über Freud gelesen, so dass sie dachte, sie müsste so weit ausholen. Ich hatte Mühe, meine Ungeduld im Zaume zu halten.

Frau Brendau, Lisa, um genau zu sein, war die jüngste von drei Töchtern des Tischlers Friedrich Meller und seiner Frau Amelie. Der Vater war eher klassisch erzogen, um es freundlich auszudrücken. Er erwartete, dass seine

Familie funktionierte, wie es das väterliche Oberhaupt vorsah.

Ich versuchte es mit einem freundlichen Einwand. „Frau Brendau, es gab doch diesen Unfall vor drei Tagen. Mit Lasse..."

Sie unterbrach mich sofort. „Unfall?!" Sie richtete sich dabei im Sofa auf, als sie dieses Wort aussprach. Mit unüberhörbarem Fragezeichen. Sie schrie es beinahe. Dann sackte sie wieder zurück und starrte vor sich auf den kleinen Tisch, der eine natürliche und kaum zu überwindende Barriere zwischen ihr und mir darstellte.

Jetzt war es an mir, verwirrt zu sein. „Sie haben mir doch selber davon erzählt, dass der Lasse einen Unfall hatte..."

Es dauerte, bis sie wieder da war und weiter redete.

„Das dachte ich auch, aber inzwischen bin ich mir da nicht mehr so ganz sicher. Aber vielleicht bin ich auch nur ein bisschen durcheinander." Dabei warf sie mir einen Blick zu, den ich nur als flehentlich bezeichnen konnte. „Herr Suter, seien Sie ehrlich, bitte." Wieder dieses Flehen in ihrem Ausdruck. „Halten Sie mich für überdreht? Für verrückt?"

Was sollte das denn jetzt? Das dachte ich. Laut sagte ich: „Wie kommen Sie denn darauf? Wieso sollte ich das?"

Damit hatte ich einen Hahn aufgedreht, aus dem es jetzt nur noch so floss.

„Peer glaubt das. Er hält mich für überdreht. Und er lässt es mich spüren. Und er verspottet mich. Er sagt immer, ‚Ach du mit deinen blöden Ängsten. Siehst hinter allem und jeden nur das Böse und Schlechte.' Dann dreht er sich um. Ich kann mit ihm nicht reden."

Frau Brendau schluchzte, hatte irgendwo aus dem Wickelrock ein Taschentuch herausgezogen, putzte sich vernehmlich die Nase, wischte sich über die Augen und richtete sich auf mit den Worten: „Bitte entschuldigen Sie meinen Ausbruch." Dann stand sie auf und verließ den Raum. Jetzt hatte ich Zeit, mich zu sortieren.

Was hatte ich gehört? Nicht wirklich viel. Ich war mir sicher, dass Frau Brendau eine Geschichte im Kopf hatte, die ganz offensichtlich mit der Familie zu tun hatte. Nur – mit welcher? Mit ihrer eigenen? Ihrem Vater? Oder mit ihrer neuen? Mit ihrem Mann? Welche Möglichkeiten hatte ich, das war meine Frage. Ich merkte, dass ich mich nicht wirklich entscheiden wollte zwischen Fachmann und Ermittler. Ich lächelte. „Dann eben ermittelnder Fachmann."

Ich stand auf, um mir die Beine zu vertreten, meinen Kreislauf zu aktivieren. Ging im Zimmer herum, setzte mich auf den Sessel neben dem Sofa. Andere Positionen erlauben andere Perspektiven. Das war eine ganz wichtige Lektion, die ich gelernt hatte.

Frau Brendau kam zurück, zögerte ein wenig, als sie merkte, dass ich mich woanders hingesetzt hatte und lächelte mich an. „Bitte entschuldigen Sie mich. Das hätte nicht passieren dürfen.“ Sie setzte sich jetzt auf den Sessel vor dem Fenster, auf dem ich bisher gesessen hatte. Etwas war anders, aber was? Ich überlegte, schaute, rümpfte die Nase. Dann fiel es mir wie Schuppen von den Augen. Das Parfüm war anders, deutlicher zu riechen. Und Frau Brendau hatte ihr Makeup nachgebessert. Das war genau der Zeitpunkt, an dem ich merkte, dass ich neben der Rolle Fachmann und der Rolle Ermittler auch die Rolle Mann aktivieren sollte. Das war auch gut und nötig.

Frau Brendau hatte ihre Sandalen ausgezogen, ihre Beine untergeschlagen, den linken Arm so auf die Sessellehne gelegt, dass ihr ganzer Körper sich auch nach links bog – genau dorthin, wo ich saß. Vorbereitet, wie ich durch meine drei Rollen war, lächelte ich zurück und übernahm die Initiative.

„Das ist doch nicht der Rede wert. Bei den Belastungen und Sorgen, die Sie haben. Der Unfall, wenn es denn einer war ...“ Ich machte eine kurze Pause. „Was war Ihnen so wichtig, dass ich kommen sollte?“

Frau Brendau nickte. „Ich muss ein wenig ausholen, damit Sie das Ganze verstehen können. Also, mein Vater, ja, ich war die Jüngste und also auch ein wenig sein Liebling. Aber das bedeutete auch, dass er besonders auf mich achtete. Als meine Schwestern los zogen, Sie wissen schon, erste Feten und so, da warnte er mich, hielt mich zurück. Ich durfte nichts. Und da bin ich durchgeknallt.“

Obwohl sie das, was sie da erlebt hatte und durchmachen musste, nicht im einzelnen schilderte, sondern meiner Vorstellungskraft überließ, lächelte sie bei ihrer Erzählung.

„Ich bin öfter mal von zuhause abgehauen, weggelaufen. Da ist der Friedrich durchgedreht. Hat mich eingesperrt, persönlich zur Schule gebracht und meiner Mami befohlen ..." Sie machte eine Pause, schien nachzudenken, „ja, stimmt, befohlen hatte er ihr, auf mich aufzupassen. Klar, das hat nicht so richtig funktioniert. Dann ist er wütend geworden. Hat um sich geschlagen. Meistens mich, aber manchmal auch die Mami. Was blieb mir da anderes übrig?"

Sie beantwortete die Frage nicht, sondern hielt sich die Hände vors Gesicht.

„Ja, was blieb Ihnen da nur übrig?" Ich war jetzt neugierig geworden.

„Wenn ich so weitermachte, musste Mami leiden. Wenn ich Friedrich gehorchte, musste ich leiden. Aber ich wurde älter. Wusste, wenn ich achtzehn würde, volljährig, darauf wartete ich, dann konnte ich weg. Nun gut, die Schule war vorbei und ich musste was arbeiten. Ich fing bei unserem Hausarzt an. Nicht, weil ich es wollte, sondern weil es nichts anderes gab. Und Friedrich hatte klar gesagt, ‚Entweder du findest eine Lehrstelle oder du gehst einfach so arbeiten. Mit 'rumsitzen ist hier nichts. Und Schule schlag' dir aus dem Kopf. Du wirst heiraten und Kinder kriegen. Da brauchst du kein Abitur. Punkt.‘ Das saß. Also fing ich beim Arzt an. Da war ich siebzehn. Und Friedrich konnte mich nicht mehr so kontrollieren. Also fing ich an, ihm auf der Nase herumzutanzen. Ging auf Parties, in die Disco, bis zum frühen Morgen. Aber morgens war ich immer rechtzeitig auf der Arbeit. Da konnte er nichts sagen.“

Frau Brendau sah mich an, so als würde sie auf eine Reaktion von mir warten. Ich zählte zwei und zwei zusammen: ich wusste, dass sie Ende vierzig und ihre Älteste ungefähr dreißig sein musste. „Und dann kam Ihr Mann ins Spiel ...“ Ich ließ offen, ob das eine Feststellung oder eine Frage war.

„Gut geraten.“ Sie strahlte mich an.

Ich musste aufpassen, dass die Rolle Mann nicht zu sehr aktiviert wurde. „Und das gehört noch zu dem, was Sie mir erzählen wollen, oder?“

Sie nickte. „Ich lernte Peer in einer Disco kennen. Er war mit ein paar Freunden da. War irgendwie verklemmt, schien mir. Sie kennen das ja, oder? Gegensätze ziehen sich an. Ich war aufgedreht und er zugeknöpft. Eingeschüchtert. Also habe ich ihn angebaggert. So heißt es doch, oder?“ Jetzt lachte sie laut. „Er wusste überhaupt nicht, was und wie ihm geschah. Erst später kriegte ich raus, dass ich die erste Frau war, mit der er zu tun gehabt hatte.“

Ich schüttelte den Kopf. Sie sah mich ein wenig irritiert an. „Nicht?“ lautete ihre Frage.

„Natürlich nicht. Das wissen Sie doch am besten, Frau Brendau. Ihr Mann hat doch eine Mutter. Das ist immer die erste Frau."

Ihre Irritation war verschwunden. Sie war plötzlich todernst. „Die Familie hat mich immer gehasst. Sie nannten mich Flittchen und Schlampe. Ich war unter ihrem Niveau. Ich weiß nicht, Sie kommen nicht von hier, oder? Sie sind zugezogen, nicht wahr?"

Was sollte das denn schon wieder? Ich konnte das nur bestätigen.

„Peer Brendau", sie betonte den Namen, „die Familie Brendau gehört zu den ersten Adressen dieser Stadt. Auch wenn das „von" fehlt, im Grunde gehören die Brendaus zum Adel der Stadt. Und so eine Dahergelaufene wie ich, Tochter eines Tischlers, man stelle sich das vor – nee, das war unmöglich!"

Ihre Stimme war hart geworden, klang verächtlich. Meinte ich.

„Wie auch immer – Peer war froh, mit so einer Durchgeknallten wie mir. Ich wirbelte den Wohlstandsmief auf, brachte ihm ein bisschen Leben zurück und, na ja ..." Ihr Kopf bewegte sich auf und ab, sie schien nachdenklich, „unerfahren wie wir waren, wurde ich schwanger." Sie lachte. „Sie können sich das sicher nicht vorstellen, aber ich weiß nicht, wer von uns beiden", sie verhielt, schien erschrocken, „also, Peer oder ich, wer von uns beiden fruchtbarer war." Das Lächeln, das nun auf ihrem Gesicht erschien, spiegelte etwas von dem wider, was ich aus anderen Gesprächen mit ähnlich fruchtbaren Frauen kannte – Glück, Erfüllung, Zufriedenheit, Güte. Ich wartete, weil ich ganz sicher war, dass sie gleich weiter sprechen würde. Und so war es auch.

„Sechs Kinder haben wir. Alle im Abstand von zwei bis vier Jahren. Und alle ganz gut geraten, finde ich. Auch wenn es hin und wieder Probleme gibt." Jetzt versank sie wieder in ihre Welt. Das Chamäleon beobachtete sie. Verschmolz mit dem Sessel. Verschwand einfach und bot damit Raum zum Erzählen.

„Ja, Lasse, der den Unfall hatte, der war schon immer schwierig. Nein, eigentlich nicht schwierig. Er fand zuviel heraus. Nein, eigentlich nicht. Er kam Peer zu nahe. Aber das können Sie nicht wissen. Weil das niemand weiß. Und weil das niemand wissen darf. Aber ich kann nicht mehr. Nicht nach dem Unfall."

Frau Brendau hielt es nicht mehr im Sessel aus. Sie stand auf, stellte sich ans Fenster, schaute über die Stadt und fuhr fort, halblaut, so dass ich mir nicht ganz sicher war, ob sie wusste, dass ich noch da war und zuhörte.

„Ich hab es auch nicht gewusst. Ich hab es nur zufällig erfahren. Peer hatte einen Bruder, der war ein paar Jahre jünger als er. Und das Gegenteil von Peer. Offen, charmant. Jeder, der ihn sah, war sofort von ihm eingenommen. Nur Peer nicht, denn der war neidisch auf seinen Bruder. Er ärgerte ihn, wo er nur konnte. Und dann wurde er bestraft. Nie sein Bruder. Peer zog sich immer weiter zurück. Aber er war der Ältere, und der Ältere musste das Geschäft übernehmen. Das war das eherne Familiengesetz, das niemand brechen durfte. Peer wusste das, aber er wollte das nicht. Nur war das etwas, mit dem er seinen Bruder ärgern konnte, zur Weißglut treiben, denn dagegen konnte sein Bruder nichts machen. Das war oft Anlass zu Streitereien. Geschlagen haben sie sich. Auch hier im Haus. Auf dem Boden oben. Und dabei ist der Bruder die Treppe runtergefallen. Tot. Ganz einfach weg. Sie können sich denken, was da los war. Ich weiß nicht, wie alt Peer war, ich glaube er war acht oder neun. Auf keinen Fall viel älter."

Sie hielt inne. Weinte leise, vermutete ich, weil ich ihr Schluchzen hören konnte und ihre Schultern zucken sah.

„Um es kurz zu machen." Sie schnäuzte sich, ehe sie fortfuhr. „Es ging natürlich nicht an, dass das Ganze öffentlich wurde. Der Streit der Brüder, meine ich. Ein Unfall, so die Version für die Öffentlichkeit. Peer wurde unter den schlimmsten Androhungen dazu vergattert, den Mund zu halten. Das war auch der Hauptgrund, dass er im nächsten Schuljahr ins Internat nach Süddeutschland geschickt wurde. Die Eltern brauchten Zeit und Ruhe, die Wogen zu glätten, Gerüchte zum Verstummen zu bringen. Und das gelang ihnen mit überwältigendem Erfolg. Nicht einmal mir hat Peer davon erzählt. Bei einem Weihnachtsfest oder besser, bei den Vorbereitungen dazu, gab es Streit, wie üblich. Es ging immer gegen mich. Ich hatte an dem Tag schon einiges getrunken. Peers Mutter wurde deswegen nur noch zorniger. Peer geriet in unseren Streit und zum allerersten Mal ergriff er für mich Partei. Gegen seine Mutter. Gegen seine Familie. Das werde ich ihm nie vergessen."

Frau Brendau drehte sich zu mir um, so als wolle sie ihren Stolz auf ihren Mann auch klar demonstrieren. Ich nickte beifällig mit dem Kopf, blieb aber beim Chamäleon.

„Das Schlimme war, dass Lasse dazu kam. Ihn hatte keiner von uns gesehen. Und um sich an Peer zu rächen – mir fällt dazu kein anderes Wort ein – erzählte mir seine Mutter beinahe voller Hohn und Spott, dass Peer seinen Bruder auf dem Gewissen hätte. Er sei für seinen Tod verantwortlich. Damit brach Peers Widerstand zusammen. Er ging aus dem Zimmer und prallte hinter der Tür auf Lasse. Der hatte das gehört, aber er begann erst Jahre später darüber zu reden. Und seitdem ..." Frau Brendau stoppte einfach, schüttelte den Kopf, ging um den Tisch herum und ließ sich aufs Sofa fallen. Ich wartete, was kommen würde.

„Seitdem ist unsere Ehe kaputt." Sie sagte das ton- und kraftlos. Einfach so. Daraus konnte ich erahnen, wie sehr sie seitdem litt. Ich wusste nicht, was ich tun sollte. Sie trösten? Ich hatte keinen Hinweis, dass sie das wollte. Sie bemitleiden? So, wie sie die Geschichte erzählt hatte, war das die abwegigste Idee. Verständnis zeigen? Wenn sie das nicht vorausgesetzt hätte, hätte sie schon längst mit ihrer Erzählung aufgehört.

Ich wartete und dachte nach. Wo war die Verbindung zum Unfall? Und vor zwei, drei Jahren, als Frau Brendau in die Praxis gekommen war, war das der Zeitpunkt gewesen, als Lasse angefangen hatte, über den Tod des Bruders seines Vaters zu reden?

Ich entschied mich für die höflichen Umgangsformen und schenkte mir eine Tasse Tee ein. „Sie auch?" Ich blickte Frau Brendau an. Sie schüttelte den Kopf. „Danke, ich hab noch." Diese Reaktion war für mich ein überdeutlicher Hinweis, dass sie wieder im Hier und Jetzt angekommen war. Das gab mir den Mut zu meiner Frage: „Und was hat das mit Lasses Unfall zu tun?"

Frau Brendau seufzte. „Ich weiß es nicht. Die beiden hatten sich gestritten. Lasse, der von Peer nicht nur mit Samthandschuhen angefasst wurde, hatte sich über seinen Vater geärgert. Ich weiß nicht, worüber und weswegen. Auf jeden Fall zischte er ihm ‚Mörder!' ins Ohr. Da hat Peer ihm eine Ohrfeige gegeben. Das hat Lasses Wut vergrößert. Er hat ihn angeblafft, sich dann umgedreht und ist direkt ins Auto gelaufen."

Frau Brendau weinte. Das ist eine Situation, in der meine Beschützerinstinkte wach werden. Trösten, beschützen. Das Weinen stoppen. Als Fachmann warte ich ab. Als Chamäleon beobachte ich. Und hier? In einer Situation, die nie ganz klar geworden war, was sollte ich da tun? Ich entschied mich wieder für die höflichen Umgangsformen, zog ein Papiertaschentuch aus meiner Tasche und reichte es Frau Brendau. Sie blickte mich zwischen ihren Tränen an, versuchte ein Lächeln, das ein wenig verunglückte, bedankte sich, wischte sich die Tränen weg, schnäuzte die Nase und verließ das Zimmer, um das Taschentuch wegzuwerfen. Ich hatte wieder Zeit, um mich zu finden.

„Jetzt, wo ich die Geschichte kenne", begann ich, als Frau Brendau zurückgekommen war, „oder zumindest wichtige oder die wichtigsten Teile", ich wartete, bis Frau Brendau sich gesetzt hatte und mich anschaute, „frage ich mich natürlich, weshalb Sie mir das erzählt haben. Denn Sie haben ja ein großes Familiengeheimnis preisgegeben. Und dazu müssen Sie einen, entschuldigen Sie bitte meine Ausdrucksweise, einen verdammt guten Grund haben."

Frau Brendau lächelte jetzt, strich ihren Rock glatt und schaute mich unverwandt an. Ich werde unruhig, wenn eine Frau – und eine attraktive dazu – mir direkt in die Augen schaut, lächelt und den Blick länger, als es die soziale Form vorschreibt, auf mich richtet. Und das in einer solchen Situation. Da konnte mir das Chamäleon auch nicht mehr helfen, denn nun war es gesehen worden.

Ich stand auf, ging ans Fenster und blickte hinaus. „Es ist vielleicht nicht leicht, aber ich warte noch einen Augenblick. Dann werde ich noch einmal fragen." Ich bemühte mich, verständnisvoll zu klingen.

„Eines habe ich Ihnen noch nicht erzählt“, nahm Frau Brendau den Faden auf, „und da brauche ich Ihre Hilfe. Ich habe keine Ahnung, wie die Hilfe aussehen kann, aber ich wüsste nicht, wen ich sonst fragen sollte. Jemand anders würde mich für verrückt halten. Ich kenne Peer, ich habe oft versucht, mit ihm über den Unfall von Dietrich zu sprechen, herauszufinden, wie er damit klarkommt.“ Sie machte eine Pause. Ganz offensichtlich wartete sie auf eine Reaktion von mir. Ich tat ihr den Gefallen und drehte mich um.

„Ich glaube das Ganze nicht. Da brauche ich Ihre Hilfe. Ich bin sicher, Peer hat mit dem Tod seines Bruders nichts zu tun.“

Peng! Das hatte gesessen.

Kapitel 7 – Verschnaufpause

Ich muss gestehen, ich war auch froh, das Brendausche Haus zu verlassen. Frau Brendau hatte mich in ein Familiengeheimnis eingeweiht, mir deutlich gemacht, dass ich so zu einem Mitwisser geworden war, allerdings zu einem, der zum Schweigen vergattert wurde. Das war eine sehr merkwürdige Situation. Als Psycho hätte ich gewusst, wie ich damit umgehen sollte. Als Hobby-Ermittler war ich zu neugierig und zu unerfahren. Ich saß zwischen zwei Stühlen, hatte aber das Gefühl, noch nicht ganz auf den Boden gestürzt zu sein.

Frau Brendau hatte sich formvollendet verabschiedet. Ich konnte nur bewundernd feststellen, dass sie sich in die Rolle der Vertreterin einer der ersten Adressen am Orte großartig eingefunden hatte. Aber um welchen Preis?

„Keine Spekulationen, Alter!“, feuerte ich mich selbst an und verabschiedete mich ebenso formvollendet.

Frau Brendau bedankte sich beinahe ein wenig zu überschwänglich bei mir, dass ich gekommen war und ihr zugehört hatte.

„Ich bitte Sie ...“, wehrte ich dieses Lob ab, denn ich hatte wirklich keine Ahnung, wozu es hätte gut sein sollen, dass ich das Brendausche Familiengeheimnis kannte.

Langsam machte ich mich auf den Rückweg, tief in Gedanken versunken.

„Im Grunde“, fiel mir auf, „hat Frau Brendau mich zu einem Verbündeten gemacht, einem Mitwisser, der den Mund zu halten hat.“ Ich sinnierte über das, was Frau Brendau beabsichtigt haben könnte. Mir fiel nichts ein. Ich merkte allerdings, dass ich unruhig wurde. Dass ich die Gedanken in meinem Kopf weder stoppen noch in eine andere, mich beruhigende Richtung lenken konnte. Vor allem aber, dass sie, was auch immer ich mich zu tun oder zu denken bemühte, immer wieder kamen. Solche Zustände kannte ich nur allzu gut. Ein deutlicher Hinweis, dass ich mich in etwas hineinbegeben hatte, was mich bewegte, was mich zu einer Art Marionette werden ließ, was ich nicht mehr beherrschen konnte. Im Grunde war das nicht schlimm, es machte mich nur wütend.

So in meinen Gedanken versunken, bemerkte ich nicht, dass ich ins Stadtzentrum gegangen war und mich direkt auf unsere alte Gemeinschaftspraxis zu bewegte. Erst als ich vor dem Bürogebäude stand, in dessen erstem Stock ich bis vor ein paar Jahren gearbeitet hatte, tauchte ich wieder aus meiner Innenwelt auf. Ich lächelte.

„Das muss einen Grund haben, dass ich hier gelandet bin“, ermunterte ich mich und drückte den Klingelknopf.

„Ja, bitte?“ Diese Stimme kannte ich allzu gut.

„Frauke. Ich bin's. Bernfried. Kleine Überraschung." Ich lächelte.

„Das stimmt wirklich. Komm hoch." Der Türöffner summte, ich stieß die Tür auf und ging die zwei Treppen in den ersten Stock. Dabei achtete ich überhaupt nicht auf die Umgebung. Sie war mir zu vertraut, zu selbstverständlich, als dass ich sie eines Blickes würdigte. Dabei wusste ich, wie wichtig diese kleinen Dinge des Alltags waren, diese oft unmerkbaren Selbstverständlichkeiten, die in ihrer Summe die alltägliche Sicherheit ausmachten.

Frauke hielt mir die Tür auf, als wäre ich etwas Besonderes. Was ja auch in gewisser Weise zutraf. Der Firmengründer, der ausbezahlte Senior, betrat das Spielfeld, obwohl er nicht mehr mitspielte.

Frauke strahlte mich an. „Bernfried. Was für eine Überraschung! Da wird Hermann Augen machen, wenn er dich sieht."

Ich streckte ihr meine Hand entgegen. Auch ein Novum. Früher hatte ich ihr nie die Hand gegeben, da hatte ich immer nur genickt, war auf Abstand bedacht gewesen.

Frauke ließ mich vorgehen. Es hatte sich kaum etwas verändert. Klar, mein Büro benutzte nun jemand anderes, jemand, den ich nicht kannte, denn Hermann hatte die Praxis von mir übernommen und den neuen Partner – oder war es eine Partnerin? Bisher hatte mich das noch nie wirklich interessiert – selber ausgewählt, eingestellt oder zum Teilhaber gemacht. Das alles ging mich glücklicherweise nichts mehr an. Ich war im Ruhestand. Wieso war ich dann aber so unruhig? Da waren sie schon wieder, diese Gedanken an das, was gerade geschehen war, die mich nicht los ließen, verfolgten. Ich lächelte. Diagnostisch könnte ich schon von einer Obsession, einer Besessenheit reden. Einer kleinen zumindest. War ich behandlungsbedürftig geworden?

„Bernfried..." Fraukes Stimme klang herausforderndspielerisch. „Kaffee wie üblich?"

„Oh, was, ja, Entschuldigung, gerne, danke." Meine Verwirrung war nicht mehr zu verbergen. Und Frauke liebte es, mit solchen Situationen zu spielen.

„Der Therapeut kommt gleich. Einen kleinen Moment, dann wird der Herr Meier sich um Sie kümmern." Frauke strahlte, nur um im nächsten Moment sehr direkt zu werden. „Was ist los mit dir, Bernfried? So durcheinander kenn ich dich gar nicht." Sie schien sich zu sorgen. Das kam mir ganz neu vor. Ob sie das früher auch gemacht hatte? Und ich es nie bemerkt hatte? Das, was mit mir geschah, war ein einziges Gedankenjagen.

„Ich bin ziemlich durch den Wind im Moment. Stimmt. Und ich hatte gehofft, kurz mit Hermann sprechen zu können."

Frauke verschwand, nur um nach ein paar Sekunden mit dem Terminkalender zurückzukommen.

„Du hast Glück, Hermann macht nach dieser Sitzung seine Mittagspause. Sein nächster Klient kommt um halb zwei. Also ...“ sie machte eine Pause, lächelte mich an, wartete einen kleinen Moment, „setz dich doch, trink den Kaffee und ich denke, Hermann sollte jeden Augenblick kommen.“

Ich seufzte. Stand ein wenig unschlüssig und verloren herum. Fühlte mich ziemlich fremd in diesem Raum, in dem ich noch vor wenigen Jahren viele anregende und anrührende Geschichten mit Hermann und Frauke geteilt hatte. So schnell kann sich das ändern. Ich gehörte tatsächlich nicht mehr hierher. Ein gutes Zeichen, denn ich hatte wirklich den Absprung gefunden. Und trotzdem fühlte ich mich offenbar deswegen auch ein wenig traurig. Das passte sehr gut zu meiner Stimmung, meinem Gedankenkreisen, dem Gefühl, eine Marionette in einem Spiel zu sein, dem ich nicht einmal zugestimmt hatte und wo mich auch niemand gefragt hatte, ob ich mitspielen wollte. Ich musste, ob es mir nun gefiel oder nicht.

„Hallo, Bernie.“ Hermann stand plötzlich vor mir, kam auf mich zu, umarmte mich. „Schön dich zu sehen, mein Lieber.“

Bevor er nun weitermachen konnte mit den üblichen Phrasen – wie geht’s? was machst du? beneidenswert, das Rentnerdasein – bremste ich ihn, indem ich einen Schritt zurücktrat und mit beiden Händen abwinkte. Er verstand es sofort.

„Ich mach jetzt Mittag. Wollte mir ’ne Kleinigkeit holen. Kommst du mit? Dann können wir ein bisschen plaudern. Wenn du willst. Oder einfach ein paar Schritte gehen."

Schon fühlte ich mich wohler. Ein bisschen verstanden. Hermann passte sich mir an, zügelte seine Neugier, drängte mich nicht, überließ mir die Entscheidung.

„Du hast ja wirklich nichts verlernt, seit ich mich nicht mehr um dich kümmere und beaufsichtige!" Ich fand meinen manchmal skurrilen, aber hoffentlich nie verletzenden Humor wieder. „Essen ist doch immer gut für die Seele. Und bei Fast Food sollte das auch schnell sein. Das therapeutische Wundermittel, oder?"

Wir konnten beide lachen und damit hatte sich ein Großteil der Spannung in Luft aufgelöst und ich fühlte mich im wahrsten Sinne des Wortes gelöster.

Auf dem Weg zum Imbiss setzte ich Hermann kurz ins Bild. Er hörte mir zu, ging neben mir, merkte manchmal an „ah ja" oder „hm", wodurch er mir vermittelte, dass er aufmerksam zuhörte.

Auf dem Rückweg genoss Hermann schweigend seine Pommes. Ich ließ ihn in Ruhe, hing meinen Gedanken nach. Ich kannte Hermann lange genug, um zu wissen, dass er sich die Zeit nahm, die er brauchte.

„Und nun?" Hermann hielt an, in der linken Hand die Tüte mit Pommes, in der rechten den Piekser, genüsslich Pommes kauend und mir direkt in die Augen schauend.

Sein Stopp hatte mich überrascht, so dass ich nun ein paar Schritte vor ihm stand, der Abstand zwischen uns mir ausreichend Distanz zum Überlegen bot und mir zugleich eine Sicherheitszone gewährte, die ich als erstes wahrnahm, als ich mich zu ihm umdrehte.

„Gute Frage. Nächste Frage.“ Damit drehte ich mich erneut um und setzte mich wieder in Bewegung. Hermann blieb zwei, drei Schritte hinter mir, schien überhaupt nicht daran interessiert, mich einzuholen. Ich merkte, wie Ärger in mir aufkam. Über Hermann.

„Dieser Sausack!“ Ich fand in Gedanken viele Worte für das, was ich erlebte. „Erst stellt er eine so saublöde Frage und dann lässt er mich im Regen stehen. Futtert seelenruhig seine Pommes! Idiot!“

Eine etwas andere Besessenheit nahm nun mein Denken ein. Da legte sich eine Hand auf meine Schulter und stoppte mich. Hermann.

„Also schön, ich hoffe, du hast dich nun genug aufgeregt.“ Er hatte seine Pommes aufgegessen, hielt die Tüte nach wie vor in seiner linken Hand und legte mir seinen rechten Arm um die Schulter. Das war einerseits eine vertraute und vertrauliche Geste, hinderte mich andererseits aber, ihm entkommen zu können.

„Ganz schön gewieft, mein Lieber.“

„Ja, Bernie, mit einem Lehrmeister wie du einer bist.“ Hermann lachte und das Lachen steckte an. Ich merkte, wie ich mich entspannte, wieder auftauchte. Das war Hermann nicht verborgen geblieben, denn mit seiner rechten Hand konnte er meine Spannung zumindest ansatzweise erfühlen. Da ich mich nun entspannte, ließ er mich wieder los.

„Also, schön, noch ein bisschen darüber plaudern oder erst Pause machen? Wie hättest du's gern?"

Das Spiel kannte ich nur allzu gut. Hermann überließ mir die Entscheidung. Damit musste ich etwas tun und so gewann die Marionette wieder ein Stück Eigenleben zurück.

Ich ging gedankenverloren weiter. Was wollte ich? Ich wusste es im Moment tatsächlich nicht. Und wenn ich ehrlich sein sollte, jetzt im Moment, nach dieser kurzen Begegnung mit Hermann, war es mir auch egal, ob ich es wusste oder nicht. Ich konnte es einfach gut so geschehen lassen. Ich begann, mich wohler zu fühlen.

Vor der Tür zur Praxis wartete ich auf Hermann.

„Vielen Dank, mein Lieber. Du weißt ja, dass du mich gerettet hast, oder? Ich glaub, ich wär' in meinen Gedanken abgesoffen. Jetzt weiß ich, dass ich schwimmen kann und das ist doch ein guter Anfang, oder?"

„Stimmt. Zumindest, wenn du im tiefen Wasser bist. Und du weißt ja, wenn du die Richtung nicht mehr weißt, melde dich, ich kann dir schwimmen helfen."

Wir verabschiedeten uns und gingen unserer Wege.

Ich wusste nun, was mich so durcheinander gebracht hatte. Ich musste mich entscheiden – Rentner, Psycho oder Ermittler. Alles zusammen ginge nicht, da würde ich mich überfordern. Als ich mir das einzugestehen bereit war, musste ich laut lachen. Vermutlich hat das viele Leute irritiert. Was ist das auch für ein Anblick? Ein seriös aussehender älterer Mann, normales Aussehen, unauffälliges Verhalten, mitten in der Fußgängerzone der Stadt, bricht plötzlich ohne jeden erkennbaren Grund in lautes Lachen aus.

Doch es gab einen Grund für mein Lachen. Ich erkannte nämlich, dass ich mich überhaupt nicht entscheiden musste. Ich war ein Spieler, der mit Rollen spielen durfte – vorausgesetzt, und das war eben das Wichtige, ich würde es mir gestatten, erlauben, zulassen und genießen.

Ich war wieder bei mir. Ich beglückwünschte mich. Jetzt konnte ich mir eine Verschnaufpause gönnen.

Kapitel 8 – Familienleben

Peer Brendau kam kurz nach sechs nach Hause. Unauffällig wie seit langem. Keine besonderen Aufmerksamkeiten. Von niemandem. Lars, Eleonora und Lasse, die noch mit in der elterlichen Wohnung lebten, wussten, dass sie sich kurz vor sieben im Esszimmer zum Abendbrot einzufinden hatten.

Lars genoss sein Leben als jüngster Spross der Familie. Er hatte das Glück, dass seine Eltern erfahren genug waren, um sich nicht allzu sehr in sein Leben einzumischen. Sie hatten zwar stets einen Blick darauf, dass nach außen hin alles ohne Auffälligkeiten verlief, und solange das gewährleistet war, gab es keine Schwierigkeiten. Lars wusste, dass seine älteren Geschwister ihm gewissermaßen den Weg frei gemacht hatten. Er war kein überragender Schüler, aber seine Leistungen reichten aus, um auf der Gesamtschule voranzukommen und das Leben so zu genießen und zu erforschen, wie es einem Zwölfjährigen zukommt.

Seine zwei Jahre ältere Schwester Eleonora war der weibliche Sonnenschein und der Liebling der Großeltern. Das hatte ihr viel Freiraum verschafft und ihr geholfen, den Übergang vom Mädchen zum Teenager sehr frei zu gestalten. Über die Aufforderungen und Ansprüche der Großeltern, damenhaft zu werden, konnte sie sich lustig machen, doch passte sie wie ein Luchs auf, dass die Großeltern das nie mitbekamen. Was ihre Position in der Familie darüber hinaus stärkte, war einfach, dass sie auf dem Gymnasium absolute Spitzenleistungen zeigte.

Lasse, der im Abitur stand, war nun nicht genau das, was man das schwarze Schaf nennen könnte, aber er war derjenige, der die Auseinandersetzungen zwischen der Eltern- und Kindergeneration am eindeutigsten auslebte. Das hatte ihn von seinen jüngeren Geschwistern entfremdet und zugleich eine merkwürdige Allianz zu seinem Vater hervorgebracht. Einerseits lehnte er diesen und dessen Anschauungen abgrundtief ab, andererseits faszinierte ihn das, was sein Vater tat, dachte und lebte so sehr, dass er von ihm nicht lassen konnte. Und seinem Vater schien es sehr ähnlich zu gehen. Sie konnten beide nicht gut miteinander auskommen, aber ohne einander kamen sie ebenso schlecht zurecht.

Die anderen Kinder lebten selbständig. Hakon und Beate studierten, weit weg von zu Hause, wohingegen Susanne, die Älteste, im obersten Stock des elterlichen Hauses mit ihrer eigenen Familie lebte. Sie war neunundzwanzig Jahre, ging in ihrem Hausfrauen- und Mutterdasein völlig auf und verwöhnte ihren Mann und ihre beiden Kinder so sehr, dass ihre Mutter, Lisa Brendau, manchmal nur den Kopf schüttelte. In Abwehr und in Bewunderung.

Peer durchschritt den Flur und verschwand im Bad. Es gehörte zu seinen Gewohnheiten, sich nach der Arbeit zu duschen, umzuziehen und sich dann der Zeitungslektüre hinzugeben.

Lisa hatte nach dem Gespräch mit Bernfried Suter noch lange im Wohnzimmer gesessen, versonnen aus dem Fenster auf die Stadt geschaut und war sich immer unsicherer geworden, was sie da eigentlich getan hatte und wozu. Sie hatte den restlichen Tee ausgetrunken und sich dann gesagt „Ich muss mit Peer darüber reden".

Sie hatte Peer gehört, denn sie hatte auf ihn gewartet. Nicht so deutlich erkennbar, sondern indem sie die Tür der Küche, wo sie das Abendessen vorbereitete, nur angelehnt hatte. Sie würde Peer noch zehn Minuten geben, dann sollte er so weit fertig sein. Sie verließ die Küche, ging in den Flur und klopfte an die Badezimmertür.

„Ja, was ist?" Peers Stimme klang mürrisch. Offenbar fühlte er sich gestört. Kein Wunder, denn bisher hatte jeder aus der Familie sein Bad-Ritual toleriert.

„Peer?" Lisa ließ offen, was sie wollte.

„Ja, was ist?" Jetzt klang Peer ärgerlich.

„Mach kurz mal auf. Ich muss mit dir reden."

„Hat das nicht Zeit bis heute Abend?"

Lisa fing nun an, ärgerlich zu werden, so dass ihre Stimme lauter und ein wenig schriller als üblich klang: „Nein, das hat keine Zeit bis heute Abend!"

Lisa hörte verschiedene Geräusche, ging zwei Schritte zurück und wartete. Sie musste unwillkürlich lächeln, als Peer die Tür aufmachte. Er hatte aufgeschlossen, die Tür nach innen einen Spalt aufgemacht und lugte durch den Spalt, so als wollte sichergehen, dass tatsächlich jemand da stand, der es – unerhörterweise – gewagt hatte, ihn zu stören.

„Ja, was ist?"

Lisa stieß die Tür vorsichtig weiter auf und betrat das geräumige Bad. Peer schloss die Tür und verriegelte sie wieder. Lisa war einige Schritte hineingegangen, ehe sie sich umdrehte und Peer anschaute. Ihr fiel auf, wie alt er aussah. Altersflecken übersäten seine Brust, seine Arme hingen schlaff an der Seite, sein Gesicht war zerfurcht, seine Haare waren grau und vor allem nicht mehr sehr zahlreich. All dies machte ihn um einiges älter als die 53 Jahre, die er hinter sich gebracht hatte. Irgendwie tat er Lisa plötzlich auch ein wenig leid. Sie musste an die Last denken, die er mit sich herumtrug. Das ließ sie zögern.

Peer griff das Badelaken und begann, sich abzutrocknen. „Was ist denn nun so wichtig, dass es nicht warten kann." Er redete laut, ohne Lisa anzuschauen. Er war mit sich selber beschäftigt. Lisa fühlte sich ertappt. Es war ihr plötzlich peinlich, mit ihrem nackten Mann in einem verschlossenen Bad zu sein. Sie schämte sich. Sie fürchtete, ihm weh zu tun. Tränen stiegen in ihr hoch. Sie atmete tief durch.

„Lasse, sein Unfall …“, begann Lisa, hörte aber sogleich auf, weil Peer im Abtrocknen innehielt und sie anstarrte. Sie sah, wie er tief atmete. Schnaubte.

„Ja, verdammt“, Peer wurde lauter, „es war ein Unfall! Ich wollte das auch nicht! Schieb’ mir nicht schon wieder die Schuld in die Schuhe!“ Dabei hielt er das Badelaken in seinen zu Fäusten geballten Händen vor sich.

Lisa bekam Angst. „Schon gut, schon gut. Ich geh’ ja schon wieder.“ Sie ging zur Tür, schloss sie auf, öffnete sie und sagte beim Hinausgehen, „Ich hatte ein Gespräch mit dem Psychotherapeuten, dem Herrn Suter. Über uns und unsere Familie.“

Ehe Peer irgendwie reagieren konnte, war Lisa wieder im Flur, hatte die Tür hinter sich zugemacht und in die Küche geeilt. Sie stürzte sich in die Arbeit. Das lenkte sie ab. Sie fühlte sich allein. Und verraten. Sie hatte einfach keine Lust mehr. Aber da waren die Kinder. Lasse würde heute nicht da sein, denn er lag noch im Krankenhaus. Aber Lars und Leo. Die Gedanken an ihre Kinder munterten sie ein wenig auf.

Sie hatte die Küchentür offen gelassen. So konnte sie hören, wenn Peer aus dem Bad kam. Aber sie hatte sie auch offen gelassen, damit Peer dies sehen könnte und sollte. Es war ihre Einladung an ihn, zu ihr zu kommen. Sie waren schließlich Mann und Frau und das schon mehr als 25 Jahre.

Peer kam nicht.

Lisa deckte den Abendbrottisch. Als sie damit fertig war, setzte sie sich, überlegte kurz, ob sie die anderen rufen sollte, ließ es aber bleiben und begann zu essen. Nicht weil sie Hunger hatte, sondern weil sie einer Gewohnheit folgte. Einem eingespielten Ablauf.

Peer erschien, zögerte einen Moment. „Wo sind die Kinder?“ Lisa konnte nicht erkennen, welche Betonung in seinen Worten lag. Sie zuckte mit den Schultern, hob das Weinglas, prostete Peer zu, trank einen kleinen Schluck und lehnte sich zurück, so dass sie ihren Mann genau beobachten konnte. Der hatte seine Verwirrung überwunden, seine Beherrschung wiedergefunden. „Kein Wunder“, dachte Lisa, „wie hätte er auch sonst diese Familie überleben können?“ Dieser Gedanke machte sie traurig, denn er galt ja nicht nur für ihren Mann, sondern auch für sie. Sie hatte sich irgendwann angepasst. Nicht ganz, aber doch so weit, dass ihre Schwiegereltern sich mit ihr in der Öffentlichkeit zeigten. Sie musste lächeln, denn sofort sah sie Lasse vor sich. „Ganz die Mama“, freute sie sich. „Er kämpft noch. Er gibt nicht auf.“

Peer setzte sich Lisa gegenüber. Zwischen ihnen der gedeckte Tisch. Ausreichend Deckung. Er nahm sich ein Brot, schnitt sich eine Scheibe vom Camembert ab, entschied sich nach längerem Überlegen für zwei Stücke Paprika und zwei Scheiben Gurken, dazu eine Scheibe vom rohen Schinken. Dann stand er auf, ging auf Lisa zu, doch nur um die Rotweinflasche zu holen. Er hätte Lisa bitten können, sie ihm zu geben. Dass er das nicht tat, war ein klares Signal. Und Lisa reagierte.

Sie nahm ihre Serviette vom Schoß, zerknüllte sie mit der rechten Hand und knallte sie auf den Tisch. Unüberhörbar.

„Also schön ...“, begann sie, „ich hab's gehört, was Lasse dir ins Ohr gezischt hat. Ich hab's gehört!“ Lisa schrie beinahe.

Peer blickte kurz auf, schüttelte den Kopf und aß seelenruhig weiter. Lisa zitterte. „Du ... du ...“ Ihr fehlten die Worte. Sie gestikulierte wild mit den Händen, wobei das Rotweinglas umkippte und sich eine große rote Fläche auf dem Tischtuch ausbreitete. Lisa störte das nicht. Sie redete weiter. „Ich hab es schon mal versucht, das weißt du genau. Damals, bei dem Streit zu Weihnachten. Und ich glaube einfach nicht, dass du Dietrich auf dem Gewissen hast. Ich glaub's einfach nicht...“ Lisa brach ab, weinte, hielt sich die Hände vors Gesicht.

Peer war aufgestanden, aber nicht um Lisa zu trösten. Er nahm stattdessen den Salzstreuer, schraubte den Verschluss ab und streute das Salz dick über den Rotweinfleck auf dem Tischtuch. Da das Salz im kleinen Streuer nicht ausreichte, ging er in die Küche, um mehr Salz zu holen. Lisa hatte zwar gehört, dass Peer aufgestanden war, aber ihre Hände, hinter denen sie ihr Gesicht verbarg, ließen sie auch nicht erkennen, dass Peer gegangen war. Sie wunderte sich über die Stille, nahm die Hände herunter und merkte, dass sie allein war. Sie stand auf und in diesem Moment kam Peer mit dem großen Salzfass zurück.

Das versetzte Lisa einen Stich. Sie schrie los: „Dir ist das alles egal, was hier passiert. Alles. Ich. Deine Kinder. Lasse. Du … du … du bist genauso wie dein Vater … ich kann einfach nicht mehr."

Lisa schluchzte laut, dann ließ sie sich auf den nächstbesten Stuhl fallen. In diesem Augenblick betraten Eleonora und Lars das Zimmer. Peer bemerkte sie als erstes: „Eurer Mutter ist es nicht gut. Sie hat einen kleinen Anfall. Aber keine Sorge …" Lisa war bei diesen Worten wieder aufgesprungen. „Einen kleinen Anfall?! Du glaubst doch selber nicht, was du da sagst! Ich mach mir Sorgen um Lasse. Und um dich! So geht es nicht weiter." Dabei schaute sie ihre beiden Jüngsten an. „Ja, guckt nur! Das bin ich! Das bin ich auch!" Dann setzte sie sich wieder. Sie fühlte sich erschöpft.

Peer hatte sich inzwischen wieder voll im Griff. „Setzt euch. Abendbrot. Eure Mutter hat sich gleich wieder erholt. Oder sie legt sich hin. Also, nehmt Platz."

Eleonora und Lars blieben stehen. So etwas hatten sie noch nie erlebt. Natürlich war ihnen nicht verborgen geblieben, dass ihre Eltern sich nicht besonders gut verstanden, dass sie nicht viel gemeinsam machten – außer eben bei den unvermeidlichen offiziellen Anlässen –, aber sich Anschreien, die Beherrschung verlieren, das war eine Premiere im Hause Brendau.

Lisa schaute ihre Kinder an. „Ja, schaut nur. Ihr wisst es doch auch. Ich …“ Sie zögerte. Sie wusste, wenn sie weiterredete, würde sie eine Grenze überschreiten. Sie wusste nicht, was jenseits der Grenze lag. Sie wusste aber, was diesseits der Grenze lag und möglich war. Und das gab den Ausschlag.

„Ich hab heute mit einem Therapeuten geredet“, Lisa redete in normalem Ton, gefasst, klar und kräftig, „und ich werde mit ihm einen Termin vereinbaren, um mal über alles zu reden.“

Eleonora und Lars schauten sich kurz an, zuckten mit den Schultern und brummten unverständlich vor sich hin, wohingegen sich Peer lautstark bemerkbar machte. „Das kommt überhaupt nicht in Frage. Ich lasse nicht zu, dass ein Wildfremder sich hier bei uns einmischt. Das ist Sache der Familie!“

„Für dich vielleicht. Für mich nicht.“ Jetzt, da Lisa die Grenze überschritten hatte, fiel es ihr leichter, weiterzugehen. Es war wie ein Dammbruch. Hatte die Bewegung erst einmal eingesetzt, lief sie weiter wie von selbst und so ganz selbstverständlich.

„Das musst du entscheiden, was du tust. Ich jedenfalls werde das tun. Und ich werde mich auch um Dietrich kümmern. Es kann einfach nicht sein, dass der alles überschattet. Irgendwas ist da doch faul. Und du weißt es. Und dein Vater auch. Und ich werde das herausbekommen.“

Lisa hatte relativ leise gesprochen, was ihren Worten nur mehr Nachdruck verlieh und zwar offenbar so viel, dass Peer nichts mehr sagte. Er stand immer noch. Einfach so. Schaute. Sprachlos. Mit dem Salzfass in der Hand machte er den Eindruck, als gehöre er ganz woanders hin. „Mir reicht's!" platzte es dann endlich aus ihm heraus. Er knallte das Salzfass auf den Tisch, so dass das mühsam über den Rotweinfleck verteilte Salz durch die Luft flog und den Fleck nicht mehr verdeckte. Er rannte mehr aus dem Zimmer, als dass er ging.

Eleonora und Lars standen auch immer noch, unschlüssig. Lisa sah die beiden an. Lächelte. Ging zu ihnen. Nahm beide in ihre Arme, drückte sie.

„Kommt, lasst uns essen."

Lisa hatte die beiden los gelassen, ging zu ihrem Platz und setzte sich. Eleonora und Lars bewegten sich ganz langsam, so, als müsste ihre Maschine erst wieder anlaufen und auf Betriebstemperatur kommen. Kein Wunder, denn sie waren von dem Dammbruch ganz unvorbereitet überrascht worden. Sie sagten kein Wort. Aßen langsam. Blickten auf ihre Teller.

Lisa wollte ihnen helfen.

„Ich weiß, ist schon komisch, wenn die Eltern sich so aufführen ..." Kein Kind reagierte. „Trotzdem, eine Frage an euch. Ich mach den Termin mit dem Psychologen und ich würde mich freuen, wenn ihr dazu kommt, ja?"

Statt auf ihre Antwort zu warten, stand Lisa auf. „Also, kommt wieder zu euch. Ich lass euch jetzt allein essen. Das ist wahrscheinlich am besten."

An der Tür drehte sie sich noch einmal um: „Und für mich ist das auch am besten, denn ihr räumt hier ab und macht die Küche."

Mit einem Lächeln war Lisa verschwunden, und sie fand am nächsten Morgen Esszimmer und Küche wunderbar aufgeräumt vor.

Kapitel 9 – Ein Abend

Peer war nicht einfach sauer. Es ging weiter, war mehr. Irgendwas. Irgendwie. Er hatte das Gefühl, etwas war in seinem Leben zerbrochen und er wusste nicht, was. Die Auseinandersetzung beim Abendbrot war letztlich nur der Tropfen, der das Fass – wieder einmal? – zum Überlaufen gebracht hatte. Aber was enthielt das Fass?

Schon als Peer heute abend nach Hause gekommen war, schon beim Betreten des Flures, hatte ihn etwas angerührt und abgestoßen. Er war es aber gewohnt, solchen inneren Impulsen nicht nachzugeben. Dabei half ihm seine tägliche Routine.

„Routine?" Peer sprach dieses Wort verächtlich aus, als würde er es einfach ausspucken und damit beseitigen können. Doch Spucke ist klebrig, verschmiert, verwischt und haftet.

Er war in sein Arbeitszimmer gegangen. Das war Teil des Hauses. Schon immer. Schon seit sein Großvater dieses Haus hatte erbauen lassen. „Das Geschäft muss laufen!", hatte er seiner Familie verkündet. „Und dies ist mein Arbeitszimmer." Mit einer Betonung auf dem Wörtchen „mein", das Befehl, Drohung und Strafe in einem war. „Mein Arbeitszimmer" war nicht einfach nur die Bezeichnung eines Raumes, es war die Festlegung und, viel nachhaltiger: die unveränderbare Festschreibung eines Familienstils. Uneingeschränkter Vorrang fürs Geschäft. Niemand hatte Zutritt, nur die wirklichen Geschäftsleute. Das waren Männer. Niemals Frauen oder gar Kinder. Und dieser Geist hatte sich im Haus festgesetzt und die Stimmung verdunkelt.

„Großvater war ein Despot", dachte Peer, als er es sich im Sessel gemütlich gemacht hatte und sofort erwachte sein Mitleid für Anton, seinen Vater. Ein bisschen Bequemlichkeit gehörte schließlich auch zum Geschäft. Eine Bequemlichkeit, die schon Jahrzehnte alt war, denn noch immer füllten die alten, massiv gebauten Möbel diesen Raum, beeindruckten jeden Besucher und wirkten dabei immer auch einschüchternd, verwiesen sie doch auf das Solide, Übermächtige, Erfolgreiche, das eben nur Ausdruck eines außergewöhnlich gut florierenden Unternehmens sein konnte. Diese Einschüchterung hatte jeder Älteste der Familie Brendau aushalten müssen. Sie war Teil des Geschäftserfolges und was fürs Geschäft gut war, musste eben auch für die Erziehung gut sein.

Peer dachte an seinen Vater. Er war der einzige Junge unter lauter Mädchen, der einzige Sohn seiner Großeltern. Damit war sein Lebensweg vorgezeichnet. Schule mit erfolgreichem Abschluss, Eintritt ins Geschäft und dann das ganze Geschäft von der Pike auf lernen. Peer wusste aus eigener Erfahrung, dass das nur eine eher schönfärberische Beschreibung für Knochen- und Drecksarbeit war. Er hatte es selber auch erleben müssen. Sein Vater lernte ihn an. Unerbittlich. Er war schließlich der Sohn vom Chef. Und niemand im Geschäft war auf seiner Seite. Er war schließlich der Sohn vom Chef. Nur hatte er nichts zu sagen, denn der Alte war und blieb das Maß aller Dinge. Er konnte seinen Vater gut verstehen. Doch das erst jetzt, seit ein paar Jahren. Aber da hatte sein Vater, Anton Brendau, schon dicht gemacht.

Peer lächelte, als er an seine kleinen Revolten und Rebellionen dachte. Was wäre aus ihm ohne Lisa geworden? Ihn schauderte. Er wachte auf aus seinen Träumen. Erinnerte sich an den Abend. An das, was Lisa gesagt hatte. Und an das, was sie tun wollte. Jemand Fremdes in die Familie holen. Das ging nun wirklich nicht!

Als er sich das noch einmal nachdrücklich klar gemacht hatte, überfiel ihn eine bleierne Schwere. Er mochte sich nicht bewegen. Zu anstrengend. Er hatte gekämpft. Um seinen Vater. Um seine Frau. Um seine Kinder. Und nun? Er schüttelte resigniert den Kopf.

Lasse hatte ihn einen „Mörder“ genannt. Ihn, einen ehrbaren Geschäftsmann. Einen hart arbeitenden Vater. Was bildete sich der Bursche denn ein! Dass er jetzt verletzt im Krankenhaus lag, tat ihm sehr leid. Kein Vater wollte, dass es seinem Kind, seinem eigen Fleisch und Blut schlecht ging, leiden musste.

Peer hatte das Gefühl, dass das Unglück an ihm klebte. Das war vor ein paar Jahren schon einmal so gewesen, nur hatte er es da nicht wahrhaben wollen.

Er stand auf und ging an den großen Nussbaumschrank, der fast eine ganze Wand einnahm und bis knapp unter die hohe Decke des Zimmers reichte. Er öffnete die linke Tür. Der mittlere Teil war durch eine weitere Tür versperrt, wohingegen auf den sechs Borden, die über und unter dieser Tür angebracht waren, Gläser verschiedener Größen und Formen aufbewahrt wurden.

Peer öffnete die mittlere Tür und schaute lange auf die vielen Flaschen, die darauf warteten, geleert zu werden. Geschäfte wurden in diesem Raum schon immer bei und mit einem guten Glas besprochen und auch abgeschlossen. Und wenn die Geschäfte einmal nicht so gut liefen, dann konnte ein gutes Glas mit einem guten Tropfen ein wahrer Tröster sein.

Peer nahm ein Sherryglas, die Sherryflasche, nahm beides mit an den Sessel, setzte sich hinein, schenkte sich ein erstes Glas voll und leerte es langsam mit drei Schlucken. Er ließ sich, das leere Glas noch in der Hand, ganz in den Sessel zurückfallen, doch die gewünschte Entspannung wollte sich nicht einstellen.

„Was bringt's?", dachte er sich. „Weitertrinken ist auch keine Hilfe. Und morgen ist auch wieder ein Tag."

Doch diese Allerweltsweisheiten schürten seine innere Unruhe mehr, als dass sie sie abklingen ließen. Peer stand auf, lief im Zimmer unruhig auf und ab. Seine Gedanken kreisten, aber er konnte keinen fassen oder benennen. Umtriebig, so nannte das sein Vater. Überhaupt, sein Vater. Peer blieb stehen, in Gedanken versunken.

Lisa kam ihm wieder in den Sinn. Er lächelte. Lisa im Bad. Bei ihm. Und er nackt. So etwas hatte es schon lange nicht mehr gegeben. Er merkte, dass er sich nach Lisa sehnte. Aber sie wollte einfach nicht. Sie entzog sich ihm. Und das seit Jahren. Seine Wut hatte endlich ein Ziel gefunden, auch wenn er wusste, dass es das falsche Ziel war.

Peer füllte zum wiederholten Male sein Sherryglas.

Er schaute aus dem Fenster. Draußen war es dunkel geworden, so dass er nur sein eigenes Bild im Fenster sehen konnte. Er nahm sich die Zeit, sich gründlich anzuschauen. Ihm fiel auf, dass er alt geworden war.

„Alt und unausstehlich", sagte er zu sich selber. „Wo", so fragte er sich, „sind die Zeiten geblieben, als ich die Welt erobern konnte?"

Er wusste, dass es diese Zeiten nie gegeben hatte. Jedenfalls nicht wirklich. Es hatte eine kurze Zeit gegeben, da sah es einmal so aus. Das war, als er Lisa kennen gelernt hatte. Er lächelte. Und er merkte, dass genau dann, wenn diese Erinnerungen kamen, neben diesen Bildern einer glücklichen Zeit, seiner einzigen glücklichen Zeit, wie er sich mittlerweile eingestehen konnte, noch etwas anderes einen Platz beanspruchte. Etwas Dunkles und Erschreckendes, vor dem er die Augen verschloss. So konnte er auch diese guten Erinnerungen nicht wirklich genießen. Und keine Kraft und Energie aus ihnen schöpfen.

Lisa hatte einmal versucht, ihm zu helfen, dieses Dunkel zu erhellen. Das war kurz vor dem Weihnachtsfest gewesen, als er sie gegen seine Mutter in Schutz genommen hatte. Er sah diese Szene immer noch in aller Klarheit vor seinen Augen. Lisa, die so glücklich war, fast so wie in ihrer ersten Zeit. Lisa, die sein fest gefügtes Leben durcheinander gewirbelt hatte. Und das seiner Eltern, wie er lächelnd zugab. Endlich einmal Umwege machen, festgefahrene Wege verlassen, Rituale erneuern. Genutzt hatte es wenig. Sein Vater hatte ihn vor die Wahl gestellt, und er hatte nachgegeben. Er musste doch seine Familie versorgen. Für sie sorgen. Und da versprach das Geschäft Sicherheit. Ohne die ging es nun einmal nicht. Doch was er immer geahnt hatte, aber nie wahrhaben wollte, war zur schleichenden, unausrottbaren Gewissheit geworden. Das war der Anfang vom Ende gewesen. Er hatte sich arrangiert. Lisa gezwungen, sich mit ihm zu arrangieren. Nicht offen und sofort, sondern langsam und schleichend. Und die Kinder taten ein übriges dabei. Und die Drohung seines Vaters, was geschehen würde, wenn die Familie zum Gegenstand, wie er es nannte, „öffentlicher Erörterungen" würde.

Peer wandte sich vom Fenster ab. Er konnte sich nicht länger in die Augen schauen. Er wusste nicht, wohin er schauen sollte, wohin er sich wenden konnte. Er war allein. So, wie es ihm sein Vater beigebracht hatte. Die Erziehung war erfolgreich gewesen.

Er hoffte nur, dass er als Vater nicht so erfolgreich werden würde. Insofern konnte er sich über Lasse freuen. „Ganz die Mutter“, lächelte er. „Hoffentlich ist er stärker als ich.“ In diesem Moment fiel ihm selber auf, wie er sich abwertete, klein machte, sich als Schwächling begriff – etwas, was ihm sein Vater und Großvater immer auszutreiben versucht hatten.

Kapitel 10 –Psychologisch geschulte Ermittler

Inzwischen war eine gute Woche ins Land gegangen, ohne dass ich irgendetwas von Brendau gehört hätte. Und ich muss gestehen, dass ich ruhiger geworden war, gelassener. Meinen Ausflug ins Land der Ermittler hatte ich dennoch nicht ganz aufgegeben. Ich versuchte mich an die verschiedenen Krimis, die ich gelesen und die Fernsehserien, die ich gesehen hatte, zu erinnern, um eine Ahnung zu entwickeln, was ich tun müsste, sollte oder könnte.

Beinarbeit und Geduld. So fasste ich meine Erkenntnisse zusammen. Und genau so hatte ich mich auch verhalten, jedenfalls gelegentlich. Ich war entschlossen, meinem neuen Hobby weiter nachzugehen, ohne deswegen jedoch meinen geruhsamen Lebensabend aufs Spiel zu setzen. Das Hobby sollte eine Ergänzung werden, kein Selbst- oder Lebenszweck sein. Die Zeiten waren für mich endgültig vorbei. Jetzt, wo ich nicht mehr täglich gezwungen war, meine Brötchen durch viele Stunden Arbeit zu verdienen, hielt ich es für angebracht, diesen Zustand lustvoll zu genießen. Und das erschien mir ein wunderbares Übungsfeld. Schließlich hatte ich den ganzen Ermittlern gegenüber einen nicht zu unterschätzenden Vorteil – ich war ausgebildeter Fachmann für Zwischenmenschliches, eben ein Psycho mit jahrzehntelanger Erfahrung. Ein Pfund, mit dem ich wuchern könnte, wenn ich nur wüsste wie. Allein dieses Gefühl der Überlegenheit ließ mich schmunzeln und machte es mir leichter, weniger verbissen und spielerisch-spaßhafter meinem Hobby zu frönen.

Das Wochenende hatte ich, nicht überraschend, zur Eigenpflege genutzt. So nannte ich es, wenn mein Wohlbefinden im Mittelpunkt stand. Am Samstag schlief ich lange – so lange, wie ein älterer Herr eben schlafen konnte. Für andere war es einfach früh. Kurz nach acht zog ich mir den Bademantel über, holte die Zeitung aus dem Briefkasten im Erdgeschoss und legte mich wieder ins Bett, um die Lokalzeitung durchzublättern. Das war Teil meiner täglichen Frühstücks-Routine. Meiner werktäglichen Frühstücks-Routine, um genau und penibel zu sein. An meinen Eigenpflege-Samstagen blätterte ich das Blättchen im Bett einfach mehr oder weniger durch, um ganz nebenbei meine Entscheidung zu treffen, wie die Pflege dieses Mal aussehen sollte.

Nach zehn Minuten stand ich endgültig auf, warf die Zeitung zum Altpapier, ging unter die Dusche, zog mich an und verließ meine Wohnung. Ich machte mich auf, um ein opulentes samstägliches Frühstück zu genießen. Im

Café am Markt, zentral gelegen, wie der Name es schon sagt. Auf dem Weg dorthin kaufte ich die dicke Wochenendausgabe der *Frankfurter Rundschau*, ließ aber den Teil mit den Anzeigen gleich im Geschäft.

Das Café war um diese Zeit, viertel nach neun, nur mäßig besucht, so dass ich einen kleinen Tisch in der Ecke am Fenster fand. Ich zog meine Jacke aus, hängte sie über die Stuhllehne, legte die Zeitung auf den Tisch, setzte meine Lesebrille auf und studierte in aller Ruhe die Karte. Als ich mich entschieden hatte, legte ich die Karte nieder, nahm meine Lesebrille ab, legte sie auf die Zeitung und blickte erwartungsvoll vor mich hin. Und siehe da – es funktionierte. Gutes Personal reagiert darauf, wenn der Gast die Karte ablegt. Eine nicht mehr ganz junge Frau bediente mich. Ich bestellte mein opulentes Verwöhnfrühstück – zwei Vollkornbrötchen, Butter, Honig, Wurst- und Käseplatte, gebratenen Schinken, frisch gepressten Orangensaft, ein Kännchen Kaffee – „bitte geschlagene Sahne dazu“ – und ein Glas Sekt. Das musste sein.

Sie sehen, ich habe es gelernt, mich gut um mich zu kümmern. Deshalb zurück zu meinem Hobby. Mir ging Frau Brendau nicht aus dem Sinn. Nicht nur, weil sie eine attraktive Frau war, nicht zu jung im Vergleich zu mir, sondern auch, weil diese Aussage von Lasse „Mörder“ und ihr Kommentar „ich bin sicher, Peer hat mit dem Tod seines Bruders nichts zu tun“ irgendwie nachklangen und mich immer wieder beschäftigten.

Ich machte also die vielzitierte Beinarbeit. Ich ging in die Stadtbücherei, suchte nach Werken über die Geschichte der Stadt, über die wirtschaftliche Entwicklung, blätterte entsprechende Handbücher durch, um mich über die Firma Brendau zu informieren. Ich muss gestehen, viel ist dabei nicht herausgekommen. Ich war eben weniger Schnüffler als Fachmann fürs Fragen. Und wenn ich Bücher oder Zeitungen frage, dann antworten diese Dinger einfach nicht. Nur – wen hätte ich sonst fragen können? Niemand hatte mich schließlich beauftragt. Niemand? Doch – ich selber. Aber was hätte ich mich fragen sollen, was ich nicht schon wusste. Das Ganze war ziemlich enttäuschend, richtiggehend deprimierend.

Heinrich Brendau, Peers Großvater, hatte das Geschäft gegründet, um die Jahrhundertwende, der vorletzten, also um 1900. Er hatte vor etwa sechzig Jahren seine Arbeit als Zimmergeselle bei der alteingesessenen Firma Land aufgegeben und sich als Holzhändler selbständig gemacht. In allen Darstellungen blieb unklar, was ihn dazu getrieben hatte. Da Heinrich sich mächtig in die Arbeit kniete, viele Freunde hatte, gute Arbeit leistete, zuverlässig und günstig war, konnte er schon bald einige Gesellen einstellen.

Sein Sohn Anton musste dann das Geschäft von der Pike auf lernen, also von ganz unten – und genau so hatte es Anton dann seinem Sohn Peer gelehrt. Danach, zu den Zeiten des Wiederaufbaus, als viele Leute nicht das Geld hatten, das nötig war, um solche Dinge oder Leistungen einzukaufen, hatte sich Anton daran gemacht, dies als Nische für sich zu entwickeln. Er erfand eine Art gehobenen Naturalienhandel. Er ließ Leute bezahlen, oder er bekam von ihnen Waren, Arbeitsleistungen oder – und das war die Idee, die ihm später half, ins große Geschäft einzusteigen – er stundete den Leuten den Ausgleich. „Lass man gut sein", pflegte er dann zu sagen, „ich weiß ja, wie es ist. Nimm es man und wenn du kannst, dann werden wir uns schon einig." Auf diese Weise verschaffte sich Anton eine Art Heer von Leuten, die ihm einen Gefallen schuldeten. Als die Wirtschaft richtig ansprang, nutzte Anton seinen Vorteil, indem er Kredite immer zu günstigen Konditionen und sehr rasch bekam, denn wozu hatte er Banker vorher großzügig behandelt?

Nun dürfen Sie nicht glauben, dass das genau so in den Büchern stand, die ich gelesen hatte. Doch wenn ich die Berichte las, eins und eins zusammenzählte, dann konnte es gar nicht anders gewesen sein. Anton muss ein ziemliches Schlitzohr gewesen sein. Und ein erfolgreiches dazu.

Es gab allerdings einen kleinen dunklen Fleck in dieser lokalen Erfolgsgeschichte, doch darüber fanden sich nur sehr vage Andeutungen. Anton heiratete erst spät, er war schon eben über dreißig, und seine Frau Lone, eine geborene Stever, war die Tochter seines größten Konkurrenten. Sie können sich denken, dass gemunkelt und angedeutet wurde, was hinter dieser Heirat steckte. Und der erste Sohn kam so früh auf die Welt – da wusste man, dass dies eine „Muss-Ehe“ war. Die Frage wurde nie in dieser Offenheit formuliert, geisterte aber durch die Darstellungen, wer denn nun was musste. Schließlich wurde dieser Eklat – das war es damals noch, wenn in diesen Kreisen ein Kind Anlass der Heirat war – totgeschwiegen. Das gehörte zu den Umgangsformen in dieser Stadt – sehr vage Andeutungen, kein Nachhaken und der Rest ist Schweigen.

Und ich fand, dass es noch einen dunklen Punkt gab, über den ich nur einen Hinweis fand – der Tod von Peer Brendaus Bruder Dietrich. Ich fand lediglich eine kleine Anzeige, sonst nichts.

Dieser Spur war ich natürlich nachgegangen. Ich hatte einen Termin in der Gemeinschaftspraxis ausgemacht, um in den Unterlagen zu stöbern, denn alle Aufzeichnungen von Sitzungen wurden dort für zehn Jahre aufbewahrt. Was ich dort fand, half mir zwar auch nicht viel weiter, schürte aber meine Neugier.

Frau Brendau hatte sich angemeldet und war zum vereinbarten Termin alleine gekommen. Sie beklagte sich, blieb allerdings in ihren Klagen eher vage. Alle meine Versuche, sie zu bewegen, vom Klagen wegzukommen, schlugen fehl. Als ich meine Aufzeichnungen las, kamen die Erinnerungen wieder. Keine angenehmen Erinnerungen. Ich erlebte mein kleines Waterloo. Diese Frau steckte so voller Energie, dass alle meine Versuche, eine für mich klare Arbeitsgrundlage zu schaffen, fehlschlugen.

Am Ende ließ sie sich darauf ein, wieder zu kommen und Mann und Kinder mitzubringen. Und das tat sie auch. Drei Kinder kamen damals mit. Lars, Eleonora und Lasse. Die Tochter machte sich am wenigsten aus dem Treffen. Sie hatte ihr Buch mitgebracht und las. Sie fuhr nur aus der Haut, wenn ihre Eltern sie direkt ansprachen und sie „Leo“ nannten.

In meinen Unterlagen fand ich den Satz: „Mutter sehr engagiert. Vater bremst. Wiegelt ab. Versucht, mich auf seine Seite zu ziehen. Redet die Situation schön. Wertet die Klagen seiner Frau ab.“

Und so endete diese zweite und letzte Sitzung. Ohne Ergebnis. Nicht ganz, denn ich fand den abschließenden Satz: „Frau Brendau bedankte sich bei mir, dass ich einmal miterlebt habe, wie es bei ihnen zuhause zugehe und wie wenig ihr Mann sie und den Ältesten ernst nimmt.“

Jetzt waren es auch wieder diese beiden, Frau Brendau und der Älteste, Lasse, die mich aktiviert hatten. Nun ja, es stimmte nicht ganz: Lasse war nicht der Älteste, sondern der Älteste, der noch zuhause lebte.

Ich stand vor einem Haufen an Informationen, mit denen ich, ganz ehrlich, nichts anzufangen wusste. Diese Ermittlung verlief im Sande. Außer dass ich ein paar Informationen über die Firma und die Familie gesammelt hatte.

Was also sollte ich tun? Als psychologisch geschulter Ermittler?

Als ich diese Frage genau so formulieren konnte, lächelte ich, denn nun war klar, was ich tun könnte. Es war das einzige, was mir entsprach. Als Fachmann für Zwischenmenschliches konnte ich nur diese Kompetenz nutzen. Allerdings war ich bislang mein einziger Auftraggeber. Deshalb sollte ich besser meinen Auftrag formulieren. Das führte zu einigen längeren Abenden in meiner Stammkneipe. Ich sprach über mein Dilemma. Natürlich nicht so, dass jeder gleich wusste, worum es ging. Eher so als eine Art Geschichte nach dem Strickmuster „Also, stell' dir 'mal vor ..."

Mein Auftrag war deutlich geworden. Ich wollte einfach wissen, was es mit Dietrichs Tod auf sich hatte. Und da kam mir der Vorteil eines psychologisch geschulten Ermittlers zugute. Wenn es der Zufall schon so wollte, dass ich bei Lasses Unfall fast zum Augenzeugen geworden war und dass Frau Brendau mich eingeladen hatte, was lag da näher als das Spiel der sozialen Umgangsformen zu wahren und zugleich nutzen? Ich würde mich nach Lasses Befinden erkundigen und versuchen, mich mit Frau Brendau oder mit Lasse zu treffen.

Kapitel 11 –Anbahnungen

Der Frühherbst oder sollte ich sagen Spätsommer zeigte sich dieses Jahr hier oben im Norden von seiner angenehmeren Seite. Ich habe keine Ahnung, weshalb diese Zeit auch Altweibersommer genannt wird. Die Farbspiele des Laubes, das klare Licht der Sonne, die Kühle und Frische der Luft am Morgen – das war für mich Leben pur, das ich immer wieder genoss und genießen wollte.

Jetzt, wo mir klar war, wie mein weiteres Vorgehen aussehen würde, besuchte ich bei meinen Stadtgängen ganz zielstrebig Buchläden und die berüchtigten Schnick-Schnack-Geschäfte, wie ich die Ramschläden nannte. Denn dort fand ich meist Karten mit originellen Bildern und Texten und so eine suchte ich, denn ich hatte die Idee, dass es angemessener sein könnte, mit einer Karte, natürlich in einem Briefumschlag verschlossen, eine Ankündigung vorauszuschicken, damit das Telefonat nicht mit langatmigen Erklärungsversuchen beginnen müsste.

Da inzwischen fast zwei Wochen ins Land gegangen waren, ich eine in meinen Augen passende Karte gefunden hatte, machte ich mich daran, meine Schreibfertigkeit zu üben. Mit der Karte war ich mehr als zufrieden. Ich hatte eine Karte ausgesucht, die vorne ein Bild der Landschaft enthielt, zusammengefaltet war, so dass der Mittelteil beschrieben werden konnte und die Rückseite weiß blieb, außer dass dort die Angaben zum Bild auf der Vorderseite gedruckt waren.

Das Bild, entweder ein Foto oder ein einem Foto nachempfundenes Bild, das konnte ich nicht eindeutig erkennen, zeigte den Blick in einen beinahe verwunschenen Garten. Sträucher und Blumen prangten in einer unermesslichen Farbenpracht, ein Tontopf mit blühenden Kräutern tat ein Übriges, um sich so wohl zu fühlen, dass man – ich jedenfalls – am liebsten gleich diesen Garten betreten wollte.

Ich hatte zwar keine sehr schöne Schrift, um meine Klaue diplomatisch und freundlich zu umschreiben, doch in diesem Falle zwang die soziale Umgangsform zu einer handschriftlichen Äußerung. Also schrieb ich in Druckbuchstaben. Ich schrieb auf die linke Innenseite das Datum und begann dann auf der rechten Seite.

Sehr geehrte Frau Brendau,
da uns der Zufall nach Jahren zusammengeführt hatte und Sie mich zu einem sehr persönlichen Gespräch eingeladen hatten, wollte ich mich einfach einmal nach dem Befinden Ihres Sohnes Lasse erkundigen. Ich hoffe, er ist wieder auf den Beinen und Sie sind weiter auf einem guten Weg. Ich

würde mich freuen, eine Nachricht von Ihnen zu erhalten.
Mit freundlichem Gruß

und dann meine unleserliche Unterschrift darunter.

Natürlich steckte ich die Karte nicht gleich ins Kuvert, sondern las den Text noch einige Male durch. Irgendwie erschien er mir wenig gelungen. Ein bisschen plump. Unklar. Wie würde ich reagieren, wenn ich so eine Karte erhielt. Stopp! Ich musste einen weiteren Aspekt bedenken – wie würde ich reagieren, wenn ich eine Frau wäre und eine solche Karte von einem Mann erhielte?

Ich schüttelte den Kopf. Wenn ich schon jetzt anfing, Hintergedanken zu entwickeln, dann sollte ich besser die Karte zerreißen. Oder wäre es gut, mir meine Hintergedanken einzugestehen?

„Mensch, Bernie, du alter Knacker“, frotzelte ich mit mir, „Frau Brendau ist eine hochanständige, verheiratete Frau.“

Da meldete sich eine andere Stimme, die lachend einfiel: „Na und? Immerhin auch im besten Alter, oder?“

Irgendwie stimmte das alles schon. War auch angemessen. Wie heißt es doch immer? Frauen sind anders. Männer auch. Weshalb sollte ich also keine Hintergedanken haben? Und wenn ich sie mir eingestand, dann waren es ja auch keine Hintergedanken mehr. Und überhaupt – wieso zerbrach ich mir hier und heute den Kopf über so viele ungelegte Eier?

Ich schrieb die Adresse auf den Umschlag, steckte die Karte hinein, ohne sie noch einmal zu lesen, klebte den Umschlag zu, eine Marke darauf und ging vors Haus, wo praktischerweise ein Briefkasten hing. Damit hatte ich den ersten Teil fertig und hinter mir. Als ich wieder den Hausflur betrat, die Treppen emporstieg, verschwanden die Fragen, die eben noch in meinem Kopf herumgeschwirrt waren und als ich meine Wohnungstür hinter mir schloss, freute ich mich auf eine schöne Tasse Espresso, die ich mir aufbrühen würde.

Am nächsten Tag machte ich wieder meinen täglichen nachmittäglichen Spaziergang. Früher hätte man dazu Verdauungsspaziergang gesagt. Heute dagegen heißt es überaus funktional, Bewegung hält jung und in Schwung. Als ich am Briefkasten vorbeiging, schaute ich auf die Leerungszeiten: täglich 16.00 Uhr. Das könnte bedeuten, dass Frau Brendau die Briefkarte an diesem Tag erhalten würde. Falls die Post noch zuverlässig war wie früher. Ich hatte da nicht nur meine Zweifel, sondern auch meine Erfahrungen machen müssen.

Ich war in Gedanken versunken, denn ich überlegte, ob ich Bert, meinen jüngsten Sohn, besuchen sollte, der hier in der Stadt seinen Zivildienst in einem Pflegeheim ableistete. Ich hatte ihn schon zwei Wochen nicht mehr gesehen oder gesprochen und ich merkte, dass mich sehr interessierte, wie es ihm ging, denn er war noch nicht allzu lange in dieser Einrichtung. Ich war – wie üblich – einfach neugierig.

Als ich merkte, dass ich ein wenig außer Atem gekommen war, orientierte ich mich wieder in die Gegenwart zurück und lächelte. Ich war im Stadtpark gelandet. Im Stadtpark! So, als könnte ich es kaum abwarten, Frau Brendau zu treffen.

„Was ist denn mit dir los?", fragte ich mich selber, schüttelte den Kopf und blieb erst einmal stehen. Die Sonne schien durch das bunte Laub, das in vielen Farben schillerte. Ich genoss dieses farbenprächtige Spiel und setzte mich auf eine der freien Bänke. Einige Hunde tollten ausgelassen auf dem Rasen, jagten Blättern hinterher und rangelten miteinander. Andere, deren Besitzer offenbar ängstlicher waren, zogen ihre Herr- oder Frauchen an der Leine, um zu zeigen, wer tatsächlich Herr und Bestimmer war. Ich war wieder einmal froh, keine Haustiere zu haben. Ich brauchte keine Rücksicht darauf zu nehmen, konnte meinen Tag so leben, wie es mir gefiel. Allerdings, das stimmte schon, ich hatte immer einiges aufzubringen und zu leisten, um nicht in das Gefühl des Alleinseins zu fallen. Aber so ein Hundeleben oder besser: so ein Leben mit Hund, das war keine Alternative.

Während ich mich also dem Schauspiel hingab, das mir die Natur sowie Hund und Anhang boten, bemerkte ich, dass auch noch einige andere Menschen durch den Park eilten. Offensichtlich sehr geschäftig. Ich schaute ein wenig genauer hin und erkannte, dass es meist junge Leute waren, mit Rucksack auf dem Rücken oder lässig über eine

Schulter geworfen, allein oder in Gruppen. „Schule ist aus", dachte ich. Wieder eine lästige Pflicht, der ich mich entledigt hatte. Ich war weder Schüler, noch musste ich mir als Vater meiner Kinder darüber Gedanken machen. Ich war sehr zufrieden mit mir.

Ein Junge ging ganz allein quer über den Rasen. Das war auffällig, weil alle anderen die Wege benutzten. Na ja, alle bis auf die Hunde. Und Hundehaufen waren im Rasen viel schwerer zu erkennen, denn ich hatte niemanden beobachten können, der die Haufen beseitigte. Alle schienen den Stadtpark als eine Art Freigehege für Hunde zu betrachten. Wie gut, dass ich nicht vom Wege abgekommen war, dachte ich, denn sonst hätte ich vielleicht auch schon Hundedreck unter meinen Sohlen.

Der Junge war inzwischen an meiner Bank vorbeigegangen. Sehr ernst sah er aus. Es dauerte nur einen Moment, da machte es bei mir „klick!" Na klar, das war Lasse. Lasse Brendau. Also war er wieder zuhause. Und gesund. Zumindest nicht erkennbar beeinträchtigt. Ich freute mich und sah ihm nach, wie er den Park verließ. Ich malte mir aus, wie er nach Hause kam, die Haustür aufschloss, seine Jacke in die Ecke schmiss, wie es Jungen in seinem Alter meist machen, wie er in seinem Zimmer verschwand, wie seine Mutter ihn zum Essen rief und mit ihm über den Tag redete. Ihn fragte. Ihn weiter fragte. Ich merkte, dass das Bild von Frau Brendau vor meinem inneren Auge auftauchte, wohingegen das Bild von Lasse verblasste.

„Mann, Mann", ermahnte ich mich, „pass auf, dass es dich nicht erwischt..." Weiter wollte ich nicht darüber reden. Ich dachte an die gelesenen Krimis und die Fernsehserien. Immer waren Frauen mit im Spiel. Immer ging es um Beziehungen, um Liebe, Hass und Eifersucht. Warum sollte es mir da anders gehen, wenn ich in eine solche Rolle schlüpfte? Also müsste ich doch wohl besser auf mich aufpassen und nicht vergessen, dass ich auch die Fähigkeiten des Chamäleons hatte, mich farblich anzupassen, fast unsichtbar zu machen.

Ich stand gemächlich auf, verließ den Stadtpark in Richtung Friedhof und schlenderte in aller Gemütlichkeit an den Gräbern vorbei, bis ich vor dem Grab von Mecki stand. Sonst rede ich meist in der Form „meine verstorben Frau" von ihr, denn das macht mir das Gespräch über sie leichter. Wenn ich alleine mit ihr bin, so wie jetzt auf dem Friedhof, mit ihr rede, ohne dass jemand zuhört, dann nenne ich sie Mecki. Eigentlich hieß sie Mechthild, aber jeder nannte sie Mecki. Weswegen, weiß niemand mehr. Irgendetwas aus der Zeit, als sie klein gewesen war. Das hatte sich ein Leben lang und länger gehalten.

Ich stand vor dem Grab, schaute auf das schlichte Holzkreuz, auf dem einfach ihr Name stand und darunter Geburts- und Todestag. Es war noch genug Platz für meinen Namen und meine Tage. Aber das würde noch ein wenig dauern. Da waren Mecki und ich uns einig. Jetzt stand ich hier und hielt Zwiesprache mit ihr, wollte wissen, was sie von dem Ganzen hielt, ob ich Frau Brendau wirklich noch anrufen sollte und wie ich mit meinen Hintergedanken umgehen sollte.

Mecki hielt sich ziemlich bedeckt. Ich hatte das Gefühl, sie machte sich über mich lustig. Zog mich damit auf, dass ich, als gelernter Psycho, bei solchen alltäglichen Gefühlsaufwallungen, denn schließlich waren Gefühle nichts Besonderes, sondern Teil des Lebens, außer Fassung kam. Ich konnte sie förmlich vor mir sehen, wie sie sich bemühte, die Lippen zusammenzupressen, um nicht laut los zu lachen. Dabei zuckte ihr Mund ununterbrochen.

Ich merkte, dass ich mich entspannte. Ich hatte das Gefühl, verstanden zu werden. Ich deutete zwei kurze Verbeugungen an und nahm Abschied für heute. „Alles Gute, Mecki", murmelte ich halb laut, drehte mich um, ging ein paar Schritte, nur um mich noch einmal halb umzudrehen, zurück zu ihr zu lächeln, verstohlen mit einer Hand zu winken, in der Hoffnung, dass mich niemand sehen würde. Das hätte mir gerade noch gefehlt!

Auf dem Weg nach Hause ließ ich mir viel Zeit, ging bewusst und vorsätzlich langsam, schaute alles genau an und genoss es, mich so treiben zu lassen. Es war kurz vor halb vier, als ich mich zuhause im Wohnzimmer in den Sessel fallen lies, mit einem Krimi in der Hand, während aus der Anlage Paul Simons Stimme erklang und sich über *Fifty ways to leave your lover* ausließ.

Als die CD zu Ende war, blieb ich noch einen Moment sitzen, blätterte im Krimi die Seiten bis zum Ende des Kapitels, es waren noch vier, und beschloss, diese erst zu lesen, ehe ich den Anruf erledigte. Vier Seiten bedeuteten für einen Viel- und Schnellleser wie mich keine Zeit. Die ließ ich mir nun, denn ich fühlte mich doch ein wenig beklommen. Sorgfältig legte ich das Lesezeichen ins Buch, schlug es zu, blieb noch einen Moment sitzen, stand auf, stellte das Buch tatsächlich ins Bord, was ich sonst nie tat, solange ich noch darin las.

Ich schlenderte in die Küche, tat so, als würde ich das Telefon nicht wahrnehmen, holte mir ein Glas, ging zurück ins Wohnzimmer, bemühte mich erneut, das Telefon zu übersehen, schenkte mir ein Glas Portwein ein und trank einen Schluck. Im Stehen! Das war das Zeichen. Ich ging zurück in den Flur, holte Telefon und Telefonbuch und wählte die Nummer 7 5 3 6 8.

„Ja?" Mehr nicht am anderen Ende.

„Suter hier. Guten Tag." Ich wusste wirklich nicht, wie ich das „ja" zu deuten hatte. Störung, Verwirrung, Erleichterung oder gar Freude. Also hielt auch ich mich zunächst ein wenig bedeckt.

„Herr Suter ... welche Überraschung ..."

Ich hatte meine Augen geschlossen, um mich ganz dem Klang der Stimme hinzugeben, um ganz genau hinzuhören, keine äußere Ablenkung zuzulassen. Ich blieb unsicher.

„Frau Brendau. Ja, ich hoffe, ich störe nicht allzu sehr."

Blöde Floskel! Ich ärgerte mich über mein Ungeschick, aber ich war noch nie besonders gut in sozialer Konversation oder dem berühmten Small Talk gewesen.

„Nein, überhaupt nicht. Sie hatten mir ja auch geschrieben. Deshalb bin ich nicht ganz so überrascht."

Hörte ich da doch ein wenig Freude? Ich lächelte.

„Ja, Sie fragten nach Lasse. Also …", Frau Brendau machte eine Pause. Sie schien mir sehr geschäftsmäßig. Nahm sofort und ausschließlich auf meine Karte Bezug, auf das von mir vorgebrachte Anliegen. „Adieu, du spannende Welt der Ermittler", dachte ich im Stillen.

„Hallo? Sind Sie noch dran?"

Offenbar hatte ich zu lange geschwiegen.

„Doch, ja klar. Ich wollte Sie nur nicht unterbrechen."

„Ja, Herr Suter, es freut mich sehr, dass Sie so Anteil nehmen, was mir geschieht. Das freut mich wirklich."

Innerlich jubelte ich. Gewonnen, denn Frau Brendau hatte jetzt nur noch auf sich selber und nicht mehr auf Lasse Bezug genommen. Die erste Hürde war genommen.

„Hürde?" Ich reflektierte mich sofort. „Wohin will ich denn springen? Auf was will ich hinaus?" Lauter unbeantwortete Fragen. Wollte ich meine Neugier in Bezug auf Dietrichs Tod befriedigen, wie ich es mir selber einmal gesagt hatte? Oder wollte ich Frau Brendau näher kommen? Oder wollte ich mich am Schicksal einer

Familie auf eine noch undeutliche Weise gütlich tun? Fragen über Fragen. Und Fragen sind ja schließlich auch meine Spezialität.

Inzwischen hatte Frau Brendau weitergeredet und ich nur mit halbem Ohr und abgelenkt zugehört. Dennoch hatte ich mein routiniertes „hm“ gelegentlich in den Hörer gebrummt, um ihr keinen weiteren Anlass zu bieten, sich zu unterbrechen und mich zu befragen.

„Seit wann“, unterbrach ich sie nun, „ist der Lasse wieder zuhause?“

„Das ging ziemlich schnell. Er blieb nur zwei Tage zur Beobachtung. Er hatte eine Rippenprellung und den Fuß verstaucht mit einem dicken Bluterguss. Aber er läuft schon wieder. Und geht zur Schule.“

„Dann ist ja alles gut ausgegangen, oder?“ Ich wollte ihr eine Möglichkeit geben, das Thema Lasse zu verlassen – sofern sie es wollte.

„Na ja“, das klang sehr nachdenklich und ernst, „wie man’s nimmt.“

„Wie darf ich das verstehen?“ Ich nahm ihre Einladung an, sicherte mich aber mit der Frage „Wenn Sie es mir überhaupt erzählen mögen“ noch einmal ab.

„Sehr gerne.“ Das klang geradezu begeistert. Es entstand eine kurze Pause. Ich wartete, brummte mein unvermeidliches „hm“ und tatsächlich – es ging weiter.

„Ihr Besuch“, Frau Brendau stockte kurz, dann verbesserte sie sich, „das Gespräch mit Ihnen hat mir gut getan und mir sehr geholfen. Aber es hatte auch seine Schattenseiten. Es gab Krach mit Peer. Mit meinem Mann."

„Das tut mir leid. Das war nicht meine Absicht." Ich bemühte mich, Verständnis zu zeigen und zugleich meine Sympathie für sie auszudrücken. Die Reaktion war ein Lachen.

„Das ist doch nicht Ihre Schuld, Herr Suter! Es war nur, na ja, es war nur der letzte Auslöser. Sie wissen ja, oder erinnern Sie sich nicht mehr, ich war doch vor, ja wie lange ist das her? Zwei Jahre, oder?"

Frau Brendau hatte eine Einladung ausgesprochen, ich war vorsichtig darauf eingegangen und jetzt suchte sie nach einer gemeinsamen Vergangenheit, nach einem Ausgangspunkt, der uns beide unsere gemeinsamen Erfahrungen miteinander vor Augen führte, was die nächsten Schritte erleichtern würde. Ich lächelte, denn genau das war der Vorteil, den ich Ermittlern und Privatschnüfflern – plötzlich fühlte ich mich großartig und schon formulierte ich abschätzig – gegenüber besaß.

„Ja, zwei Jahre. Ich habe mir", jetzt machte ich den nächsten Schritt, um meinen Auftrag weiter verfolgen zu können, „die Aufzeichnungen noch einmal angesehen. Von den damaligen Gesprächen. Von den zwei Gesprächen. Ich hoffe, dass ist Ihnen recht?"

Ich war gespannt, wie Frau Brendau nun reagieren würde. Ich hatte ihre Einladung angenommen und machte ihr darüber hinaus mit dieser Information ein unausgesprochenes, aber klares Angebot.

Keine hörbare Reaktion. War ich zu weit gegangen? Zu schnell vorgeprescht? Ich entschied mich für einen geordneten Rückzug. „Tut mir leid, wenn ich das nicht hätte tun sollen."

„Nein, nein." Hörte ich da so etwas wie Erleichterung? „Das ist schon in Ordnung. Ich dachte nur gerade, also der Krach mit Peer ... aber wenn Sie Ihre Aufzeichnungen angesehen haben, dann wissen Sie es ja ..."

Frau Brendau hielt einfach an, ließ offen, was sie meinte und ich hatte keine Ahnung. Das hieß Vorsicht und Aufpassen.

„Ja..." Ich ließ meine Stimme hoch, so dass das „ja" sowohl Feststellung und Bestätigung wie Frage sein konnte.

„Herr Suter", jetzt klang Frau Brendau sehr entschlossen, also schwieg ich weiter. „Ich habe den Kindern, also Lars und Leo, ich denke, Lasse gehört auch dazu, gesagt, dass ich mit Ihnen reden werde, also weiter reden. Peer wurde deshalb wütend. Er will nicht, dass sich jemand Fremdes einmischt. Genau wie damals, nicht wahr?"

Ich bestätigte sie schnell, damit sie weiterredete.

„Und dass Sie sich tatsächlich dafür interessieren, was passiert ist, das weiß ich. Sonst hätten Sie ja nicht angerufen. Und nicht geschrieben. Das tut mir richtig gut, wissen Sie."

Ich war erleichtert. Diese Hürde war genommen. Ich hatte mich entschieden, Ermittler zu bleiben. Dietrichs Tod und Frau Brendaus so dahin geworfene Äußerung, dass Peer nicht Schuld sei, hatten mich gepackt. Ich wollte es wissen. Das hieß aber auch, dass ich aufpassen musste, von Frau Brendau nicht zu sehr und ausschließlich als Psychofachmann gesehen zu werden. Das wäre dann nämlich nicht nur ein Kunstfehler meinerseits, sondern schlicht eine unverzeihliche Sauerei. Ein Ausnutzen. Und das würde auf jeden Fall ich mir nicht verzeihen.

Kurz und gut – Frau Brendau machte einen Termin mit mir ab und da ich nicht mehr in der Gemeinschaftspraxis arbeitete, würde das Ganze wieder Am Stadtpark 12 stattfinden. Um mir und meiner Ehre treu zu bleiben, hatte ich mit Frau Brendau vereinbart, zunächst mit ihr alleine zu sprechen – entweder kurz zu Beginn oder überhaupt. Sie hatte zugestimmt und so konnte ich mich in Ruhe auf dieses Treffen vorbereiten. Denn es gab natürlich vorher noch einiges für mich zu tun.

Kapitel 12 –Friedhof

Ich muss zugeben, dass ich ein wenig unruhig war. Auf was hatte ich mich jetzt eingelassen? Egal. Meine Entscheidung war gefallen und jetzt lag es an mir, den Weg zu wählen. Finden würde ich ihn, da war ich ganz sicher, denn was auch immer ich tat, es wäre der Weg, den ich ging. Anders war es nicht möglich. Gehen, stehen, liegen, laufen, ärgern, freuen – was auch immer geschah, es wäre genau das, was geschah. Ein Weg. Unvermeidlich. Ob es allerdings auch der Weg wäre, den ich mir wünschte, das stand auf einem ganz anderen Blatt. Das machte es so wichtig, mir ein paar Sachen vorher zu überlegen. Denn so ganz ohne mein Einverständnis, so ganz ohne meine Beteiligung war es nicht möglich, den Weg zu gehen.

Was mir Schwierigkeiten bereitete, war der Wechsel vom Rentnerdasein zum Ermittlerleben. Mir fehlte, das wurde mir immer schmerzlicher bewusst, jegliche Erfahrung. Ich musste etwas neu lernen. Und dazu fühlte ich mich manchmal schon zu alt und manchmal auch einfach zu erfahren. Dann half mir das Chamäleon. Ich verschwand einfach und wurde zu einem Teil der Umwelt, zu einem Zuschauer und Beobachter, der alles aufsog, um es später zu nutzen.

Ich rief mir in Erinnerung, was ich bereits wusste und was ich noch wissen wollte. Da wurde mir klar, dass ich mich zu sehr auf Frau Brendau konzentriert hatte. Was war mit ihrem Mann? Mit den Kindern? Nun gut, ich wusste ein wenig über die Firma, aber ich hatte überhaupt keine Ahnung von ihrem Mann und der spielte schließlich eine Hauptrolle. Auch in Frau Brendaus Augen. Ihre Worte hatten sich bei mir unauflöschlich eingebrannt: „Ich glaube das Ganze nicht. Da brauche ich Ihre Hilfe. Ich bin sicher, Peer hat mit dem Tod seines Bruders nichts zu tun."

Damit war die Entscheidung über meine nächsten Schritte als selbst ernannter Ermittler gefallen. Ich musste mehr über Peer erfahren, ihn und sein Leben und seine Ansichten genauer kennenlernen. Das schien einfacher gesagt, als getan, denn er war derjenige, der keinen Fremden in seiner Familie wollte.

„Stimmt das denn?", fragte ich mich nun erstaunt. Es war Frau Brendau gewesen, die das immer wieder betont hatte. Nun gut, Herr Brendau hatte sich beim Gespräch vor zwei Jahren in der Praxis reserviert verhalten, aber das war im Grunde nichts Ungewöhnliches. Das taten viele Männer. Meine Theorie, die ich mir in den Jahrzehnten meiner Praxis immer wieder bestätigen ließ, lautete ganz schlicht, dass es die Angst des Mannes vor Veränderung war, die ihn zuerst immer dazu anhielt, jeden Fremden auszugrenzen. Schutzreflex und Imponiergehabe hinter denen eine tiefe Angst verborgen blieb, die Angst zu versagen, kein richtiger Mann zu sein, in den Augen seiner Angehörigen als schwach zu gelten.

„Lass' bloß diese Psycho-Spielchen", ermahnte ich mich, „denk' lieber darüber nach, was du jetzt tun willst und fall' selber nicht darauf rein, den starken Mann zu markieren!" Ich lächelte über mich selber. Zufrieden mit meiner Offenheit mir gegenüber. Das fiel mir relativ leicht, denn schließlich musste ich dann nur mir Rechenschaft ablegen. Das war viel einfacher, als wenn jemand anderes mit sah, mit hörte, mit dabei saß.

Zufrieden mit mir und der Welt trollte ich mich in meine Stammkneipe. Das war ein echter Absacker, wenn ich in dieser gelassenen, ein wenig selbstzufriedenen Stimmung war. Ich hockte mich an den Tresen, hielt mich an meinem Bier fest, schaute einfach geradeaus, so dass niemand auf die Idee kam, mich anzusprechen, meinen Blick auf den Spiegel gerichtet, der hinter dem Tresen hing und der es mir ermöglichte, einen großen Teil der Kneipe wie einen Stummfilm, der im Hintergrund mitlief, an mir vorbeiziehen zu lassen. Wenn ich wollte, konnte ich mich einklinken, genauer schauen, mich umdrehen, aber was mir in dieser Stimmung so wichtig war – ich entschied ganz allein. Der Wirt kannte mich und meine Gewohnheiten. Er schaute mich kurz an, wenn mein Glas beinahe leer war, zog die Augenbrauen hoch und ich nickte dann oder schüttelte den Kopf. Ein neues Bier oder keines. So einfach und ruhig konnte ich meine Abende verbringen, wenn mir danach war.

Heute träumte ich von dem, was ich als nächstes tun würde. Na ja, wenn ich ganz ehrlich sein sollte, dann müsste ich bekennen, dass ich auch den Männertraum träumte. Groß, erfolgreich und überhaupt, einfach Klasse zu sein. Alle Fragen beantwortet. Alle Schwierigkeiten beseitigt. Alle Erfolge eingeheimst. In solchen Momenten überfiel mich immer eine Art Traurigkeit, die ich Melancholie nannte. Um sie leichter ertragen zu können, frotzelte ich mit ihrem Spitznamen: die schöne und unheimliche Bianca.

Schön, weil es gut tat, so in zwiespältigen Gefühlen zu baden, hin und hergerissen zwischen Größenwahn und Minderwertigkeit. Unheimlich, weil es meine Sehnsucht verstärkte, alles hinzuschmeißen, abzuhauen oder abzutreten. Einen guten Abgang zu machen. Zu sterben, weil ich diese Größe meines Wahns nie erreichen würde.

Da traf es sich gut, wenn der Wirt mich in genau dieser Situation ansah. Dann nickte ich immer und sobald das neue, frisch geschenkte Pils vor mir stand, lächelte ich es an, fühlte die Kühle und Feuchtigkeit des Glases mit meinen beiden Händen, nickte lächelnd und prostete mir mit den nur in meinen Kopf formulierten Worten „Neues Spiel, neues Glück!“ zu.

Dann war es Zeit zu gehen.

Am nächsten Morgen entschied ich mich, mehr über Peer in Erfahrung zu bringen. Nach dem Frühstück blätterte ich im Telefonbuch, um die Anschrift seiner Firma herauszufinden. Am Industriehafen. Das war ein ganzes Stück weg. Ich überlegte. Sie müssen wissen, dass ich kein Auto besitze, nur ein altes, aber gut funktionierendes Fahrrad. Und die öffentlichen Verkehrsmittel übten keinen besonderen Reiz auf mich aus. Ich fand sie viel zu teuer, auch wenn ich wusste, dass das nur meine sehr persönliche Reaktion war. Doch wenn ich daran denke, dass ich jedes Mal für eine einfache Fahrt mehr als zwei Euro zahlen sollte, dann schreckte mich das doch ab. „Warum", so fragte ich mich oft, „kriegt nicht jeder einfach eine Monatskarte, die aus den paar Euro Steuern mehr, die jeder, ob er die Karte will, nutzt oder nicht, zahlt." Das wäre dann wie mit dem Auto. Wenn ich da einsteige, dann kostet es mich auch nichts, denn Steuern und Versicherung habe ich schon längst bezahlt und denke nicht mehr daran. Und tanken würde ich auch erst später.

Ich schüttelte diese Gedanken ab. Zum einen störten sie mich, zum anderen interessierte das sowieso niemanden und zum dritten hatte ich heute etwas anderes vor. Ich entschied mich fürs Fahrrad und radelte gemächlich durch die Innenstadt, um den Hafen herum auf die andere Seite, dort wo sich viele große Firmen niedergelassen hatten. Baumärkte, Holzhandel, aber auch ein großes Weinkontor.

Brendaus Firma lag ein wenig abseits, war nur durch eine Sackgasse in Richtung Wasser zu erreichen. Ich hielt an, stieg ab, schloss mein Fahrrad ab und trat durch eine große Glastür ein. Die Größe des Ausstellungsraumes überwältigte mich. Dazu kam, das muss ich bekennen, dass mein handwerkliches Geschick gegen Null tendierte, was dazu führte, dass ich mir hier ziemlich fehl am Platze vorkam. Ich lächelte, denn mir fiel ein Spruch ein, den ich vor Jahren in der ZEIT gelesen hatte: Nie fühlte sich das Schwein so fremd, als in des Bauern Oberhemd. Und genau so kam ich mir vor. Was wollte ich bloß hier?

Ich machte auf dem Absatz kehrt, schloss mein Fahrrad auf, stieg auf und fuhr ohne nachzudenken in die Stadt. „Bloß weg!“, war das Einzige, was mir durch den Kopf ging. Ich murmelte es im Rhythmus der Pedalen. „Bloß“, mit aller Kraft die linke Pedale getreten, „weg“, mit aller Kraft die rechte Pedale getreten. Als ich merkte, dass meine Kraft nachließ und ich meine Wadenmuskeln allzu deutlich spürte, ließ ich das Rad einfach rollen und lächelte. Auf der Flucht, so kam ich mir vor. Und irgendwie stimmte das ja auch.

Den restlichen Vormittag und den halben Nachmittag vertrödelte ich. Ich kaufte ein, denn meine Vorräte verlangten, aufgefüllt zu werden. Ich machte ein bisschen meine Wohnung sauber. Staubsaugen, das Bad putzen.

Dann hatte ich genug und machte Mittagsstunde. Legte mich aufs Bett, döste vor mich hin. Gegen halb vier stand ich auf. Der unvermeidliche Gang aufs Klo. Ich saß auf der Klobrille, wartete ein wenig, genoss die Situation. Und wie so oft kam mir auch jetzt in dieser Situation eine, wie ich fand, herausragende Idee.

Ich machte mich auf den Weg zum Friedhof. Wenn Dietrich gestorben war, dann gab es auch ein Grab. Und angesehene, reiche Familien verfügten in dieser Stadt, das hatte ich gelernt, über viel freien Platz auf dem Friedhof. Sie residierten eben nicht nur im Leben, sondern auch im Tod.

Friedhöfe sind Orte, an denen ich mich wohlfühlen kann, einfach weil die übliche Hektik des Lebens am Eingang auf- oder abgegeben wird. Es ist still, jeder, den ich treffe, geht langsam und gemächlich, als hätte er alle Zeit der Welt. Und die vielen Gräber wirken auf mich beruhigend, weil ich weiß, wo ich enden werde. Ich brauche mich nicht anzustrengen, um hierher zu kommen. Das macht mich immer ruhig und gelassen. Eine Insel im Alltag. Und da heute das Wetter klar und trocken war, genoss ich diesen Ausflug.

Die Stadt hatte drei Friedhöfe, aber ich war mir sicher, dass das Familiengrab der Brendaus im Park lag. „Park", zugegeben, ein ungewöhnlicher Name für einen Friedhof, aber der Name spiegelte ziemlich eindeutig das wider, was es war. Eine wunderbare Grünanlage, in der Leute beerdigt wurden. Und ziemlich zentral gelegen, so dass ich am Nachmittag zu Fuß unterwegs war.

Da ich nicht wusste, wo das Grab war, musste ich den Friedhof gewissermaßen erwandern. Mir wurde bald klar, dass es ein System gab, das mir die Suche erleichtern würde. Je angesehener die Familie, desto größer die beanspruchte Fläche. Und da der Friedhof noch relativ neu war, wenn hundert Jahre als relativ neu gelten, ging ich davon aus, dass er entstanden war, als die angesehenen Familien sich darum kümmerten, entsprechend ihrem Ansehen repräsentative Grabstätten zu sichern. Das wäre dann der Anfang des Parks gewesen. Und das würde bedeuten, dass ich das Grab ziemlich in der Mitte finden würde. Und so war es denn auch.

„Grab?", fragte ich mich, als ich vor der Anlage der Familie Brendau stand. Das Areal war ein Rechteck von etwa 20 x 10 Metern. In der hinteren Hälfte stand ein offener Bau. Ich hatte keine Ahnung, wie so etwas genannt wurde. Es war ein heller Bau, verputzt, der fast die gesamte Breite der Fläche ausfüllte, vielleicht drei Meter hoch. Das Dach war eine Art Kugel, in deren Mitte sich ein goldenes Kreuz in den Himmel streckte. Das Gebäude hatte vorne eine Öffnung, die durch eine Art Gitter verschlossen war, so dass kein Unbefugter hinein konnte. Im Innern brannte eine Kerze.

Vor diesem imposanten Bauwerk war ein angelegter Garten, in dem es in vielen Farben blühte. Ich habe keine

Ahnung von Blumen und Pflanzen, so dass ich nicht sagen kann, was dort blühte. Ich kann nur sagen, dass das Ganze auf mich einen abgerundet perfekten Eindruck machte.

Ich stand und schaute. Wusste nicht genau, was jetzt. Ich ging ein paar Schritte weiter, dorthin, wo eine Bank stand und setzte mich. Ich ließ meine Gedanken kommen und gehen, ohne sie festzuhalten oder sie erinnern zu wollen. Ich wartete.

Ich hatte keine Ahnung, wie lange ich so gesessen hatte. Mehrere Leute waren an mir vorbei gegangen, ohne dass ich sie wahrgenommen hatte. Ich gab mir innerlich einen Schubs, wurde zum Chamäleon. Gerade rechtzeitig, wie ich merkte, denn jetzt kam jemand, den ich kannte – Peer Brendau.

Er näherte sich raschen Schrittes, blieb vor der Anlage stehen. Ich konnte ihn nur von hinten sehen. Er trug einen dunkelblauen, tailliert geschnittenen Mantel, der bis zu den Waden reichte. Er steckte die Hände in die Manteltaschen und stand einfach da. Ich saß einfach da. Dann drehte er sich abrupt um. Dabei sah er mich, zögerte einen Moment, schien sich nicht sicher, ob er mich kannte oder nicht. Ich entschied mich, es ihm leicht zu machen. Ich nickte ihm zu. Er kam einen Schritt näherte, verharrte, so als überlegte er, ob er gehen oder kommen sollte. Er nickte und kam auf mich zu. Ich stand auf, nickte noch einmal und begrüßte ihn mit den Worten „Guten Tag, Herr Brendau."

Er stand vor mir, schien mich noch nicht genau einordnen zu können. „Guten Tag, Herr ...“ Es war eine Frage.

„Suter.“ Ich half ihm.

„Herr Suter.“ Er sprach langsam, so als suchte er nach Anhaltspunkten.

Ich half ihm weiter. „Ich habe Sie neulich in der Stadt getroffen, als Lasse den Unfall hatte. Ich bin der Therapeut, bei dem Sie mit Ihrer Familie gewesen sind.“

Ich sah, wie sich sein Blick verfinsterte, versteinerte, um dann das Thema abrupt zu wechseln: „Und jetzt lungern Sie vor unserem Familiengrab herum...“ Das war keine Frage. Das war eine Missbilligung. Ein Angriff.

Ich versuchte, die Eskalation, die mich überrascht hatte, herunterzufahren. „Nein, keineswegs. Ich genieße das schöne Wetter, und ich finde Friedhöfe wunderbare Orte der Ruhe, Stille und Besinnung. Ich bin nur zufällig gerade hier vor dem Grab Ihrer Familie.“

Eine lange Rede, fand ich. Und nicht besonders gut. Wieso war ich dabei, mich zu entschuldigen?

Herr Brendau reagierte nicht erkennbar. Stand da, fixierte mich.

„Feierabend?“ Ich versuchte es mit eher unverbindlicher Konversation.

„Ja, ja.“ Das klang abgehetzt. Ich wartete.

„Sie waren doch neulich bei meiner Frau, nicht wahr?“ Was sollte das jetzt? Ich wartete weiter, blieb das Chamäleon, verschwand, so dass Brendau weitersprach.

„Ich weiß nicht, was das soll. Ich möchte Sie bitten, das zu lassen. Meine Frau ist manchmal leicht erregt und macht dann Dinge, die sie nicht so meint. Das wissen Sie ja selber. Das war ja damals auch so."

Brendau sah mich an. Ich war gar nicht da. War das Chamäleon. So konnte ich solche Situationen wunderbar durchstehen.

„Ich hoffe", Brendau klang leiser, aber damit unterstrich er nur seine Worte, „Sie haben mich verstanden, Herr Suter."

Ich nickte freundlich. „Tut mir leid, wenn Sie da etwas missverstehen, Herr Brendau." Ich gedachte den Vorteil, den ich als psychologisch geschulter Fachmann hatte, zu nutzen. So ließ ich nicht mit mir umspringen.

„Ja, ich habe Sie verstanden, Herr Brendau." Ich sprach auch leise, bemühte mich aber um einen mitfühlenden Tonfall. „Und es tut mir leid, wenn es da zu einem Missverständnis gekommen sein sollte. Das war nie meine Absicht."

Ich schaute Brendau an. Offenbar hatte er meine freundliche Reaktion nicht erwartet. Sein Kampfangebot hatte ich schlicht und einfach ausgeschlagen. Und ich war dabei, ihm recht zu geben. Das passte sicher wenig in die Welt erfolgreicher Geschäftsleute. „Also weiter so!", spornte ich mich an.

„Was soll ich machen, Herr Brendau, wenn Ihre Frau bei mir anruft und mich sprechen will?"

Seiner Miene konnte ich entnehmen, dass er das nicht erwartet hatte. Nun ja, wenn er mit mir kämpfen wollte, dann konnte ich ihn auch gewinnen lassen, indem ich ihn bat, mir zu sagen, wie ich mein Dilemma lösen sollte. Innerlich musste ich lächeln.

„Ich kann ihr doch nicht sagen, Frau Brendau, Ihr Mann hat es mir verboten. Das gibt doch nur Ärger. Ihnen. Und das liegt mir fern." Wieder machte ich eine kleine Pause. Brendau war offenbar noch zu verwirrt durch meine Reaktion, deshalb setzte ich nach. „Ich denke, Sie haben mit Ihrer Frau auch schon darüber geredet, oder? Dann wird sie mich sicher auch noch anrufen und den neuen Termin absagen, oder?"

Ich war stolz auf mein zweimaliges rhetorisches „oder". Jetzt musste Brendau Farbe bekennen, ob es hier ein Alleingang gegen sein Frau war, ob er sich mit ihr einig war oder ob ich meinen Finger in eine Wunde gelegt hatte.

„Sie", Brendau wurde laut, merkte es aber sofort, unterbrach sich. „Ach, was geht Sie das an!"

Nun war es klar – es war ein Alleingang.

Brendau drehte sich um und ging davon. Ich setzte mich wieder. Nachdenklich.

„Was hast du da angerichtet?", fragte ich mich. „Wieso musstest du deine Spielchen spielen?"

Mir war klar, dass es auch ein Hahnenkampf war. Zwei Männer. Eine Frau. Beide wollten stark sein. Keiner klein beigeben. So etwas tun Männer nicht, oder? Und ich hatte meinen Vorteil schamlos ausgenutzt. Ich sollte mich schämen. Tat es aber nicht wirklich, sondern überlegte, was ich jetzt tun sollte, um Brendau nicht weiter gegen mich aufzubringen. Denn wenn ich der Frage des Todes seines Bruders weiter nachgehen wollte, dann würde ich es noch mit ihm zu tun bekommen. Und da konnte ich es mir schlecht leisten, ihn von vornherein gegen mich aufgebracht zu haben.

Jetzt war ich ratlos. Deshalb stand ich auf, ging auf die Grabanlage zu, wollte sie mir genauer anschauen. Ich betrat den Weg zum Bauwerk. Links vor dem Bauwerk, vor einer vermutlich immergrünen Pflanze ein kleines Kreuz auf einer kleinen Marmorplatte mit der Inschrift „Dietrich – geliebt und viel zu früh dahingerafft“

Ich ließ den Text wirken. Es war in meinen Augen kein angemessener Text für eine Grabstelle. Das „dahingerafft“ verwies auf irgendwelche Kräfte, die da am Werk gewesen sein mussten. Wenn ich mich in Peer Brendau versetzte und mit dem Vorwurf, am Tod meines Bruders schuldig zu sein, leben müsste, dann würde mich diese Inschrift mit einer lebenslangen Schuld belegen, aus der es kein Entkommen gäbe. Als ich darüber nachdachte, tat Peer Brendau mir leid. Und das erklärte mir auch seine Reaktion. Ich hatte ihn auf dem falschen Fuß erwischt.

Nur machte mich das alles nur noch neugieriger. Ich wollte einen Weg finden, dem Geheimnis auf die Spur zu kommen.

Ich stand auf, zog meine Jacke zu und machte mich auf den Weg nach Hause. Ich dachte noch einmal an die Begegnung mit Peer. Ich merkte, wie mich Sympathie, Verständnis und Mitleid für ihn einholten. Kein Wunder, dass ich ihn jetzt nicht mehr Herr Brendau, sondern Peer nannte. Und noch etwas kam mir in den Sinn – gab es wirklich ein Geheimnis der Familie Brendau oder verrannte ich mich da, jagte einem Hirngespinst nach?

Kapitel 13 – Am Stadtpark 12

Der große Tag war gekommen. Nun, nicht wirklich groß, sondern groß für mich, weil ich ihn als eine besondere Herausforderung erlebte. Es war soweit. Ich hatte mich entschieden, denn ich hatte Frau Brendau zugestimmt zu kommen, so wie sie es gewünscht hatte. Ich wusste natürlich, dass da einiges auf mich zukam – besonders deshalb, weil ich meine Rolle finden, definieren und verwirklichen musste. Ich war schließlich Rentner, Pensionär, Ruheständler, also eine Person, die irgendwie nicht mehr richtig zählte. Dazu würde ich auf einen Mann und Vater treffen, der mir bei unseren bisherigen Zusammentreffen – wäre Zusammenstöße nicht treffender? – sehr unmissverständlich zu verstehen gegeben hatte, dass ich als Fremder in seiner Familie gesehen wurde, den es herauszuhalten galt.

Der Tag entsprach so ganz meiner Stimmung. Am Morgen war die Sonne hinter den Wolken herausgekommen, hatte den Nebel vertrieben und den Herbst wahrlich wunderbar erleuchtet. Farbspiele, wohin ich auch sah. Doch dann, kurz nach Mittag, hatte es sich eingetrübt, bedeckt, das Licht schien nur noch durch eine Art Filter zu kommen, grau und gräulich. Dazu noch ein wenig Nieselregen. Kein wirklicher Regen, sondern einfach Feuchtigkeit in der Luft, die man nicht ganz ernst nahm, die dann aber doch durch die Kleidung kroch und frösteln ließ.

„Schlechter konnte es nun wirklich nicht kommen!"

Doch auch dieser Stoßseufzer half mir nicht. Wenn ich pünktlich sein wollte – und das wollte ich –, dann war die Zeit gekommen, mich auf den Weg zu machen. Ich war schließlich Fußgänger. Radfahren erschien mir angesichts des Wetters nicht passend, denn was würden die Brendaus denken, wenn ich mit voll gespritzten Schuhen und schmutzigen Hosenrändern klingelte? Zumindest die Form wahren, schien mir ein guter Gedanke, so dass ich mich bewusster kleidete. Keine Jeans, sondern eine gedeckte Stoffhose, farblich nicht schwarz oder grau, sondern ein schimmerndes blau. Dazu ein helles Oberhemd mit schmalen Streifen, darüber ein Pullunder mit V-Ausschnitt, so dass ich lässig meine Krawatte, Motiv Kühe, schwarz-bunte, zeigen konnte.

Als ich das Endprodukt – also mich – im Spiegel betrachtete, lächelte ich. Einerseits kam ich mir ein wenig merkwürdig vor, so verkleidet, andererseits lobte ich mich für meine Vorausschau, passend aufzutreten.

Ich bemühte mich, den Weg zu genießen. Ich ging langsam, schaute jede Pflanze und jeden Baum an, um mich an den Farben zu erfreuen und um zu sehen, wie sich die Feuchtigkeit auch in den Pflanzen und Bäumen einnistete.

Ich war – nicht überraschend – überpünktlich. Fast eine Viertelstunde zu früh. Ich überlegte, ob das ein Vor- oder Nachteil sein könnte. Ohne lange zu überlegen oder zu zögern, ging ich weiter zur Nummer 12 und klingelte. Lasse öffnet die Tür. „Ja?" Seine Frage verriet mir Unmut, Unlust, Abneigung. Ich konnte dies beinahe körperlich spüren.

„Guten Tag, Lasse." Ich bemühte mich freundlich und unbeeindruckt zu bleiben. Kein leichtes Vorhaben. Doch ich erinnerte mich daran, dass ich nur gewinnen konnte. Meine Rente lief und wenn Brendaus mit mir unzufrieden waren, mich feuerten oder was auch immer, würde das keinerlei Auswirkungen haben. Höchstens auf mein Selbstbewusstsein.

„Ja …?" Lasse machte keinerlei Anstalten, mir entgegenzukommen. Er hatte zwar den einen Flügel der Tür geöffnet, nahm aber mit seinen, ich schätze ein Meter neunzig, den gesamten Raum ein. Mir blieb nichts anderes übrig, als draußen im Nieselregen stehen zu bleiben.

Innerlich lächelte ich. Ich hatte es mit vier Kindern zu tun, kannte Trotzalter und Pubertät, war gleichsam gestählt im Umgang mit widerspenstigen, lustlosen und Null-Bock-Jugendlichen. Damit konnte Lasse mir nicht kommen.

„Ist Ihre Frau Mutter zu Hause?“, fragte ich überaus freundlich, trat sogar einen halben Schritt zurück, um die körperliche Abwehr zu verkleinern. „Sie hatte mich gebeten, heute um halb sechs zu kommen. Mein Name ist Suter.“

Ich schaute Lasse erwartungsvoll an. Nicht in die Augen. Nur nicht provozieren. Auf den Spalt zwischen Nase und Mund.

„Ach so“, Lasse gab nach, „ich hol' sie.“

Das war für mich das Signal, in die Tür zu treten, um Lasse zu signalisieren, dass er nicht derjenige war, der darüber entschied, was ich tun und lassen konnte. Und genau, wie ich es erwartet hatte, trat Lasse einen Schritt zurück, so dass ich in sein Territorium, den Flur, eindringen konnte.

„Erster Etappensieg“, dachte ich, während ich sagte, „Vielen Dank.“

Lasse drehte sich um, rief „Mutti“ und verschwand hinter einer der vielen Türen. Ich trat ganz in den Flur, schloss die Tür hinter mir und blieb erwartungsvoll stehen. Das Ganze hatte sich gut angelassen.

Es dauerte nur einen kurzen Augenblick, jedenfalls in meiner Zeitwahrnehmung, bis Frau Brendau erschien. Sie trat aus der Tür, hinter der Lasse verschwunden war, machte das Licht im Flur an und eilte mir offensichtlich hoch erfreut entgegen.

„Herr Suter, schön, dass Sie gekommen sind", wobei sie mir die rechte Hand entgegenstreckte. Ich gab ihr meine Hand, murmelte so etwas wie „Guten Tag", deutete eine Verbeugung an und zog meine Hand zurück. „Keine unnötigen Vertrautheiten", so hatte ich mir geschworen. Frau Brendau lächelte mich an, nickte, um mich dann mit einer kleinen Körperdrehung und Handbewegung aufzufordern, ihr zu folgen.

Sie führte mich wieder in das Wohnzimmer, das ich schon kannte, dessen Ausblick auf die Stadt mich auch heute wieder überwältigte. Obwohl der Anblick der Stadt im diesigen Nieselregen doch eher bedrückend war. Allerdings versöhnte die Position, von der aus ich schaute, damit, spiegelte eher Höhe, Überlegenheit und Größe wider.

„Höchste Gefahrenstufe", verdeutlichte ich mir, um mich zu Frau Brendau umzudrehen und das Gesetz des Handelns in meine Hände zu nehmen.

„Ein toller Ausblick, auch wenn die Stimmung heute ganz anders ist."

Frau Brendau schaute kurz zu mir, dann aus dem Fenster, dann stimmte sie mir zu.

„Wenn ich Sie recht verstanden habe", ich ließ ihr keine Zeit, „dann haben Sie ein konkretes Anliegen, bei dem ich Ihnen behilflich oder nützlich sein kann, nicht wahr?"

Ich formulierte dies zwar als Frage, aber als eine, die eher eine Feststellung war, so dass ich nach Frau Brendaus kurzer Zustimmung sofort fortfahren konnte.

„Dieses Wohnzimmer ist sehr gemütlich und einladend, einfach beeindruckend." Nun, ich gebe zu, ein wenig dick aufgetragen und nicht optimal formuliert, aber für meine Zwecke durchaus ausreichend. „Ich würde mich lieber in einem anderen Raum mit Ihnen unterhalten." Ich schaute Frau Brendau an, die ein wenig verwirrt schien, denn sie hatte, das erkannte ich, als ich mich vom Fenster abgewandt hatte, schon alles vorbereitet. Tassen und Gläser standen neben kleinen Tellern auf dem Tisch. „In einem Raum, in dem ich mehr das Gefühl habe, nicht nur einfach Besuch zu sein, sondern zu arbeiten."

Ich wartete. Frau Brendau zögerte.

„Das wäre toll." Ich setzte einfach nach, um Frau Brendau keine große Gelegenheit zum Nachdenken oder zum Diskutieren zu geben. Sobald ich mich auf eine Diskussion einlassen würde, hätte ich verloren, denn ich war Gast, hatte kein Hausrecht. Mein kleiner und überraschender Überfall, den Raum zu wechseln, vorgetragen in Form einer Bitte, begründet mit einem sinnvollen Argument war eher eine Herausforderung an die Gastgeberin.

Frau Brendau nickte, ich dankte ihr und dann führte sie mich in das Esszimmer. Das schien mir viel passender. Ein großer Tisch, zehn Stühle drum herum. Jeder konnte, wenn er wollte, sich hinter dem Tisch verstecken und sich seinen Platz so wählen, dass er niemandem zu nahe kam.

„Nehmen Sie doch schon Platz, Herr Suter, ich hol' nur eben die anderen."

Frau Brendau ging und ich suchte mir meinen Platz. Nicht am schmalen Ende des Tisches, denn an einem dieser beiden Enden ist meist der Platz des Platzhirschen, des Hausherrn. Und da wollte ich nicht gleich in eine Herausforderung eintreten. Deshalb setzte ich mich an die Längsseite, die vor dem Fenster war, auf den Platz direkt neben dem schmalen Ende. Ich schob meinen Stuhl ein wenig zurück, um in jeder Hinsicht beweglich zu bleiben und wartete.

Das Warten nutzte ich, um noch mehr zu mir zu finden. Ich war Gast im Hause Brendau, eingeladen von der Frau des Hauses, die ein Anliegen an mich hatte, das irgendwo zwischen meiner psychologischen Fachlichkeit und meinem Ermittlerhobby angesiedelt schien. Genau da galt es, auf der Hut zu sein und die Grenzen weder zu verwischen, noch zu übertreten. Und den Mann zu bedenken, ihn zu gewinnen, statt mit der Frau zu sympathisieren.

Ich lächelte, denn derartige Beziehungskonstellationen waren mir in meiner Berufspraxis immer begegnet, gehörten fast zum Standard. Arbeitete ich mit Familien, so bestand der erste Teil meist darin, die Eltern für eine Mitarbeit an Zielen, die auch der andere respektieren konnte, zu gewinnen. So gesehen, erwartete mich hier kaum Neues. Nur neue Leute.

Ich fühlte mich großartig.

Da ging die Tür auf und Herr und Frau Brendau erschienen. Er geschäftsmäßig gekleidet, jedenfalls nach meinen Vorstellungen. Gedeckter Anzug, bunte, gestreifte Krawatte, wie sie heute modern waren und wie sie fast jeder trug. Er sah ernst aus, abweisend, was durch die zusammengepressten Lippen noch betont wurde. Keine große Begrüßung, nur ein kurzes angedeutetes Nicken in meine Richtung, dann setzte er sich an das schmale Ende des Tisches, das von mir am weitesten entfernt war.

Frau Brendau schien unsicher. Sie lächelte ein wenig, setzte sich dann mir gegenüber an die andere Längsseite des Tisches. Ein außenstehender Beobachter hätte sich sicher gefragt, was denn nun hier stattfinden sollte. Ein langer Tisch, an dessen einem schmalen Ende ein Anzugträger saß, am anderen Ende, soweit weg wie möglich, saßen sich ein Mann und eine Frau gegenüber, informeller gekleidet, aber auch ein wenig angespannt.

Ich überlegte. Dann entschied ich mich, meine Rolle als Gast zu nutzen und zugleich deutlich zu machen, wer heute das Heft des Handelns in die Hand nehmen würde. Ich nickte Herrn Brendau freundlich zu, dann Frau Brendau, um mit meiner Einleitung, einer Art Klarstellung, zu beginnen.

„Ja, Frau Brendau", dabei schaute ich sie an und mir wurde wieder einmal bewusst, wie attraktiv sie war. „Keine Schwachheiten, Bernie", stachelte ich mich innerlich an, „und vor allem keine verfrühten Sympathiepreise vergeben", um dann fortzufahren, „Sie haben mich eingeladen, weil Sie etwas mit mir besprechen wollten." Ich machte eine kurze Pause, um herauszufinden, ob meine Rolle als Chef am Tisch infragegestellt würde. Dazu müsste jetzt jemand von den beiden laut werden, die Pause für einen eigenen Beitrag nutzen. Doch mein Trick funktionierte. Ich schob eine Pause ein, allerdings nur so kurz, dass sie bemerkt wurde, dass aber jede Erwiderung eher als Einmischung und Unterbrechung gelten würde. Und so etwas geziemte sich nicht für gute Gastgeber – was die Brendaus ohne jeden Zweifel waren. Ich sollte Recht behalten.

Jetzt lehnte ich mich entspannt zurück, soweit das in einem Esszimmerstuhl möglich war, blickte in Richtung von Herrn Brendau, und bemühte mich, ein entspanntes Lächeln aufzusetzen, das überzeugend wirken sollte. „Sie sind freundlicherweise mit dazu gekommen, weil, wenn ich Ihre Frau richtig verstanden habe, es um eine Familienangelegenheit geht."

Das Reizwort war ausgesprochen. So würden sich die Verhältnisse schnell klären, hoffte ich. Doch da hatte ich die Rechnung ohne den Wirt gemacht, denn Herr Brendau, offenbar gestärkt durch unzählige Geschäftsverhandlungen, blieb einfach nur aufrecht sitzen, die Unterarme übereinander auf den Tisch gelegt, lächelte mich freundlich an und wartete. Eine gute Strategie, wie ich fand.

„Ich weiß jetzt nicht genau, was Sie von mir erwarten." Ich blickte von ihm zu ihr und zurück zu ihm. „Frau Brendau, bitte helfen Sie mir. Worum geht es jetzt hier und heute?" Das war noch alles im Rahmen meiner psychotherapeutischen Kompetenz, auch wenn die ausdrückliche Wertschätzung ein wenig kurz gekommen war.

Frau Brendau blickte vor sich auf den Tisch, zögerte. „Nun ja, das hatte ich ja schon gesagt. Beim letzten Mal, nicht wahr?"

Schweigen, niemand sagte etwas. Also unterbrach ich die Stille, um das Gespräch am laufen zu halten und um zu verhindern, dass jeder eigenen und womöglich ganz anderen Gedanken nachhängen konnte.

„Ja, genau, das stimmt, Frau Brendau." Ich bestätigte sie. „Ich weiß nicht", dabei schaute ich zu ihm, „was Ihre Frau Ihnen gesagt hat." Pause. Und wieder reagierte er überhaupt nicht. Wartete ab. Innerlich konnte ich meine Bewunderung für ihn nicht verhehlen. „Geht mich ja im Grunde auch nichts an.", sagte ich laut und mein Lächeln wurde noch breiter. „Umso mehr danke ich Ihnen, dass Sie beide hier sind."

Ich merkte, wie Herr Brendau sich bewegte, die Unterarme vom Tisch nahm und sich zurücklehnte. Es schien, als würde er langsam unruhig, was mir sehr einleuchtete, denn auch ich redete ja um den heißen Brei herum, blieb weitgehend nichtssagend – meine Strategie, ihn aus der Reserve zu locken. „Verdammt!", schalt ich mich im Stillen, „wieso konzentrierst du dich so auf ihn. Sie wollte etwas und sie hat entschieden, wer dabei ist und wer nicht. Also, Bernie, lass diese blöden Hahnenkämpfe, wer der Stärkere ist und konzentriere dich auf deine Aufgabe!" Mir blieb nichts anderes übrig, als mich bei dieser inneren Stimme zu bedanken.

„Frau Brendau", ich sprach sie mit Namen an, wendete mich ihr zu und verlor so ihren Mann aus meinem Blickfeld, „Anlass war damals – was heißt damals? – vor ein paar Tagen, der Unfall von Lasse. Und Sie haben mir dann davon erzählt, dass Lasse Ihren Mann ‚Mörder' genannt hat, dass der Bruder ihres Mannes zu Tode gekommen ist, auch das ist schon lange, lange her und dass Sie nicht glauben ..."

„Ich verbitte mir Ihre Einlassungen!" Herr Brendau war laut und deutlich dazwischen gegangen, hatte mich unterbrochen, so dass ich mich nun ihm zuwandte.

„Entschuldigen Sie", ich sprach jetzt noch viel leiser, „ich gebe nur das wieder, was ich von Ihrer Frau gehört habe."

„Ich verbitte mir die Einmischung von Fremden!" Herr Brendau war lauter geworden, schaute dabei aber nicht mich, sondern seine Frau an. Frau Brendau schien geschockt. Ich ließ die Stille nach dem Ausbruch wirken, bemühte mich allerdings, beide Brendaus im Blick zu behalten. Ich sah, dass Frau Brendau vor sich auf den Tisch schaute, unruhig mit ihren Händen spielte, tief atmete. „Ein gutes Zeichen“, dachte ich mir, „nun wird sie sich entscheiden, inwieweit sie sich einbringt oder uns Männer machen lässt.“

„Ich wollte dieses Gespräch, mein Lieber.“ Frau Brendau hatte sich entschieden. Und mit jedem weiteren Wort richtete sie sich mehr auf, sah zuerst mich an, drehte sich dann ihrem Mann zu und ließ sich von ihm nicht mehr unterbrechen, obwohl er es mehrmals versuchte.

„Du und Lasse – das ist doch eine Hassliebe. Und ihr lebt nur den Hass aus. Lasse bewundert dich. Und du bewunderst ihn auch. Nur – du traust dich nicht, ihm das zu zeigen! Und du weißt auch, wieso! Weil du wie dein Vater wirst. Wie Anton! Für den gilt nur die Form. Und das weißt du! Du weißt, wie er dich getriezt und schikaniert hat! Dich kleingemacht, damit du um seine Liebe betteln musstest. Und genau so ist er mit mir umgegangen. Und dich hat er damit gehabt, dass er dir immer die Schuld an Dietrichs Tod gab! Immer!“

Plötzlich verstummte sie. Wir – ich solidarisierte mich plötzlich mit Herrn Brendau – lauschten der Lautstärke und Nachhaltigkeit der Worte nach, die uns schweigen ließen. Frau Brendau blickte wieder vor sich auf den Tisch und machte einen weiteren Anlauf, sprach nun allerdings sehr leise, so dass wir uns anstrengen mussten, jedes ihrer Worte zu verstehen. „Ich habe dich geliebt. Geliebt und bewundert. Geliebt, weil du mich geliebt hast. Auch gegen Antons Willen." Jetzt lächelte sie, war eins mit sich, so, als wäre sie in wunderbare Erinnerungen versunken. „Bis es Anton wieder gelungen war, deine Schuldgefühle zu, zu ..." Sie schien nach einem passenden Wort zu suchen, „zu nutzen. Dich klein zu machen. Von mir zu entfremden. Und du hast mitgemacht." Sie blickte ihrem Mann ins Gesicht, der erwidern wollte, doch sie winkte ab. „Ich weiß, du hattest gute Gründe. Genau wie Anton. Das Geschäft. Die Familie. Das Geld zum Leben. Alles gut und schön. Doch dabei hast du uns verloren. Und versucht, deine Schuld abzuarbeiten. Aber Anton vergibt dir nicht! So, wie du auch Lasse nicht an dich heranlässt. Und mich nicht! Keinen mehr! Anton! Anton! Anton! Ich halt das nicht mehr aus. Und Lasse auch nicht. Er hat es gespürt! Deshalb nannte er dich Mörder! Und ich glaube nicht, dass du an Dietrichs Tod Schuld bist! Ich glaube es einfach nicht! Und genau das habe ich Herrn Suter gesagt. Und genau das möchte ich, dass das klar wird."

Frau Brendau stand auf, fragte mich, ob ich Kaffee oder Tee möchte. Sie tat so, als wäre das, was sie gerade zu und über ihren Mann gesagt hatte, das Selbstverständlichste der Welt. So selbstverständlich, dass man zur Tagesordnung übergehen konnte. Ich muss bekennen, dass ich mehr als beeindruckt war. Und Herr Brendau offenbar auch, denn er blieb still. Das Wichtigste aber, er blieb sitzen, floh nicht. Ein erster Schritt. Das sah sie offenbar genauso, denn sie sprach ihn an: „Und du, Peer, was möchtest du? Kaffee oder Tee? Oder einen Sherry?“ Ja, sie kannte ihren Mann gut. Der sah sie nur an und nickte.

Zwei Männer allein an einem großen Tisch. Schweigend. Wartend. Herr Brendau hatte sich zurückgelehnt, den Kopf ein wenig in den Nacken, so, als überlegte er und wäre dabei mit seinen Gedanken weit weg. Mir ging das Zeitgefühl verloren.

Frau Brendau kam mit einem Tablett zurück, das sie auf den Tisch stellte. Dann gab sie mir Tasse und Teekanne und bat mich, mich selber zu bedienen. Ihrem Mann stellte sie ebenfalls eine Tasse hin, schenkte ihm, ohne zu fragen, einen Kaffee ein und stellte ein gefülltes Glas Sherry dazu. Sie lächelte ihn an, ehe sie sich wieder setzte.

Ich bedankte mich, trank einen Schluck, um dann die unvermeidliche Frage in den Raum zu stellen: „Und was genau erwarten Sie jetzt von mir?“

Frau Brendau schaute hoch, erst zu mir, dann zu ihrem Mann. „Ich möchte, dass Sie meinem Mann helfen, mit seiner Schuld fertig zu werden. Ich weiß, dass das nicht geht, weil Peer sich von niemandem helfen lassen will.“ Sie machte eine Pause. Ihr Blick ruhte auf ihrem Mann, der seinen Kopf gebeugt hatte, niemanden anschaute.

„Und wie soll das gehen, Frau Brendau?“ Mir kam es darauf an, einen klaren Auftrag zu bekommen.

„Ich weiß es auch nicht genau, aber ich denke, Sie haben sicher eine Idee. Sie sind doch Fachmann, oder?“ Das war eindeutig eine Herausforderung. Aber musste ich darauf eingehen?

„Jaaa“, ich ließ mir Zeit, „ich würde gerne mit ihrem Mann und mit seinen Eltern reden. Aber das geht natürlich nur, wenn Sie – also Sie und Ihr Mann, also auch Sie, Herr Brendau – damit einverstanden sind.“

Ich wartete ab. Frau Brendau nickte mir zu, dann sah sie ihren Mann an. Der hob seinen Kopf, stand auf und ging mit den Worten „Machen Sie doch, was Sie wollen!“

Frau Brendau lächelte mich an: „Jetzt haben Sie auch das Einverständnis meines Mannes.“

Da saß ich nun. Hatte einen Auftrag. Psycho-Arbeit oder Ermitteln? Vielleicht sogar beides. Ich merkte, dass ich noch mehr Zeit zum Überlegen brauchte.

Kapitel 14 – Nachwirkungen

Das Gespräch hatte wirklich nicht allzu lange gedauert, weniger als die übliche Therapiestunde. Dennoch fühlte ich mich erschöpft. Nicht eigentlich körperlich erschöpft, sondern eher innerlich. Solche Gespräche, bei denen ich ein Paar erlebe, das miteinander um etwas ringt, was mir nicht ganz klar wird und das mir durch ihre Reaktionen anzeigt, dass es mit dem, wie es im Moment läuft, nicht glücklich und zufrieden ist, schafften es oft, dass ich selber begann, mir Gedanken über mich und meine Beziehungen zu machen. Und das war heute wieder einmal passiert.

Was mir dabei das Leben so verdammt schwer machte, war durchaus nicht meine eigene Situation. Nein, die hatte ich ganz gut im Griff, um wieder einmal ein sehr männliches Vokabular zu verwenden. Nein, was es mir so schwer machte, war, dass ich glaubte, jeden der Beteiligten gut verstehen zu können.

Peer Brendau hatte mir gezeigt, wie es sein kann, wenn man eine sehr harte und leistungsorientierte Erziehung durchlaufen hat. Sein Versuch, jeden Fremden aus seiner Familie herauszuhalten, erschien mir wie der zum Scheitern verurteilte Versuch, einen Deichbruch aufzuhalten, indem man zwei oder drei Sandsäcke oben auf die Krone legt.

Lisa Brendau sorgte sich um ihren Mann, ihre Kinder und um das familiäre Wohlergehen. Sie schien bereit, andere Wege auszuprobieren, sich selber wenig vorzumachen und dies auch kundzutun.

Lasse, der Sohn, der noch zu Hause wohnte, schien das Leben seines Vaters zu wiederholen, aber offenbar mit stärkerem Widerspruchsgeist. Vielleicht, so vermutete ich, hatte Peer Brendau diesen Geist auch einmal besessen. Oder, diese Idee kam mir, als ich mich an das zu erinnern suchte, was ich über die Familie herausgefunden hatte, er hatte eine Ahnung davon bekommen, als er Lisa kennen gelernt hatte.

Kein Wunder, dass ich mich auf meinem Weg nach Hause in meinen Gedanken verlor.

Neben den Gedanken an die Brendaus kamen immer wieder meine eigenen Erinnerungen hoch. Wie war ich als Vater? Wie war denn meine Beziehung zu Mecki gewesen? Bildete ich mir vielleicht nur ein, dass bei mir alles gut verlaufen war? Wollte ich meine dunklen Flecken und Unzulänglichkeiten nicht sehen oder wahrhaben? Konnte es sein, dass die Zeit dazu beitrug, die eigenen Erinnerungen zu verschönern, sich selber etwas vorzumachen?

Ich merkte, dass ich in meiner Stimmung abrutschte. Dazu passte die Dämmerung, die inzwischen eingesetzt hatte. Nichts war mehr eindeutig zu erkennen, Zwielicht legte sich über alles, machte es unschärfer und warf mich nur noch mehr auf mich selber zurück. Wollte ich nicht Bert anrufen und besuchen, meinen jüngsten Sohn, der seinen Zivildienst ableistete? Und warum hatte ich das bisher nicht getan? Wie lange war es her, dass ich von mir aus das letzte Mal Kontakt zu den anderen drei Kindern gesucht hatte?

Ich schüttelte unwillig den Kopf. Unzufrieden. Nachdenklich. Irritiert.

„Als Vater bist du nicht gerade ein großes Vorbild", musste ich mir eingestehen, während meine Gedanken wieder zu Brendaus zurückkehrten. „Im Ablenken aber bist du große Klasse!" Dieses Kompliment konnte ich mir wirklich machen, denn es stimmte ganz einfach.

Brendau, eine der besten Familien am Platze und nun das – Beziehungsprobleme zwischen ihm und ihr. Schwierigkeiten zwischen Vater und Sohn.

„Schwierigkeiten?" Ich lächelte. Wenn ein Sohn seinen Vater als Mörder tituliert, dann war Schwierigkeiten wohl ein zu unscharfer und viel zu beschönigender Begriff. Und dann war da noch immer der mysteriöse Tod von Dietrich Brendau, Peers Bruder, der mir keine Ruhe ließ.

Mein Gefühlsleben geriet weiter durcheinander. Ich kannte das. Deshalb wusste ich auch, dass das vorbeigehen würde. Garantiert. Das machte mich gelassener.

* * * * *

Peer Brendau erging es ziemlich anders. Er fühlte sich hin- und hergerissen. Er wusste, wenn er dem Wunsch seiner Frau nicht nachgekommen wäre, beim Psycho-Gespräch dazu zu kommen, dann hätte es einen Riesenaufstand gegeben. Lisa wäre vielleicht sogar gegangen. Er hatte so eine Ahnung. Andererseits spürte er selber, dass es so auf Dauer nicht weitergehen konnte. Doch was sollte er tun? Er musste sich ums Geschäft kümmern und das kostete nicht nur einen großen Teil seiner Energie, sondern fraß auch seine Zeit auf. In den letzten Monaten hatte er es kaum geschafft, pünktlich zum Abendessen zu erscheinen. Dabei wusste er, welchen Wert Lisa auf diese gemeinsame Mahlzeit, die einzige gemeinsame Mahlzeit des Tages, legte.

„Lisa", bei dem Gedanken an sie wurde Peer traurig. Er sehnte sich nach der unbeschwerten Zeit der Jugend zurück. Nein, unbeschwert war auch diese Zeit nicht gewesen. Sein Vater, Anton, war immer gegenwärtig. Eine Drohung schwebte über seinem Kopf, doch im Laufe der Jahre war der Inhalt der Drohung so weit verschwunden, dass Peer sich kaum noch der Drohung bewusst war. Er fühlte sich einfach nur eingegrenzt, eingeschränkt, gegängelt und kontrolliert. Ohne jede Möglichkeit, da herauszukommen, denn er wusste nicht mehr, wie es dazu gekommen war.

Lisa war es dann gewesen, die mit ihrer so ganz anderen Art einige seiner verborgenen Talente zum Vorschein gebracht hatte. Doch sein Vater hatte seinen dunklen Schatten auf diese Beziehung geworfen. Dennoch hatte Lisa zu ihm gehalten. Und Peer sehnte sich nach ihr und wusste nicht, wie er seine Sehnsucht, wenn schon nicht stillen, so doch verkleinern könnte. Die Angst vor seinem Vater stand zwischen ihnen. Obwohl er doch schon lange erwachsen war.

„Ich bin dreiundfünfzig und immer noch ein abhängiges Kind!"

Er konnte sich furchtbar kritisieren und dies war nur der Anfang einer Spirale, aus der er nicht zu entkommen wusste. Er traute sich aber nun nicht mehr, jemanden an seiner Trauer, seinem Selbstzweifel und seiner Niedergeschlagenheit teilhaben zu lassen. Auch das hatte ihm sein Vater ausgetrieben. Und zu Lisa traute er sich nicht damit. Dann, das wusste er, hätte er sich entscheiden müssen. Lisa oder sein Vater. Angst rührte sich.

Peer schüttelte den Kopf. Ging durch das Brendausche Haus. „Mein Haus", sagte er halblaut, „unser Haus. Und kein Zuhause!" Er näherte sich dem Geschäftszimmer. Er wusste, wie der Abend verlaufen würde. Er würde den großen Schrank öffnen, sich für ein Getränk entscheiden und seinen Kummer im Alkohol ertränken. Und doch wusste er, dass der Kummer wie eine Katze war – er hatte sieben Leben und vor allem, der Kummer war nicht ertränkbar.

Peer stand vor dem Schrank und entschied sich für ganz profanes Bier.

* * * * *

Lisa hatte Herrn Suter verabschiedet. Sie war froh, dass sie dieses Gespräch durchgesetzt hatte. Trotzdem hatte auch sie Angst. „Angst?“ Sie zweifelte. Es war etwas anderes, noch Unklares. Eher so etwas wie Ungewissheit. Sie wusste nicht, wo das alles hinführen würde. Und sie wusste, dass sie sich würde darauf einlassen müssen, wenn sie wirklich wollte, dass es vorbeiging.

Sie räumte den Tisch ab und verlor sich zunächst in den hausfraulichen Tätigkeiten. Eine kleine Ablenkung, ehe sie alles noch einmal auf sich einwirken ließ.

„Warum ist Peer so abweisend? So stur? Warum nimmt er keine Hilfe an?“

Lisa wusste keine Antwort auf diese Fragen. Die Zeit mit Peer hatte auch sie verändert. Aus dem unbeschwerten Teenager, der gegen den eigenen Vater revoltierte und sich durchsetzte, war eine verantwortungsvolle Mutter und Geschäftsfrau geworden. Doch damit war zugleich ein Teil ihrer Unbekümmertheit verloren gegangen. Sie hielt das für unvermeidlich, denn als Ehefrau und Mutter konnte sie nicht so leben wie als Kind oder Jugendliche. Dennoch verspürte sie einen Schmerz, wenn sie sich erinnerte und meinte, auch körperlich merken zu können, auf was sie verzichtet hatte. Gewiss, ein sicheres Auskommen, ein festes Dach über dem Kopf, Kinder – alle Insignien bürgerlichen Erfolges waren unübersehbar. Aber Peer und sie hatten sich verloren.

„Muss das sein? Ist das der Preis?“ Diese Frage quälte sie in den letzten Jahren zunehmend. Deshalb war sie Lasse dankbar, dass er den Kampf wieder aufgenommen hatte. Sein Zusammenstoß mit Peer hatte sie wieder aktiviert, ihre verloren geglaubten Gefühle neu belebt. Und dass der Psycho genau in diesem Moment aufgetaucht war, schien ihr ein Wink des Schicksals. Ein positiver Wink, eine Art Ermunterung.

Lisa ließ das Gespräch noch einmal in ihrem Kopf abspielen. Sie schüttelte den Kopf. Sie war nicht mehr bereit, mitzuspielen. Nein, das stimmte so nicht. Sie wollte nicht mehr die Spiele der Familie Brendau mitspielen. Das war zwar eine gut bezahlte Nebenrolle, aber das Geld allein hatte seine Attraktivität verloren.

Lisa räumte die Küche zu Ende auf. Dann ging sie entschlossen Richtung Geschäftszimmer. Peer musste sich entscheiden. Jetzt, hier und gleich. Das war ihr klar geworden. Ohne anzuklopfen, öffnete sie die Tür.

Peer saß am Tisch, starrte ins dunkle Fenster, in dem sich sein eigenes Spiegelbild undeutlich zeigte. Vor sich mehrere Bierflaschen. Lisa schüttelte den Kopf, machte die Tür vernehmlich zu, damit Peer ihre Anwesenheit auch mitbekam und wartete.

Peer drehte sich zu ihr um, lächelte mit einem leicht betrunkenen Ausdruck, hob die Flasche und prostete ihr zu. Lisa nickte nur, lächelte und bat ihren Mann dann auch um eine Flasche Bier. Das war das letzte, was Peer erwartet hatte. Er stand schwerfällig auf, ging zum Schrank, dessen Tür offen stand, bückte sich, um aus dem unteren Fach ein Bier zu greifen, das er dann Lisa in die Hand drückte.

„Danke!“, sagte Lisa mit einem Lächeln, wobei ihre Hand seine berührte. Peer zuckte zurück.

Lisa öffnete den Bügelverschluss der Flasche, hob sie mit ihrer rechten Hand ein wenig hoch in Richtung Peer und ermunterte ihn, mit seiner Flasche dasselbe zu tun.

„Auf den Alkohol! Den großen Seelentröster!“ Lisa nahm einen großen Schluck, wischte sich, wie sie es bei Männern gesehen hatte, mit der linken Hand den Mund, ließ ein wohliges „ahh“ hören, stellte die Flasche auf den Tisch, um sich dann vor Peer hinzuhocken.

„Peer…“, Lisa suchte nach den Worten, die ihr wichtig waren und die Peer nicht gleich verschrecken würden.

Peer schaute über sie hinweg ins Leere. Schwieg.

„Weißt du“, Lisa begann von neuem, „ich danke dir wirklich, dass du heute dabei warst, als der Suter hier war.“ Sie hielt inne, schaute hoch zu Peer, der immer noch keine Reaktion zeigte. „Ich weiß wohl, dass dir das schwer gefallen ist. Deshalb danke ich dir, dass du mir diesen Gefallen getan hast.“

Peer nickte leicht mit dem Kopf, was Lisa ermutigte.

„Ich bin froh, dass jetzt jemand da ist, der das Ganze in seine Hände nimmt. Ich weiß doch, wie du dich quälst.

Wie du das für dich lösen willst. Aber wir schaffen es nicht! Wir schaffen es einfach nicht!"

Lisa war lauter geworden, als sie es gewollt hatte.

„Dein Vater ..." Sie hielt inne, stand auf, wurde größer als Peer, der nun zu ihr aufblicken musste, „er konnte mich nie ausstehen, weil ich ihm seinen Jungen weggenommen habe. Seinen letzten Jungen. Das einzige, was er noch hatte. Dich!" Dabei zeigte sie mit dem Zeigefinger ihrer rechten Hand auf Peer. „Er bekämpfte mich, wo er nur konnte, um dich auf seiner Seite zu behalten. Und irgendwie spielt Dietrich da eine Rolle ..."

„Halt auf! Lass' das!" Peer war aufgesprungen. „Lass meinen Vater aus dem Spiel, ja!" Seine Stimme klang drohend, seine ganze Körperhaltung verriet Abwehr und Kampfbereitschaft. Lisa trat einen Schritt zurück.

„Peer, bitte ..." Sie wartete. Peer entspannte sich. „Wir haben es bisher hingekriegt und ich möchte, dass es besser wird. Auch wenn du es nicht glauben magst, ich will dich." Sie war auf ihn zugegangen, hatte ihn an den Schultern angefasst, blickte ihm direkt ins Gesicht. Was sie sah, erschreckte sie und machte ihr Mut. Peer standen Tränen in den Augen. Er schluckte, versuchte sie zu unterdrücken. Lisa nahm Peer in ihre Arme. Er schluchzte kurz, um sich dann abrupt frei zu machen.

„Suter bleibt mir weg!" Das war wieder der Peer, den Lisa nicht mehr mochte. Und nicht mehr wollte.

„Also gut", Lisa wollte auch Klarheit. „Du kannst dich entscheiden. Suter soll uns helfen. Nein, mir helfen. Und Lasse. Und wenn du magst, bist du von mir herzlich eingeladen, mitzuhelfen. Ich möchte, dass Suter mit deinen Eltern redet. Ich will wissen, was da los ist. Und du musst dich entscheiden."

Lisa stand direkt vor ihrem Mann. Schaute ihn an. Entschlossen. Peer schien erschrocken. Wusste nicht, was er jetzt tun oder sagen sollte. Der Weg zum Bier war von Lisa versperrt. Das Zimmer verlassen, war eines Mannes unwürdig. Stehen und Schweigen wäre Ausdruck von Unentschlossenheit und Feigheit. Peer fühlte sich bleischwer und bewegungsunfähig.

Lisa aber lächelte. Sie hatte eine Ahnung, welche Kämpfe sich in ihrem Mann abspielten. Sie ging an ihn heran, küsste ihn auf die Wange, sagte „Gute Nacht, mein Lieber", meinte es auch so und verschwand.

Peer ging langsam auf die Flasche Bier zu, nahm sie hoch, schaute sie an, trank sie leer und ging dann ins Bad. Das Ritual des Schlafengehens würde ihn vor weiteren unangenehmen Gedanken und Entscheidungen bewahren. Dabei wusste er, dass er dem nicht mehr lange ausweichen konnte.

* * * * *

Ich war inzwischen zuhause angekommen, ließ mich vom Gefühl, daheim zu sein, treiben und setzte mich in die

Küche. Ein kleines Glas Tokajer, süffig wie Likör, das war das, wonach mir jetzt der Sinn stand. Und meine vielen Stimmen – wie ich als Vater wohl wäre, wie als Mann, was ich in meinen Erzählungen alles verklärte – ließ ich ungestört miteinander reden. Mit dem wunderbaren Tokajer konnte ich es mir als Zuhörer meiner selbst noch gemütlicher machen, ehe ich mich in mein Bett verkroch. Das war das einzig Unangenehme. Immer noch und immer wieder. Schöner ist es nämlich, sich an jemand anderem zu wärmen. Aber ich war allein. Allein mit meiner Melancholie und meinen Stimmen. War ich nun allein oder doch nicht?

Nun war es aber für mich wirklich an der Zeit, einzuschlafen.

Kapitel 15 – Gespräche

Ich hatte wunderbar geschlafen. Meine Stimmen hatten mich sanft in den Schlaf geredet. Zuhören war auf die Dauer so anstrengend, dass ich einfach wegschlief. Tief und fest. Und allein. Diese leicht getragene Stimmung passte gut zu einem ausgeschlafenen Morgen, ohne berufliche Verpflichtungen, zumal wenn es so spät war, dass sich die Sonne schon zeigte. Ich streckte mich mit lautem Stöhnen, setzte mich auf den Bettrand, lächelte und begann dann meine Morgenroutine.

Nach dem Frühstück sinnierte ich über das gestrige Gespräch mit Brendaus. Mir fiel ein, dass ich überhaupt nicht danach gefragt hatte, weshalb die Kinder nicht dabei gewesen waren.

Was sollte ich nun tun?

Im Grunde hatte ich mich viel zu weit vorgewagt. So kannte ich mich gar nicht. Vielleicht hatten die Jahre meines Pensionärsdasein mich vom eindeutigen professionellen Vorgehen entfernt. Wer weiß. Ich hatte einen sehr unscharf formulierten Auftrag von Frau Brendau nicht nur angenommen, sondern die Vorgehensweise selber festgelegt. Ich wollte mit Herrn Brendau und seinen Eltern reden.

Ich musste lächeln. Wie sollte das gehen? Herr Brendau hatte mir mehrfach unmissverständlich zu verstehen gegeben, dass ich in seiner Familie nichts zu suchen hätte und dass er das Gespräch mit mir ablehnte. Und seine Eltern kannte ich noch gar nicht. Und sie kannten mich mit Sicherheit auch nicht.

„Was hast du dir da wieder eingebrockt, du alter Esel!", schalt ich mich, allerdings freundlich und versöhnlich. Ich erinnerte mich an einen geflügelten Spruch, den ich irgendwann einmal gehört hatte und der mir in solchen Situationen immer einfiel: Unmögliches wird sofort erledigt. Wunder dauern etwas länger. Also durfte ich mir etwas mehr Zeit zugestehen, um dieses Wunder fertig zu bringen.

Ich räumte den Frühstückstisch ab, fegte die Küche, wischte Bad und Flur in der Gewissheit, dass routinemäßige Alltagsrituale meist sehr hilfreich sind, den Kopf nicht nur wieder frei zu kriegen, sondern auch auf neue, andere und ungewöhnliche Gedanken zu kommen. Ich entschied mich, das klare und kühle Spätsommerwetter für eine kleine Fahrradtour zu nutzen.

Im Hausflur begegnete ich niemandem. Die anderen Mieter waren alle noch berufstätig, also jünger als ich. Ich war der Greis im Haus. Daran dachte ich, als ich das Fahrrad die Kellertreppe hoch trug, in den Hof ging, die Luft prüfte und aufstieg. Jetzt ging's los. Konzentriert auf das Fahren. Die Luft spüren. Die Kühle genießen. Die Wärme der Sonne mehr erahnen als zu merken. Gut, dass ich Handschuhe und Mütze dabei hatte.

Ruhig und gleichmäßig fuhr ich den Radweg Richtung Stadtrand. Als ich die Wiesen und Felder erreicht hatte, bog ich in den erstbesten Weg ab, um den Autos zu entkommen. Die gleichförmige Bewegung tat mir gut. Nach einer knappen halben Stunde begann ich, meine Oberschenkel zu spüren, aber noch mehr meinen Hintern. Es war mir bisher nicht gelungen, einen Sattel zu finden, der mich „tour-geeignet" machte. Spätestens nach einer dreiviertel Stunde musste ich anhalten, absteigen und meinen Hintern pflegen. So hielt ich mitten in der Landschaft an, lehnte mein Rad an einen der Bäume im Knick, schloss es ab und ging zu Fuß weiter.

Die Luft war herrlich klar. Ich konnte über die abgeernteten Felder bis zum nächsten Knick und in der anderen Richtung bis zum Waldrand schauen. Der Verkehrslärm drang aber auch in diese Einöde.

Ich stand versunken da. Und plötzlich wusste ich, was ich tun würde. Es war so einfach! Vermutlich viel zu einfach, um schneller drauf zu kommen. Ich drehte mich um, ging schneller zum Rad, stieg auf und fuhr zurück. Bei der nächsten Telefonzelle hielt ich an. Ich würde Herrn Brendau anrufen, ihn einladen, mich zu treffen, weil ich mich für mein Fehlverhalten entschuldigen wollte. Ich hatte einen großen Fehler gemacht. Ich hatte den Auftrag seiner Frau, ihm zu helfen angenommen, obwohl er sich gar nicht helfen lassen wollte. Zumindest nicht von mir.

Auch dieses Mal konnte ich auf die Richtigkeit des Satzes „das Glück ist mit den Dummen. Und ich bin strohdumm“ bauen, denn das Telefon in der Zelle funktionierte und es gab sogar noch ein gut erhaltenes Telefonbuch. Ich suchte die Nummer der Firma Brendau heraus und bat darum, Herrn Peer Brendau zu sprechen. Privat. Das zog meistens. Hier auch.

„Brendau. Guten Tag, Herr Suter.“ Seine Sekretärin hatte ihm meinen Namen gesagt, so dass er sich in dem kurzen Moment des Verbindens innerlich auf mich vorbereiten konnte. Seine Stimme gab mir keinen Anhaltspunkt über seine Stimmung. Geschäftsmäßig.

„Guten Tag, Herr Brendau. Ich hoffe, ich störe Sie nicht zu sehr. Es sind auch nur zwei Minuten, die ich brauche.“

„Das ist schon in Ordnung, sonst hätte meine Sekretärin Sie nicht durchgestellt. Und zwei Minuten habe ich schon. Also, worum geht's?“

Er war schnell, klar und direkt.

„Gestern ... das Gespräch in Ihrem Hause ...“, ich sprach bewusst langsamer, um herauszufinden, inwieweit er bereit war, mir überhaupt zuzuhören, „ich glaube, ich habe da einen Fehler gemacht und deshalb möchte ich mich bei Ihnen entschuldigen und den Fehler wieder ausbügeln."

Brendau war wirklich gut, denn er schwieg einfach.

„Ihre Frau wollte, dass ich Ihnen helfe, aber Sie selber haben mir zu verstehen gegeben, dass Sie das gar nicht wollen."

Brendau schwieg weiterhin. Er brummte nicht einmal ins Telefon, so dass ich mich fragte, ob er überhaupt noch zuhörte oder ob er nicht schon längst innerlich abgeschaltet hatte. Ich merkte, dass ich mich unsicher fühlte.

„Und nun sitze ich da zwischen zwei Stühlen."

Immer noch keine Reaktion. Innerlich zog ich meinen Hut vor Brendau. Soviel Selbstdisziplin. Meine Hochachtung stieg.

„Ich wollte es wieder gut machen, in dem ich Sie zum Essen einlade und wir die ganze Sache ausräumen können."

„So, so." Eine erste Reaktion. Der Klang der Stimme verriet mir zu wenig. Also setzte ich nach, denn Brendau hatte nicht sofort abgelehnt.

„Ja, ich weiß, dass das ein wenig überraschend kommt, aber ich denke, wenn ich einen Fehler gemacht habe, dann sollte ich dazu stehen und mich entschuldigen. Und das fällt mir einfach leichter bei einem guten Mahl."

Keine Reaktion. Was nun?

„Ich würde mich freuen, wenn Sie sich darauf einlassen könnten, ja?“ Das war eine eindeutige Feststellung in Form einer Frage.

„Wenn's denn hilft ...“ Brendau machte aus seinem Widerwillen kein Hehl.

„Danke sehr, Herr Brendau.“ Ich fiel ihm ins Wort, um die Chance zu nutzen. „Ginge es heute Mittag. Nein, das wird zu rasch sein. Wie wär's mit heute Abend? Ich könnte mich zeitlich nach Ihnen richten. Ginge das? Ja?“

Womit Brendau mich total aus dem Gleichgewicht brachte, war seine gelassene Zustimmung. „Kein Problem.“ Ich meinte, einen ironischen Unterton gehört zu haben. „Sagen wir um achtzehn Uhr im Alfredo in der Neuen Straße. Den kennen Sie sicher?“

Ich reagierte schnell. „Gut, dann reserviere ich für achtzehn Uhr.“

Damit war ich einen Schritt weiter, auch wenn ich immer noch keine Ahnung hatte, wohin ich eigentlich ging. Ich wusste nur eines – meine Neugier war geweckt und mein Ziel klar und eindeutig. Ich wollte mehr erfahren über Brendau, über Dietrich Brendau, über Peer Brendaus Eltern. Nur brauchte ich dazu das Einverständnis der Beteiligten. Auch als verdeckter Ermittler fühlte ich mich an einige soziale Umgangsformen gebunden. Das Ganze war kein Spiel mehr, wie es mir anfangs schien, sondern bitterer Ernst. Leben. Und in diesem Ausschnitt des Lebens hatte ich Leute getroffen, die mir signalisierten, dass es ihnen nicht gut ginge. Ich hatte mich entschieden, darauf einzusteigen, aber leider erst ziemlich spät gemerkt, dass es so, wie ich dachte, nun wirklich nicht ging. Also ruderte ich langsam zurück, um einen neuen Ausgangspunkt zu finden, von dem aus wir gemeinsam losgehen könnten. Wenn denn die Brendaus wollten.

Ich war froh, die Kurve noch rechtzeitig erkannt zu haben, ehe ich mit zu hoher Geschwindigkeit aus ihr herausgeflogen wäre. Mit unabsehbaren Folgen.

* * * * *

Natürlich war ich mehr als überpünktlich. Das half mir, mich beim Warten meiner Unsicherheit hinzugeben, ihrer bewusst zu werden und zugleich zu erkennen, dass diese Art Lampenfieber letztlich nur dazu beiträgt, meine Aufmerksamkeit zu stärken. Das ist wie bei den wirklich guten Schauspielern.

So früh, wie ich kam, war das Restaurant noch weitgehend leer. Wer geht schon so früh am Abend dinieren?

Das Restaurant bestand aus einem großen Raum und drei, wie ich sagen würde, Anbauten, wo jeweils nur drei Tische für vier Personen standen, man also ein wenig mehr unter sich sein konnte. In einem dieser Anbauten, ausgebaute Veranden könnte ich auch dazu sagen, Glas an drei Seiten, nahm ich Platz, wartete, bestellte schon einmal eine Flasche Wasser, die mir zusammen mit warmem

Weißbrot, Oliven und einer rötlichen Creme serviert wurde. Ich lehnte mich zurück, atmete tief durch, trank einen Schluck Wasser, ehe ich mich an das Brot, die Oliven und die Creme machte. Zurückhaltend und vornehm, wie es sich hier gehörte, und das hieß, langsam essen und vor allem, etwas von jedem übrig lassen. Allmählich wurde ich ruhiger, denn ich muss gestehen, dass ich meine Aufregung und Anspannung nicht ganz im Griff hatte.

Kurz nach achtzehn Uhr fünfzehn dann die Überraschung oder sollte ich sagen: Verblüffung? Es erschien nämlich nicht Peer Brendau, sondern das Ehepaar Brendau. Leger gekleidet, gelassen und offensichtlich sehr entspannt.

„Guten Abend, Herr Suter." Peer Brendau war von ausgesuchter Freundlichkeit. „Ich hoffe, ich habe Sie nicht allzu sehr überrascht? Ich dachte mir nämlich, dass es gut wäre, wenn meine Frau von Anfang an dabei ist." Dabei reichte er mir die Hand und lächelte mich an. Das gab mir Zeit zum Überlegen.

„Guten Abend, Herr Brendau." Ich blieb bei der Form. „Guten Abend, Frau Brendau." Auch ihr gab ich die Hand. Sie lächelte mich an. Irgendwie schienen mir beide wirklich sehr entspannt, geradezu gelassen. „Ein Herz und eine Seele", schoss mir durch den Kopf, „und bisher habe ich sie immer ganz anders erlebt." Da erwachte wieder das Chamäleon zum Leben und half mir, mich zu beobachten.

Ich wartete, bis beide sich gesetzt hatten. Sofort erschien der südländisch aussehende Kellner. Oder sagt man in solchen gehobenen Einrichtungen Ober? Oder einfach nur Bedienung? Oder neudeutsch Service-Mann? Egal. Was mich überraschte, aber im Grunde nicht hätte überraschen dürfen, war, dass der Kellner, ich bleibe bei dieser Bezeichnung, die Brendaus mit Namen ansprach. Und die wiederum sprachen den Kellner mit seinem Vornamen an: Luigi. Damit war klar, dass es eine Art Auswärtsspiel für mich werden würde, wohingegen sich die Brendaus ein Stück auf vertrautem Boden bewegten.

Mit der Bestellung ließen wir uns Zeit. Mir fiel auf, dass ich nicht der einzige war, der sich bemühte, unbemerkt die anderen beiden zu beobachten. Peer Brendau hatte sich sehr schnell entschieden, klappte die Speisekarte zu, legte sie vor sich auf den Tisch, lehnte sich ganz zurück und schaute kurz zu seiner Frau, um dann seinen Blick auf mich zu richten. Ich fühlte mich beobachtet, kontrolliert, ein wenig verunsichert.

„Ein Chamäleon passt sich seiner Umgebung an", hörte ich eine meiner inneren Stimmen sagen. „Du bist gar nicht zu sehen, also such' in Ruhe aus, was du essen möchtest." Das war der Rat, den ich zwar einsehen konnte, der mir aber nicht sehr viel weiter half. „Selbstwahrnehmung ist deine Stärke", ließ sich eine andere meiner Stimmen vernehmen. Ich nickte vor mich hin und das machte mich gelassener.

„Sie haben etwas gefunden?“ Peer Brendau reagierte offenbar auf mein Nicken.

„Ich denke schon“, erwiderte ich ein wenig zögernd, ehe ich die Speisekarte offen vor mich hinlegte. Luigi nahm dieses Signal sofort wahr und eilte an unseren Tisch, die Bestellungen aufzunehmen.

Zum Trinken einigten wir uns auf eine Flasche Chianti, dazu eine weitere Flasche Wasser. Luigi verschwand und da saßen wir drei Personen nun an einem Tisch, schweigend, wartend. Ich konnte sehen, dass Peer Brendau leicht lächelte, während Lisa Brendau eher ernst und nachdenklich schien. Ich hielt mich an den Rat meiner Stimmen und wartete.

„Nun, Herr Suter“, Peer Brendau fühlte sich in dieser Umgebung offenbar so sicher, dass er das Heft des Handelns in die Hand nahm. Ich kannte das, denn der, der handelt, bestimmt auch die Richtung und das Thema. Innerlich sprach ich ihm ein Lob aus. Und das Chamäleon lobte mich dafür.

Peer Brendau wartete, sah mich an. Seine Frau auch. Ich nutzte die Gelegenheit, wieder Herr des Verfahrens zu werden.

„Ja, Herr Brendau, wie ich schon am Telefon sagte. Ich habe einen Fehler gemacht und wollte mich dafür entschuldigen.“ Pause. Warten. Schauen. Keine Reaktion. Deshalb langsames Vortasten. „Ich weiß nicht, Frau Brendau, was Ihr Mann Ihnen gesagt hat, was der Anlass dieses

Essen ist.“ Erwartungsvolles Schauen auf die Frau, doch der Mann vereitelte ihre Reaktion, indem er antwortete.

„Ich habe Lisa von Ihrem Anruf erzählt. Und von dem Fehler, den Sie gemacht haben und für den Sie sich entschuldigen wollen. Aber ich überlasse es Ihnen, den Fehler zu erklären. Diese Neugier meiner Frau“, dabei schaute er seine Frau an, „müssen Sie befriedigen.“

„Gut. Das will ich gerne tun.“ Das sagte sich so leicht, denn ich tat es nur ungern. Ich wandte mich Frau Brendau zu und erklärte ihr, was ich schon ihrem Mann erklärt hatte.

„Wir haben uns zwei-, dreimal gesprochen und ich habe Sie so verstanden, dass Sie zwei Dinge von mir wollten. Ich soll Ihrem Mann helfen und Sie glauben nicht daran, dass er etwas mit Dietrichs Tod zu tun hat. Auch darum sollte ich mich irgendwie kümmern.“ Ich machte eine Pause, in der Hoffnung, dass einer der beiden reagieren würde. Pustekuchen. Herr Brendau hob stattdessen sein Glas und prostete seiner Frau zu. Beide tranken. Ein klares Signal. Die beiden als Einheit und ich als Eindringling. Gut, dann sollte das so sein.

„Und mir ist klar geworden, dass ich das so nicht tun kann“, nahm ich den Faden wieder auf, „solange ihr Mann deutlich sagt, dass ein Fremder wie ich in Ihrer Familie nichts zu suchen hat. Und deshalb kann ich gar nichts machen.“ Jetzt hob ich mein Glas und revanchierte mich bei Herrn Brendau, indem ich es in Richtung seiner Frau hob und dazu sagte: „Das tut mir leid, Frau Brendau. Entschuldigung." Ich wurde noch dreister, indem ich mit Frau Brendau anstieß. Ich hatte keine Ahnung, welcher Teufel mich da geritten hatte.

„Schade." Frau Brendau stellte ihr Glas wieder ab, sah erst mich und dann ihren Mann an. „Peer ..." Sie machte eine Pause, wartete, was die Spannung steigerte. Peer reagierte, indem er rasch zu mir schaute, sich dann aber auf seinem Stuhl drehte und sich ganz seiner Frau zuwandte. Damit war ich aus dem Spiel. „Gut gemacht!", lobte mich das Chamäleon.

„Gut", Frau Brendau nahm den Faden auf, wandte sich auch ihrem Mann zu. „Du weißt, dass ich mir Sorgen mache. Um Lasse. Um dich. Und um uns. Da hatte ich gehofft, dass Suter" – ohne das Herr davor konnte ich den Eindruck gewinnen, dass ich jetzt nur noch Mittel zum Zweck wäre – „uns helfen könnte. Denn damals, als wir bei ihm waren, da warst du hinterher anders. Jedenfalls einige Zeit."

Sie hielt inne, schien in Gedanken zurückzueilen. Ihr Mann wartete ab. Ich auch. Wobei ich mich bemühte, reglos zu sitzen, meine Anwesenheit vergessen zu machen.

Als Frau Brendau keine Anstalten machte, weiter zu reden, übernahm ihr Mann wieder das Gespräch.

„Ja, du weißt, das Geschäft frisst mich auf. Die wirtschaftliche Lage ist alles andere als rosig. Und da sind meine

Gedanken oft woanders. Da habe ich nicht mehr die Zeit, die du dir wünschst. Das musst du doch verstehen ..."

Das klang ja beinahe wie eine Beschwörung. Ich war gespannt, wie das weitergehen würde, denn wir waren ja in einer öffentlichen Einrichtung. Da würde Herr Brendau sicherlich kein großes Aufsehen erregen wollen. „Das ist deine Chance", flüsterte mir meine Stimme zu, die alles beobachtete. „Stimmt!", pflichtete ich ihr bei.

„Wenn ich mich da einfach einmal dazwischen dränge ..." Meine Stimme blieb am Ende oben, so dass das Ganze wie eine Frage klang. „Das, was Sie da erzählen", ich schaute beide der Reihe nach an, „ist Alltag in den meisten Familien, die ich kenne." Kurze Pause, um zu prüfen, ob ich mich zu sehr vorgedrängelt hatte. In diesem Falle würde sich sofort Widerspruch regen. Als das nicht geschah, fuhr ich fort. „Die Kinder sind relativ groß und selbständig. Die Arbeitsteilung ändert sich. Was früher galt und gut funktionierte, ist jetzt nicht mehr so ganz angebracht. Und da überlegt jeder für sich, was eigentlich geschehen ist. Und dann kommt jeder auf ganz eigene Überlegungen und Gedanken, nur ..." Ich machte eine Pause, um zu überprüfen, ob beide noch meinen Worten folgten. Das schien der Fall, denn sie blieben ruhig und schauten zu mir.

„Ja, nur ... es ist keine Zeit, darüber zu reden. Und dann macht sich jeder Sorgen über den anderen und über etwas anderes. So wie Sie sich Sorgen über die Firma machen und wie Sie Ihre Frau und Kinder absichern können. Und so wie Sie, wenn Sie sich Sorgen über Ihren Mann und Ihre Kinder machen. Und wenn Sie dann miteinander reden, wozu selten Zeit ist, dann hat jeder von Ihnen das Gefühl, der andere versteht mich nicht. Und dann macht sich jeder noch mehr Gedanken, noch mehr Sorgen und sucht nach Erklärungen."

Das war genug, dachte ich, machte eine Pause, trank einen Schluck Chianti und schwieg ganz einfach. Was nicht einfach war, das gestehe ich gerne zu. Während des Trinkens konnte ich relativ unbemerkt die Brendaus anschauen. Beide schienen irgendwie betroffen, angesprochen, angerührt, ja sogar nachdenklich. Ich ließ die Stille wirken.

Luigi brachte das Essen. „Klasse Timing!", dachte ich. So bestand keine Notwendigkeit, das Gespräch an dem Punkt aufzunehmen, an dem ich geendet hatte. Jeder konnte neu starten. Etwa über das Essen reden oder einfach „Guten Appetit" wünschen. Oder ein ganz anderes Thema anschneiden.

Wir nickten uns zu, brummelten „Guten Appetit" und begannen zu essen. Ich fühlte mich ausgesprochen gut, denn ich hatte das los werden können, was ich los werden wollte. Hatte ein Signal gegeben. Hatte versucht, das, was bei Brendaus passierte, als eher normal und alltäglich in einem bestimmten Alter zu verorten. Nun war es an den Brendaus zu entscheiden, wie es weitergehen sollte. Ich vermutete, dass Frau Brendau darauf zurückkommen würde und nicht ihr Mann. Wie meistens. Ich sollte Recht behalten.

„Peer“, Frau Brendau hatte Messer und Gabel auf ihren Teller gelegt und wieder ihren Mann angeschaut. „Ich möchte doch nur, dass wir wieder ein Stück von dem hinbekommen, was wir früher auch hinbekommen haben. Und ich sehe doch, wie du dich quälst. Das halte ich nicht aus. Und Lasse auch nicht.“

„Lass’ bitte Lasse aus dem Spiel!“ Herr Brendau sprach sehr nachdrücklich und leise, was seine Worte nur unterstrich. Das schien ein Schwachpunkt zu sein, an den ich lieber nicht rühren sollte. Zumindest noch nicht. Ich wartete also. Hörte zu.

„Ja, ja, du und Lasse!“ Die Worte klangen sehr ernst, doch dann lächelte Frau Brendau plötzlich, strahlte ihren Mann an. „Du traust dich doch bloß nicht, dir und Lasse einzugestehen, wie sehr du ihn liebst.“

Herr Brendau aß weiter, wollte, so schien mir, den Eindruck erwecken, als würde ihn das, was seine Frau sagte, gar nicht berühren.

„Du kannst so liebevoll sein, mein Lieber.“ Frau Brendau ließ sich von ihrem Mann nicht aufhalten. Sie lächelte ihn jetzt sehr zugewandt an, beinahe liebevoll, würde ich sagen. „Und das weiß wohl niemand besser als ich.“ Dabei streichelte sie ihn kurz mit ihrer linken Hand über die Wange. Ich war mir unsicher, ob ich zutreffend wahrgenommen hatte, aber mir schien, als wäre Herr Brendau ein wenig errötet.

„Und was ich weiß, ist, wie sehr du dich mit Dietrichs Tod quälst. Ich hab es doch mitgekriegt, wie dein Vater Dietrich immer benutzt hat, um dich dazu zu bringen, das zu tun, was er für richtig hält. Nie konntest du dich dagegen wehren. Immer hast du unter dieser Schuld gelitten Und nicht einmal mit mir darüber geredet. Ich glaube deinem Vater einfach nicht. Und ich bin sicher, dass dich überhaupt keine Schuld trifft. Deshalb möchte ich dir da 'raushelfen. Nur ..." sie stockte ganz kurz, „wenn du meine Hilfe nicht willst, dann weiß ich auch nicht weiter. Dann hilft nichts mehr. Dann ist Schluss. Dann geht es nicht mehr. Nichts mehr."

Peer Brendau hatte mit dem Essen aufgehört, saß da über seinen Teller gebeugt, so dass er keinen von uns anschauen musste. Langsam richtete er sich auf, sah dabei natürlich zuerst mich, da ich ihm gegenüber saß. Dann drehte er sich zu seiner Frau. „Solche Familienangelegenheiten haben in der Öffentlichkeit nichts zu suchen. Und werden hier auch nicht besprochen."

Frau Brendau blieb überraschend ruhig, fand ich.

„Ah ja", begann sie, „wen habe ich da gehört? Dich oder deinen Vater? Das ist doch genau das, was ich meine. Ich bin mit dir verheiratet. Nicht mit deinem Vater! Auch wenn du mir das nicht glauben magst!"

Ich bewunderte die Selbstdisziplin der beiden, denn sie trugen ihre Meinungsverschiedenheiten sehr leise aus. Und dabei ging es um Wesentliches, wie mir schien, um ihre Beziehung. Das ist doch das, was uns allen vorschwebt. Eine glückliche Beziehung. Lieben und geliebt werden. Wenn das infrage steht, dann wackeln unsere Grundfesten. Da kann man kaum ruhig bleiben. Ich auch nicht, denn Mecki ist schon lange tot. Ich bin schon lange alleine. Und in solchen Momenten wie diesen kann ich meinen Schmerz immer wieder neu spüren.

„Also, bitte", klang Herr Brendau nachgiebig? „Was genau verlangst du von mir?"

„Verlangen!? Ich verlange nichts von dir. Ich wünschte mir nur, dass du meine Hilfe annimmst. Begreifst, dass ich auf deiner Seite bin. Ich bin deine Frau! Auch wenn dein Vater mich am liebsten zum Teufel wünscht!"

Was war denn jetzt los? Herr Brendau lächelte. Wieso?

„Stimmt." Er klang richtig fröhlich. „Ich weiß noch, als wir die ersten Male bei uns zu Hause waren. Was hat der Alte hinterher gemeutert. Ich soll die Finger von dir lassen. Du bist ein Flittchen. Hast es nur auf sein Geld abgesehen. Lockst mich mit Sex und Liebe. Alles leere Versprechungen."

Er hatte sich ganz seiner Frau zugewandt. Beide lächelten. Schienen in glücklichen Erinnerungen zu schwelgen. Ich war ausgeschlossen. Und stolz auf mich. Danke Chamäleon! Denn meine Entschuldigung war ja der Auslöser für dieses Erleben, oder? Zumindest ein Auslöser. Diese Vorstellung machte mich wieder ein Stück gelassener und den Schmerz erträglicher.

Die Brendaus schwiegen. Sie hatte ihre linke Hand auf seinen rechten Arm gelegt und er streichelte ihre Hand mit seiner Linken. Wenn ich es nicht besser gewusst hätte, würde ich mich über soviel Liebe und Vertrautheit unbeschwerter freuen können.

Ich füllte die Gläser nach. Eine eher unauffällige Art, mich bemerkbar zu machen. Brendaus nickten dankend, hoben ihre Gläser, stießen miteinander an, schlossen mich wieder aus. „Das ist gut für sie“, stellte ich einfach fest und wartete.

Irgendwie hatte sich die Stimmung verändert. Schien entspannter, gelöster. Ihre Hand lag immer noch auf seinem Arm. Ein gutes Zeichen, wie ich fand.

Jetzt hob ich mein Glas, um, wie ich fand sehr gekonnt, Klarheit zu schaffen: „Ich freue mich, wenn Sie meine Entschuldigung annehmen.“

„Aber sicher doch.“ Peer Brendau stieß mit mir an.

„Danke. Gerne.“ Lisa Brendau stieß mit mir an.

Wir tranken und schwiegen, nachdem wir unsere Gläser abgestellt hatten.

„Weißt du, Peer“, Frau Brendau hielt ihr Weinglas mit beiden Händen umschlossen, drehte und bewegte es, so dass der Wein im Glas kreiste, „ich würde mich freuen, wenn du dich einmal mit Herrn Suter alleine treffen würdest, um mit ihm über Dietrich zu reden. Und wenn du ‚ja' sagen könntest, dass er auch einmal deine Eltern kennen lernt. Mehr nicht." Sie schaute ihren Mann an. „Wirklich nicht mehr."

Herr Brendau atmete schwer, seufzte. Trank noch einen Schluck. Nickte irgendwie nachdenklich mit dem Kopf. Dann hob er sein Glas. „Prost, Herr Suter!" Ich war überrascht, nahm mein Glas auch hoch. Wir tranken beide. „Und", fuhr er fort, „wenn Sie morgen gegen elf Uhr zu mir in die Firma kommen, dann nehme ich mir eine Stunde Zeit für Sie."

Ob Sie es glauben oder nicht, weder Frau Brendau noch ich konnten reagieren. Wir mussten es wohl beide erst verdauen. Dann aber reagierte sie, legte ihrem Mann die Arme um den Hals, sagte „Danke" und küsste ihn ganz ungeniert.

Ich war einerseits neidisch auf die beiden. Andererseits war ich sehr neugierig auf morgen, elf Uhr. Insgesamt, fand ich, war es ein sehr gelungener Abend.

Kapitel 16 – Abends

Brendaus waren ziemlich rasch aufgebrochen. Ich winkte danach der Bedienung, denn schließlich hatte ich zugesagt, die Rechnung zu übernehmen. Es waren einhundertdreiundvierzig Euro und siebzig Cent. Für jemanden wie mich eine ganze Stange Geld. „Unnötige Ausgaben?“, fragte ich mich kurz, ehe ich lächelte, den Kopf schüttelte und einhundertfünfundfünfzig Euro zu der Rechnung in den Umschlag steckte.

Ich stand auf, ging zur Garderobe, nickte dem Personal freundlich zu, zog meine Jacke über und trat nach draußen.

Es war inzwischen dunkel geworden. Dunkel und kühl. Und feucht. Ich fröstelte. Wusste nicht genau, was ich jetzt tun sollte. Zuhause erwartete mich niemand und, ehrlich gesagt, ich fühlte mich momentan auch nicht ruhig genug, um in meinen vier Wänden einen entspannten Abend mit mir ganz allein zu verbringen. Ich ging los, Richtung Innenstadt. Das war nur eine freundliche Umschreibung für den Weg in meine Stammkneipe.

Das Laredo lag auf meinem Weg. Es war vor einigen Jahren umgebaut worden, ein neuer Besitzer oder Pächter, wer weiß das schon, hatte sich an der traditionellen, bürgerlichen Kneipe ausgelassen. Das, was am auffälligsten die Änderung anzeigte, war der Name. Laredo, das erinnerte an die USA, an Texas, an Cowboys, Rinderherden und riesige Steaks. Das war wohl auch der Hintergrund – die Spezialität des Hauses waren Steaks, vom Rind, von besonderen argentinischen Rindern, vom Schwein. Es gab einfach alles – wenn man Steaks liebte. Und sie waren wirklich gut. Hervorragend. Aber oft zu groß. Sie lappten fast über den Tellerrand und die Beilagen waren auch erste Sahne.

Ich betrat den Wirtsraum. Die Einrichtung war bürgerlich geblieben. Tische für vier bis sechs Personen über den ganzen Raum verteilt. Am Ende gab es linker Hand noch einen Winkel, eine Art Nebenraum, in dem ein großer Tisch stand, an dem auch Gesellschaften bis zu zwanzig, dreißig Leuten Platz fanden. Und heute, wo mir der Sinn nicht nach Hause, sondern nach ausklingen, abhängen, eben nach einem guten Schlaftrunk stand, war die Kneipe voll.

Stimmengewirr, Musik im Hintergrund, eine Luft, die zwar rauchfrei, aber dennoch irgendwie muffelig schien. Es war einfach zu feucht draußen. Alle Tische besetzt. Ich nickte dem Wirt hinter dem Tresen zu. Der lächelte zurück, zuckte mit den Schultern, machte dann eine Bewegung mit dem linken Arm, so als wollte er mich verscheuchen. Ich brauchte einen ziemlich langen Moment, ehe ich begriff, was er mir wortlos sagen wollte. Ich durchquerte den Raum, bog um die linke Ecke und schaute dann zum langen Tisch. An dessen vorderem Ende saßen eine Handvoll jüngerer Männer, in lebhaftem Gespräch, jeder mit einem großen Bierglas vor sich. Am hinteren Ende saßen fünf alte Herren, die mir sehr bekannt vorkamen. Ich darf das so sagen, dass sie alt sind, einfach weil ich auch nicht mehr der Jüngste war. Aber die Jahre, die sie älter waren, konnte man zumindest einigen ansehen.

Ich wusste, dass sie sich regelmäßig hier trafen. Keine Ahnung, wieso. Sie schauten mich an, nachdem ich um die Ecke gebogen war und ich lächelte nickend zurück, zögerte einen, nur kurzen Moment, ließ die jüngeren Männer sitzen und näherte mich den alten Herren. Die ganze Zeit lächelte ich weiter, nickte und als ich nahe genug dran war, fragte ich, ob ich mich dazu setzen könnte.

„Junger Mann, man zu!“ Die Aufforderung war eindeutig und freundlich. Ich bedankte mich und nahm neben dem Mann mit der Glatze und der braunen Weste Platz. Der Wirt kam jetzt auch, freute sich, dass ich einen Platz gefunden hatte und brachte mir schon unaufgefordert ein großes kühles Bier mit.

„Wunderbar! Danke!“ Ich nahm ihm Glas und Bierdeckel ab, prostete den Herren zu, die ebenfalls ihr Glas hoben und trank einen großen Schluck.

Ich weiß wohl, dass ich nach dem Wein beim Essen mit den Brendaus den Satz meines Vaters beherzigen müsste: „Wein auf Bier, das rat' ich dir. Bier auf Wein, das lass' sein.“ Ich fand den zweiten Teil dieses Satzes ziemlich unpassend und hatte ihn für mich einfach umformuliert: „Bier auf Wein, das ist fein!“

Mit einem wohligen Gefühl setzte ich das Glas auf meinem Bierdeckel ab, lehnte mich zurück und schaute mir ein wenig verstohlen die Herrengesellschaft an.

Links neben mir saß, wie schon erwähnt, der Herr mit Glatze und brauner Lederweste. Neben ihm saß ein wirklich sehr alt aussehender Herr, der sehr langsame Bewegungen machte und dabei manchmal heftig zitterte. Am Kopfende saß jemand, den ich kaum zu beschreiben vermag, denn er hatte nichts Auffälliges an sich – bis auf den feinen Anzug, den er trug. Ich nannte ihn sofort „Chef“, zumal das Kopfende ja auch der Chefplatz ist. Beim Herrn an der gegenüberliegenden Seite richteten sich Blick und Aufmerksamkeit sofort auf das Gesicht. Nein, nicht weil er umwerfend schön war. Einfach wegen seiner Brille. „Ein uraltes Krankenkassenmodell“ schoss es mir durch den Kopf, denn genau so sah sie aus. Mir gegenüber saß jemand, der weniger hierher als nach Bayern zu gehören schien. Trachtenjacke und Rauschebart, aus dem er sich immer wieder den Bierschaum wischen musste.

Ich verharrte in meiner Position, wurde erst einmal zum Chamäleon, bis ich wusste, was ich wollte. Nebenbei hörte ich den fünf Herren zu. Es war eine anregende Diskussion über Grundsatzfragen, so würde ich das nennen. Kein Stammtischgeplänkel, kein Getratsche, sondern kritische Reflexionen über das, was täglich so passierte. Arbeitslosigkeit, Gewalt, Armut, das waren Themen, die sie diskutierten, während ich einfach lauschte, mein Bier trank, ein zweites bestellte und wartete.

Inzwischen waren die Alten beim Thema Alter angekommen, das auch mich irgendwie interessierte und mich wohl bald selber sehr betreffen würde. Sie beklagten mit vielen Beispielen aus ihrem Alltag, wie wenig geachtet alte Menschen sind. Und sie überlegten, was sie dagegen tun konnten und wollten. Wenn ich es richtig verstanden hatte, stritten sie gerade mit einer Behörde, die ihnen Vorschriften machte, die sie nicht einhalten wollten, weil sie zusammenleben wollten.

„Ach, der Bursche vom Amt, der weiß doch gar nicht, was los ist."

„Sagtest du – Heim?"

„Ja, nicht. Unvorstellbar! Als wollten wir ins Heim!"

„Wer hat das denn dem erzählt?"

„Na, der Notar beim Hauskauf, der hat so was gesagt und du hast dich natürlich dran gehalten, du bist ja obrigkeitshörig, du ..."

„Ach, komm, ein bisschen Ordnung muss ja auch bei uns sein, oder?"

„Also, noch mal. Wir haben doch das Haus gekauft, oder? Und in drei Monaten ziehen wir ein. Jeder in seine Wohnung, oder?“

„Mein Sohn ist sauer. Nur weil ich mich bei euch einkaufe! Er wollte mir ans Geld!“

„Er soll sich doch freuen, dass du ihm nicht auf der Tasche liegst.“

Sohn – das war das Stichwort, das mich wieder weckte. Ich hatte meinen Jüngsten immer noch nicht besucht und von den anderen schon lange nichts mehr gehört. Ich wurde traurig, irgendwie. Da war es tröstlich, diese Alten zu hören, die sich um ihr Wohlergehen nicht einfach nur sorgten, sondern es auch selbst in ihre Hände nahmen.

Ich merkte, dass ich wieder zu mir kam. Und das brachte mich auf eine Idee.

„Prost!“ Ich hob mein halbvolles Glas und prostete ihnen zu. „Ich freu’ mich, wenn ich höre, was Sie da vorhaben. Da kann ich ja in ein paar Jahren auch von profitieren.“

Sie nickten, schienen ein wenig überrascht, dass ich mich einmischte.

Was ich im Sinn hatte, war, mehr zu erfahren – über das, was mich bewegte. Ich dachte nämlich, dass die Männer, wenn sie hier geboren waren, sicher einiges zu und über Brendaus wussten.

„Sie machen da ein Projekt? Sie ziehen alle zusammen?“, begann ich vorsichtig.

Nicken. Schauen. Abwarten. Das konnte ich gut verstehen.

„Das haben Sie ja gehört, oder?“, meinte der Rauschebart. „Oder können die jungen Leute“, dabei schaute er mir direkt ins Gesicht, „schlechter hören als wir Alten?“

„Na ja“, ich merkte, dass ich mich gerade entschuldigen wollte, stoppte mich aber sogleich. „Ich hab nie ganz gut gehört. Sonst hätte ich zu sehr gehorcht, oder?“

Beifälliges Nicken. Alle schauten mich an. Das war genau der Punkt, den ich erreichen wollte, denn ich hatte immer noch das Essen und das Gespräch mit den Brendaus in meinem Kopf.

„Sie sind alle von hier?“, fing ich an, das Thema zu wechseln, sie auf mein Anliegen zu locken.

„Nicht wirklich alle.“ Das war die braune Weste mit Glatze neben mir.

„Also“, der, den ich als Chef ansah, der am Kopfende saß, begann mich aufzuklären. „Der Georg da“, dabei zeigt er auf den Herrn neben mir, „der wohnt schon immer hier, genau wie ich. Der Schorsch“, dabei zeigte er auf den Rauschebart mir gegenüber, „der eigentlich auch Georg heißt, der kommt aus den Bergen.“

Schorsch nickte, doch der Chef fuhr fort: „Das ist schon so lange her, der weiß schon gar nicht mehr, wie Berge aussehen.“

„Und er ist nicht schwindelfrei“, ergänzte der Zitterer, der Erwin hieß, wie ich sogleich erfuhr. Der Chef hieß

Fritz und der mit der Krankenkassenbrille Hans. Obwohl er nicht so aussah und ich es mir nicht vorstellen konnte – er war früher Chef eines der großen Kaufhäuser gewesen.

Ich erzählte ein paar Geschichten von mir, die meist ganz gut ankamen und zum anderen auflockernd waren. Dass ich inzwischen wohlbehalten Rentner geworden bin, „verwitweter Rentner", wie ich es nannte. Dass die vier Kinder groß und aus dem Haus waren und dass ich noch nicht wirklich hier angekommen war – jedenfalls in den Augen meiner Freunde. „Ich wohne erst siebenundzwanzig Jahre hier und das heißt, ich bin Zugezogener. Auswärtiger."

Wie ich es erwartet hatte, freuten sich die Fünf.

„Ja", fuhr ich fort, „so kenne ich mich hier gar nicht so gut aus. Wer was ist und bedeutet. Als ich vor ein paar Tagen mit einem Freund, einem Einheimischen, um es deutlich zu machen, sprach und den Namen ‚Brendau' erwähnte, wusste der gleich Bescheid."

„Ja, das stimmt", meinte Hans, „dann sind sie wirklich nicht von hier."

Alle lachten.

„Das versteh' ich nicht." Das war meine Art, Informationen zu sammeln.

„Na ja", Schorsch übernahm das Reden, „Brendau, das ist eine der alt eingesessenen Familien. Brendau – Holz. So heißt es unverwechselbar."

Jetzt war es an mir, erstaunt zu sein. „Wieso?"

„Brendau – Holz. Da weiß jeder, worum es geht. Dann gibt es noch Freerksen, aber mit der bedeutsamen Zweiteilung Freerksen – Handel und Freerksen – Schiffbau. Ist zwar dieselbe Familie, aber zwei unterschiedliche Ableger." Das war Erwin.

„Ah ja", ich spielte meine Rolle als unwissender Neugieriger ganz gut, wie ich fand, „und Brendau, wie passen die da rein?"

„Das ist Holz. Und jetzt einer der großen Baumärkte. Sind Sie sicher schon dran vorbei gekommen."

„Am Hafen, nicht wahr?" Ich fand, jetzt war die Gelegenheit so günstig wie nie. „Mein Freund erzählte mir von der Familie, machte mehr so Andeutungen. Beim Vater ..." ich machte eine kurze Pause, schaute verstohlen, ob auch alle zuhörten, „oder war's beim Großvater? Ich weiß nicht so genau. Egal. Da soll mal ein Kind zu Tode gekommen sein."

Ich wartete. Trank einen Schluck. Niemand nahm meinen Faden auf.

„Prost!" Fritz hob sein Glas, schaute zu Hans und fuhr fort. „Du bist doch unser Geschichtenerzähler. Und bei dir hat doch der alte Brendau eingekauft, oder?"

Hans nickte. „Ja ..." Er zögerte. „Aber das ist doch eine alte Geschichte. Und niemand weiß, was da wirklich geschah."

„Jetzt machen Sie mich aber neugierig." Ich schaute Hans freundlich an und wartete. Und er machte tatsächlich weiter. Innerlich jubelte ich.

Was mich beeindruckte, war die Art und Weise, wie Hans erzählte. Er war voll und ganz dabei, mitten in der Geschichte, die er beim Erzählen noch einmal durchzuspielen oder neu zu erleben schien. Es war unbeschreiblich, und ich konnte mich richtig in seine Erzählung hineinfallen lassen. Ganz entspannt, zunehmend ruhiger. Irgendwann merkte ich allerdings, dass ich aufpassen musste, nicht dem Charme des Geschichtenerzählers zu erliegen, sondern ein wenig von der Geschichte zu behalten. Es ging schließlich um das, was ich in nächster Zeit tun sollte, würde, müsste oder könnte. Und eingedenk der unglücklichen Idee, Wissen ist Macht, konnte ein wenig mehr Vorwissen kaum schaden.

Brendau gehörte zu den alten Familien der Stadt. Das betraf nun nicht einfach Reichtum und Vermögen, sondern bezog sich auf ihre Anwesenheit. „Die waren", so formulierte Hans, „irgendwie schon immer hier gewesen." Und genau das machte ihren Einfluss, ihren Nimbus aus. Es gab noch ein paar weitere Familien, die auch dazu gehörten. Von Freerksen hatte ich schon gehört.

Hans machte eine Pause. Wartete. „Na ja", er lächelte. „Ihr könnt es euch schon denken, was da so gemunkelt wurde, oder?" Klar wussten wir das. Ich machte mich mit den anderen vier Alten zum gebannt zuhörenden Publikum. Intrigen und Inzucht. Das Übliche eben, so dachten wir.

Irgendwie war es, wie, das wusste Hans auch nicht zu berichten, den Brendaus gelungen, das Gelände oben am

Stadtpark zu bekommen und zu nutzen. „Damit konnten sie den anderen“, Hans machte wieder eine Pause, nahm seine Brille ab, wischte sich die Stirn, trank einen Schluck Bier, „ja, sie konnten den anderen wirklich von oben auf den Kopf spucken.“

Wir grinsten alle und Hans fuhr fort. Jetzt wurde es langsam für mich interessant, denn er näherte sich der Jetzt-Zeit, kam auf die noch lebenden Brendaus zu sprechen.

„Dazu muss man wissen“, meinte Hans, „der Alte, so nannte man ihn, das war der Vater von Anton, also der Großvater von Peer, der ja jetzt das Geschäft führt, also, der hatte verdammtes Glück gehabt. Damals blühte noch die Schifffahrt, und er machte seine Geschäfte mit der Werft und dem, ich glaub’ das heißt heute Schiffsausrüster. Und da er selber in Holz machte, mit den Freerksens durch viele Heiraten versippt und verschwägert war, da konnte Freerksen – Holz kein Konkurrent sein. Und irgendwie heißt es, dass der Alte ein verdammt harter Hund war. Nun, man soll über die Toten nicht schlecht reden.“

Hans schaute sich um, so als suchte er unseren Beifall, unsere Zustimmung und Anerkennung. Ich nickte, hatte mich vorgebeugt und wartete gespannt auf die Fortsetzung.

„Man kann sich denken, wie das in der Familie lief. Oh, Mensch, wie gut, dass der Alte nicht mein Vater war. Es gibt so viele Geschichten über seine Kinder. Denn das war damals ja auch wichtig. Kinder. Viele Kinder. Die meisten sind bald ausgezogen. Es hieß, na ja, ich kann's euch ja sagen, es ist ja kein wirkliches Geheimnis und ich bin nicht der erste, der das erzählt ... Der Alte führte nicht nur ein strenges Regiment. Er war auch hart, stur, uneinsichtig und rechthaberisch."

Hans machte eine Pause, schaute sich irgendwie suchend um, wartete. Als ich sah, dass sein Glas leer war, ahnte ich, was er wollte. Ich erhob mich mit den Worten „Ich bestell' Ihnen noch ein Bier. Wem noch?" und ging zum Tresen, um vier weitere Biere zu ordern. Zugleich nutzte ich die Pause, um aufs Klo zu gehen.

Als ich zurückkam, sprachen die Fünf nicht mehr von Brendau, sondern über ihr Wohnprojekt. Ich war enttäuscht, wusste nicht, wie ich das Thema wechseln und zu den Brendaus zurückführen könnte. So wartete ich ab, nachdem ich die Biere hingestellt hatte.

„Prost!" Schorsch hob sein Glas. Alle anderen taten es ihm gleich.

Ich nutzte die Trinkpause, um auf meine Frage zurückzukommen. „Sie haben mich richtig neugierig gemacht." Dabei schaute ich Hans an. „Was ist denn jetzt mit dem Kind, das da zu Tode gekommen sein soll?"

Hans stöhnte leicht auf. Fritz lächelte. „Siehst du, der lässt sich nicht so leicht ablenken. Der bleibt dabei. Der will's wissen."

„Der ist genau wie du", tat Erwin seine Ansicht kund.

„Ich hab's geahnt", stöhnte Hans irgendwie spielerisch. „Diese jungen Leute", dabei grinste er mich an, „die haben einfach noch ein zu gutes Gedächtnis."

Alle lachten. Das schien ein Standardwitz der Alten zu sein. Mir war es egal, wenn nur Hans weiter erzählen würde. Und er tat mir den Gefallen.

„Ja, das war nicht beim Alten. Das war bei seinem Sohn Anton, Peers Vater. Anton war der Älteste von acht Kindern und musste deshalb das Geschäft übernehmen. Die anderen waren alle weg. Konnten wohl den Alten nicht ertragen. Ich kann das verstehen. Ich glaub', ich hätt' das auch nicht ausgehalten."

In der nun entstandenen Pause dachte sicher nicht nur ich daran, wie ich groß geworden war, wie mein Vater mit mir umgegangen war, wie ich als Vater wohl gesehen würde. Dieser Aspekt von Geschichten ließ sich leider nie ganz vermeiden. Doch gelang es mir relativ schnell, aus der eigenen Geschichte aufzutauchen und aufmerksam auf das zu warten, was Hans noch erzählen würde.

Er erzählte noch einige Geschichten über den Alten, wie der mit Strenge und Härte, wenn es sein musste auch mit körperlicher Züchtigung, seine Meinung durchsetzte. Und Anton hatte all das durchlitten, ausgehalten. „Er galt nicht unbedingt als guter und harter Geschäftsmann", fuhr Hans fort, „denn er wollte nicht so brutal wie sein Vater sein. Erzählte man sich. Aber er konnte das wohl nie so ganz verwinden. Auch nicht, dass seine Geschwister ihn so im Stich gelassen hatten. Sie waren alle weg und es gab nie wieder ein Familientreffen. Wenn ihr 'mal einen dieser Brendaus trefft, wenn es noch jemand von ihnen gibt, braucht ihr sie nur nach dem Alten zu fragen, dann kannst du die Spannung mit Händen greifen."

„Ja, und Peer?" Ich hielt es einfach nicht mehr aus. „Nein, ich meine Anton, was war da?"

Hans schaute mich an, so als überlegte er, ob er wirklich weiter erzählen sollte. Es dauerte für mich viel zu lange. Ich merkte, dass ich unruhig wurde und ich wusste, dass das nun überhaupt nicht helfen würde. Also nahm ich mein Bierglas in die Hand, trank einen Schluck, stellte es wieder auf den Bierdeckel und wartete. Dabei schaute ich mich in der kleinen Runde um und merkte, dass die Gesichter der anderen vier mir nun ernster schienen. Nachdenklicher.

Hans schien sich in der Rolle des Geschichtenerzählers ganz wohl zu fühlen, so dass er sich der Versuchung, weiterzuerzählen, nicht mehr entziehen konnte. Ich hatte Glück gehabt und verwandelte mich nun wieder ins Chamäleon. Ich wollte da sein, mitbekommen und nicht stören.

Ich erfuhr, dass Anton zwei Kinder hatte. „Nur zwei!" Damit pflegte ihn sein Vater zu demütigen. Warf ihm Impotenz vor. „Tödlich für einen Geschäftsmann, mein Junge", soll er ihm immer vorgehalten haben. „Du musst deine Kraft zeigen. Und wenn du keine Kinder hast ...

Schwächling!" Anton musste sehr darunter gelitten haben, denn es wurde erzählt, dass er ein aufbrausendes Wesen hatte. „Eine sehr freundliche Beschreibung für seinen Jähzorn und seine Unbeherrschtheit", erklärte Hans.

Da die Brendaus zu den alten Familien der Stadt gehörten, gelang es immer, alles unter den Teppich zu kehren. Schaden wurde unter der Hand reguliert und darüber gesprochen wurde nur hinter vorgehaltener Hand.

Antons Kinder, also Peer und sein Bruder Dietrich, hatten unter ihrem Vater zu leiden. Einerseits verwöhnte er sie nach Strich und Faden, andererseits konnte er sie brutal zur Rechenschaft ziehen. Seine Frau, Peers Mutter, konnte da nicht helfen. „Man erzählt", so Hans, „dass die Kinder öfters nicht zur Schule gingen, weil sie wegen der Brutalität des Vaters kaum laufen konnten. Nur – darüber reden konnte niemand. Und angesichts des Einflusses von Anton traute sich das auch niemand."

Mir waren solche Familiengeschichten überaus vertraut. Das war der Stoff, aus dem sich ein Großteil meiner früheren Arbeit ergab. Schwere, unglückliche Kindheit, Wiederbelebung solcher traumatischer Situationen mit allem, was dazu gehörte. Nur war ich jetzt nicht mehr Fachmann, kein Therapeut, sondern hatte das Fach gewechselt. So fragte ich denn auch jetzt anders.

„Ja, das ist der Stoff für Familiendramen", unterbrach ich die eingetretene Pause, „und wie war das nun mit dem Kind?"

Hans zögerte und machte klar, dass niemand wirklich wusste, was geschehen war. Antons Kinder waren beide noch relativ klein, als jedermann die Todesanzeige von Dietrich in der Zeitung las. Es hieß, überraschend gestorben. Natürlich entstanden Gerüchte. Sogar die Polizei war eingeschaltet. „Die ganze Stadt", so Hans, „sprach darüber. Nur erfuhr niemand irgendwas."

Hans gab seine Version bekannt.

Beim Spielen auf dem Dachboden des Brendauschen Hauses – das Haus, in dem ich gewesen war, das Haus am Stadtpark – soll Dietrich irgendwie durch die Bodenluke gefallen sein. So unglücklich, dass er daran starb. Aber niemand erfuhr, was und wie sich das abgespielt hatte. Einige meinten, Anton hätte wieder einen seiner unkontrollierten Ausbrüche gehabt und Dietrich totgeschlagen. Aber das durfte man nicht laut sagen. Andere meinten, die beiden Brüder hätten das Geschäftszimmer durchsucht, den Schnaps gefunden und sich damit auf den Boden geschlichen und sich betrunken. Dietrich wäre so besoffen gewesen, dass er die Bodentreppe verfehlt und durch die Luke hinuntergefallen wäre und sich den Hals gebrochen hätte. Es hätte auch die Version gegeben, dass sich die beiden Kinder auf dem Dachboden betrunken hätten und als Anton abends nach Hause gekommen war, wäre er ausgerastet und hätte im Hause randaliert und als er die beiden auf dem Boden fand, hätte er sie windelweich geprügelt. Peer hätte den Tapferen gespielt und durchgehalten, während Dietrich es nicht mehr ausgehalten und sich das Leben genommen hätte.

„Dass solche Gerüchte überhaupt auftauchen, ist schon schlimm, finde ich." Hans schaute ein wenig betreten, die Lippen zusammengepresst, vor sich auf den Tisch. „Aber es gibt noch eine viel schlimmere Version", fuhr er dann fort. „Eine, die Anton wirklich dazu gebracht hat, Leute anzuzeigen, wenn er davon erfuhr. Nur", jetzt machte er eine bedeutungsvolle Pause, „genutzt hat das nichts. Eher im Gegenteil."

Hans schwieg, und meine Ungeduld stieg. Ich schaute die anderen an, die den Eindruck machten, als wüssten sie, wovon Hans gesprochen hatte.

Schorsch half mir, indem er die Geschichte weiter erzählte. „Ich hab' damals bei Brendau gearbeitet. Und wir haben darüber geredet. Aber nie, wenn der Alte in der Nähe war. Na ja, es hieß, Peer hätte seinen Bruder vom Dachboden geschubst. Vorsätzlich. Aber das glaubte keiner von uns. Aber als Peer dann ins Internat kam, der Alte mit Anzeigen drohte, alles unter den Teppich gekehrt wurde, da war man doch hellhörig. Irgendwas stimmte da doch nicht, oder?"

Schorsch schaute rechts zu Hans, der da saß und schwieg.

„Aber was nun wirklich stimmt", Hans hatte seine Brille abgenommen, putzte die Gläser, während er wieder sprach, „das weiß im Grunde niemand. Und Anton schweigt. Seine Frau auch. Und Peer, ja, den schickten sie dann aufs Internat. Der verschwand. Der kam erst als fertiger junger Mann wieder nach Hause. Und dann gab's den Tanz mit seiner Frau. Lisa passte nämlich nicht in diese Familie."

Hans sprach langsamer, nachdenklicher, hatte sich seine Brille aufgesetzt, machte eine Pause, seufzte, dann schaute er mich an und sagte: „Ich glaube, Lisa ist Peers Lebensversicherung gewesen."

Wir saßen alle schweigsam da. Wie erschlagen. Ich mochte nicht glauben, was ich da gehört hatte. Ein Kind war gestorben und niemand wusste, wie. Ich schüttelte den Kopf. Und in diese Familie mischte ich mich gerade ein. Welcher Teufel hatte mich da geritten? Ich mochte nicht mehr. Ich trank mein Bier aus, bedankte mich bei den alten Herren, erläuterte ihnen, was ich alles geschafft hatte und wie geschafft ich sei, verabschiedete mich und ging sehr langsam und noch sehr viel nachdenklicher durch die feuchte Kühle nach Hause.

Kapitel 17 – Männer unter sich

Ich kann nicht sagen, ich hätte diese Nacht gut geschlafen. Unruhig. Wach und doch nicht wach. Gedanken und Bilder drehten sich in meinem Kopf, ließen sich weder anhalten, noch abstellen. Aufstehen und Pinkeln gehen – auch ein kläglich scheiternder Versuch.

Als ich mich erhob, der Blick auf den Wecker zeigte, dass es Zeit war aufzustehen, fühlte ich mich erschöpft. Ich war langsamer als üblich. Der gestrige Abend wirkte nach.

Und ich wollte Peer Brendau treffen?

Ich schüttelte den Kopf. Fühlte mich leer. Nicht ausgebrannt. Ich würde eher sagen abgebrannt. Hatte keine Idee. War mit mir selbst unzufrieden. Konnte mich nicht leiden.

Die kalte Dusche brachte mich ein Stück in die Gegenwart zurück.

Ich überlegte – war es zehn oder elf, wenn ich Brendau treffen sollte? Ich hatte es mir gestern nicht aufgeschrieben. War einfach euphorisch gewesen. „Schwachsinnige Begeisterung über mich selber!“, schalt ich mich. Ich konnte schlecht anrufen und fragen. Was würde das für einen Eindruck machen?

Ich war unzufrieden, wütend über mich und, das setzte allem die Krone auf, ich hatte schlicht und ergreifend überhaupt keine Idee. Ich hatte mich selber in etwas reingeritten, ohne eine Ahnung, was da auf mich zukommen könnte. Das war kein Film, kein Theaterstück. Das war wirklich!

Das war's! Jetzt lächelte ich. Das hatte ich gelernt! Das beherrschte ich! „Was heißt denn schon wirklich?", sagte ich mir laut. „Wirklich sind die Dinge, weil wir sie so sehen." Wie oft hatte mir dieser Satz schon geholfen. Wieso nicht auch jetzt?

Ich sah mich eben jetzt als schwachsinnig. Und? Das war doch nur ein Teil von mir und auch nur eine von so vielen Möglichkeiten, die Welt zu sehen. Ich lächelte, sang laut und falsch *whatever gets you through the night, it's alright*. Jetzt war ich wieder der, den ich viel besser leiden mochte. Ich entschied, mich dafür zu belohnen. Frühstück in der Stadt. Gesagt, getan.

Gegen halb elf lehnte ich mich zufrieden in meinem Stuhl zurück. Das Frühstück war hervorragend gewesen. Ich hatte nicht gegeizt, sondern das beste Haus am Platze aufgesucht. Es stimmte – es war unvergleichlich gut, jedenfalls aus meiner eingeschränkten Perspektive. Ich war gesättigt, zufrieden und wieder mit mir im reinen. Ich winkte die Bedienung heran, zahlte, mit großzügigem

Trinkgeld und bat, mir ein Taxi zu rufen. Wenn schon, denn schon, dachte ich.

Ein wenig überpünktlich, zehn Minuten vor elf, stieg ich vor dem Brendauschen Baumarkt aus. Ich lächelte, schaute erst einmal in alle Richtungen, atmete die gute Luft ein. Den Geruch von Wasser, Hafen, Ferne. Ich fühlte mich wieder einmal bärenstark. „Keine Selbstüberschätzung!“, warnte ich mich, ehe ich der Eingangstür zustrebte.

Wenige Minuten später saß ich Peer Brendau in seinem Büro gegenüber. Er hatte Wort gehalten, eine Stunde Zeit für mich. Er hatte seine Sekretärin gebeten, nicht gestört zu werden und keinen einzigen Anruf durchzustellen.

„Und ich meine auch keinen einzigen!“, ergänzte er leise und bestimmt. Ich lächelte, nickte und wartete darauf, dass er mir einen Platz anbot.

Das Büro war nicht übermäßig groß. Das Fenster, direkt gegenüber der Tür, ging zum Wasser. Das Glas schien verspiegelt, so dass das Licht hereinschien, der Blick frei schweifen konnte, aber von außen nicht hinein zu sehen war.

Links neben dem Fenster, parallel zur Wand, stand der Schreibtisch. Nicht pompös, eher klein und bescheiden. Ihm gegenüber ein Regal und ein Aktenschrank. Und rechter Hand neben der Eingangstür ein runder Tisch mit vier bequem ausschauenden Stühlen.

„Herr Suter", Peer Brendau begrüßte mich, nachdem die Sekretärin gegangen war gab mir die Hand, und forderte mich mit den Worten „Bitte. Nehmen Sie Platz." und einer entsprechenden Handbewegung auf, mich auf einen der vier Stühle zu setzen.

Ich bedankte mich, zögerte einen Moment, denn ich musste entscheiden, welche Rolle ich einnehmen wollte. Davon hing die Platzwahl ab. Ich war zufrieden mit mir, denn dass ich genau dies dachte, zeigte mir, dass ich hoch konzentriert da war. Ich entschied mich, den Stuhl an der Wand zu nehmen. So konnte ich hinausblicken, den ganzen Raum im Auge behalten und war durch die Wand hinter mir gut geschützt.

„Darf ich Ihnen etwas anbieten?" Brendau kannte die Spielregeln gut. „Kaffee, Tee, Wasser, Saft?"

„Ein Wasser wäre schön", sagte ich mit leichtem Nicken. „Danke."

Brendau ging zur Tür und bat seine Sekretärin, Wasser zu bringen. Dann kehrte er zu mir an den Tisch zurück.

„Gut gemacht", lächelte ich in mich hinein, denn jetzt zeigte mir Brendau, dass er der Überlegene war. Er stand, war größer als ich, schaute einen Moment auf mich herab. Ich kannte das Spiel und sagte zu mir „Gefahr erkannt, Gefahr gebannt", um das Heft des Handelns an mich zu nehmen.

„Vielen Dank, Herr Brendau, dass Sie sich Zeit für mich nehmen." Ich machte eine Pause, um Brendau Gelegenheit zu geben, sich auch zu setzen, um dann fortzufahren: „ Nun, im Grunde ja nicht Zeit für mich …" Ich lächelte, denn ich merkte, dass Brendau nicht ganz zu verstehen schien, was ich meinte. „Es ist der Wunsch Ihrer Frau gewesen. Und ich kann nur sagen, ich finde es toll, dass Sie sich auf den Wunsch Ihrer Frau einlassen."

Ich machte eine Pause, um Brendaus Reaktion abzuschätzen. Er sah mich nur an. Zeigte keine erkennbare Reaktion. Ich nickte leicht und lächelte. Da ging die Tür auf, und die Sekretärin brachte das Wasser. Brendau stand sofort auf, nahm ihr das Tablett mit den Worten „Vielen Dank, Frau Meinhold" aus der Hand, stellte es auf den Tisch, ein Glas vor mich, eines vor sich. Öffnete die Literflasche Wasser, schenkte erst mir und dann sich ein. Setzte sich wieder.

„Gut", dachte ich, „dann ist mein Anfangszug ins Leere gelaufen. Macht nichts. Fange ich einfach noch einmal an."

„Ja, Herr Brendau", begann ich, leise, ein wenig zögerlich, „ich fühle mich nicht so ganz wohl in meiner Haut." Ich dachte, das könnte ein guter zweiter Schritt sein, da ich annahm, das auch Brendau sich nicht so ganz wohl fühlte. Schließlich begann ein Fremder sich in seine Familienangelegenheiten einzumischen. Und dem war er bisher jedes Mal sehr eindeutig entgegengetreten.

„Ich bin mir nicht sicher, wie ich anfangen soll … und worauf das alles hinauslaufen soll."

Brendau lächelte. „Herr Suter, Sie sind doch vom Fach, oder? Dann müssten Sie das doch am besten wissen. Ich …", er machte gekonnt eine Pause, um meine Neugier zu wecken, womit er auch Erfolg hatte. „Ich bin schlicht ein einfacher Unternehmer. Sie sind der Fachmann fürs Zwischenmenschliche. Also werden Sie es schon richten, denke ich."

Er lehnte sich zurück, ergriff sein Glas und trank einen Schluck Wasser. Er hatte es also mir überlassen, das Gespräch zu führen und konnte sich somit jederzeit darauf beziehen, dass er das, was ich ansprach, gar nicht ansprechen wollte. Andererseits, und das reizte mich sehr, hatte er sich bereit erklärt mit mir zu reden. Wozu also warten?

„Stimmt, Herr Brendau. Vielen Dank für das Vertrauen, das Sie in mich setzen. Auch wenn, gestatten Sie mir diesen Einwurf, ich es für eine gewaltige Untertreibung halte, wenn Sie sich als einfacher Unternehmer bezeichnen. Einfach und überaus erfolgreich, würde ich sagen. Aber darum geht es heute ja nicht."

Jetzt nahm auch ich einen Schluck. Ich merkte, dass ich ein wenig herumeierte. Typisches Gockelgehabe zwischen Männern. Da war ich doch alt genug, um damit aufzuhören. Das hatte ich doch gar nicht mehr nötig. „Mut, alter Junge", flüsterte mir eine meiner Stimmen zu, „komm' einfach gleich zur Sache."

„Also, Ihre Frau möchte, dass wir miteinander reden." Es war immer gut, Gemeinsames zu betonen. „Sie macht sich, so habe ich sie verstanden, große Sorgen um Sie. Nein, nicht nur um Sie, sondern auch um Ihre Beziehung, um Ihre Familie. Und sie denkt, dass es irgendwie mit Ihrem Vater zu tun hat. Und mit dem Tod Ihres Bruders. An dem Sie, so habe ich Ihre Frau verstanden, keinerlei Schuld trifft."

Brendau sah mich einfach an. Schien fast durch mich hindurchzuschauen. Nahm mich im Grunde kaum wahr, so kam es mir vor.

„Ja – und da frage ich mich, was ist passiert. Und wie kann ich Ihnen helfen? Und vor allem, wie kann ich Ihrer Frau helfen?"

Brendau schwieg weiter, blinzelte, was ich als gutes Zeichen sah, denn er schien wieder zurückzukommen.

„Herr Brendau", ich war entschlossen, kurz und deutlich zu sein. „Was genau ist denn mit Ihrem Bruder passiert? Und wieso glaubt Ihre Frau, dass das irgendwie zwischen Ihnen beiden steht?"

Brendau nickte zwar, schwieg aber weiter.

„Gut, Sie haben ja gesagt, ich bin der Fachmann fürs Zwischenmenschliche." Ich wollte es jetzt wissen. „Wieso glaubt Ihre Frau denn, dass das mit Ihrem Bruder, egal, was da wirklich war, sich irgendwie – und vor allem wie? – in Ihre Beziehung, in Ihre Familie eingemischt hat? Und zwar nicht unbedingt in einem guten Sinne?"

Ich hatte die Frage gestellt, die ich stellen wollte. Jetzt war es an mir zu warten. Fachmann und Chamäleon zugleich.

Brendau ließ sich Zeit, was ich gut verstehen konnte.

„Ja, stimmt, meine Frau macht sich Sorgen“, begann er. „Manchmal zu viele.“ Er schaute mich an. Irgendwie ernst. In diesem Moment hatte er meine volle Sympathie.

„Und Sie, Herr Suter, Sie kennen das? Sie sind auch verheiratet?“

Das war interessant. Jetzt ging es plötzlich um mich. „Geduld“, sagte ich mir, „schau’ einfach, wo Brendau hin will.“

„Ich bin Witwer“, antwortete ich, um die notwendige Information los zu werden. „Seit fünfzehn Jahren.“

„Tut mir leid.“ Das klang eher formelhaft. „Und Kinder?“

„Vier“, lautete meine knappe Antwort. „Drei Jungen und ein Mädchen. Obwohl ...“ Ich lächelte. „Alle schon erwachsen.“

Brendau schien nun ebenfalls leicht zu lächeln, schaute mich an. „Na, dann kennen Sie das ja alles. Was getan werden muss, die Kinder groß zu kriegen, ihnen das Leben lebenswert machen. Nicht immer einfach in diesen Zeiten.“

„Was sollte das denn jetzt?“, fragte ich mich. „Erwartet er von mir die Absolution?“ Ich wartete einfach weiter.

„Ja und dann die Verantwortung fürs Geschäft. Und der Vater, der einem im Nacken sitzt. Das versteht Lisa nicht. Ist auch gut so, glaub ich. Also hab ich es auch aus der Familie rausgehalten. Obwohl ...“ Brendau lächelte, schien sich an etwas zu erinnern. „Ich weiß noch, wie unerfahren und ängstlich ich war. Und dann kam Lisa. Wie ein Wirbelwind. Pustete die ganze Familie durch. Und mein Vater hatte Angst, dass ich ihm entglitt ... Na ja, so ganz unberechtigt war das damals nicht."

Ich nickte. Das alles war nicht neu für mich. Das hatte ich schon von seiner Frau gehört.

„Ja, und wie kommt da Ihr Bruder ins Spiel?"

Ich war einfach zu neugierig. Psychofachmann oder Ermittler? Ich wusste es selbst nicht genau. Aber Frau Brendau hatte mich auf jeden Fall beauftragt. Das schien mir ausreichend Legitimation, nachzuhaken, am Ball zu bleiben.

Brendau wurde ernst. Lehnte sich zurück. Nickte mehrmals, langsam und nachdenklich. Trank einen Schluck. Beugte sich vor. Stützte die Ellenbogen auf den Tisch, legte sein Kinn auf die verschränkten Hände, sah mich an. Dann lehnte er sich zurück, verschränkte die Arme vor der Brust und erzählte seine Version der Geschichte.

„Der Dietrich ... ja ... der war der Geist im Hause Brendau. Ich hab das damals alles irgendwie gar nicht so richtig mitbekommen. Er war tot. Große Beerdigung, glaub ich ... Nee, im Grunde war es nur die Familie. Alles hektisch. Der Vater schien um Jahre gealtert. Zog sich zurück. Ich musste ins Internat ... Mir hat nie jemand gesagt, was wirklich los war. Immer nur Andeutungen, so im Sinne von ‚na, du weißt ja, damals ... mit Dietrich ...' oder so, dass der Dietrich immer der Bessere war, wenn, ja, wenn er noch leben würde und dann immer dieser Zusatz ‚na ja, du weißt ja. Also pass auf.' Ich hab's nie begriffen. Das einzige, was ich weiß, der Alte wurde unausstehlicher, widerlicher, hat mich geschnitten und später in der Firma getriezt bis zum geht-nicht-mehr. Das musste ich aushalten ... nein, überleben. Und das hab ich geschafft."

Brendaus Kopf war ihm auf die Brust gesackt. Er schwieg.

„Was hatte ich gehört?", fragte ich mich. Im Grunde nichts Genaues. Es blieb unklar. Klar schien mir nur eins – Peer Brendau war immer mit seinem toten Bruder verglichen worden und sein Vater hatte ihn, so verstand ich die Geschichte, ziemlich hart rangenommen. Im Grunde, so dachte ich, eine ziemlich normale Familie. Gar nicht so ungewöhnlich. Ich kannte viele solcher Geschichten. Wo lag hier der Haken, dass es sich so entwickelt hatte. Also fragte ich nach.

„Ja – und wieso sagt Ihre Frau, dass Sie mit Dietrichs Tod nichts zu tun haben? Hat das jemand behauptet?"

Brendaus Kopf ruckte hoch. Seine Miene wurde noch ernster. Er schüttelte den Kopf. Ich ärgerte mich über mich selber. „Blöder Sack!", schimpfte ich mit mir. „Weshalb springst du immer wieder auf die Probleme? Da macht er doch dicht. Wieso fragst du ihn nicht, was gut war in seiner Ehe, in seiner Beziehung zu Lisa? Das Positive anschauen, denn das muss es doch geben, denn sonst hätte es seine Frau nicht so lange bei und mit ihm ausgehalten. War es dazu zu spät?"

„Wissen Sie", Brendaus Ton wurde sachlich. Geschäftsmäßig. „Solche Gerüchte hat es immer wieder gegeben. Der Alte hatte da ziemlich mit zu kämpfen. Und ich denke, er hat Lisa gegenüber mal so etwas erwähnt und sie hat es für bare Münze genommen. Und ich kann ihr das nicht ausreden. Und so drehen wir uns im Kreise."

„Eine nette Beschreibung", dachte ich. „Er sieht es so, und sie sieht es anders und beide bestehen darauf, Recht zu haben. Kein Wunder, dass es knallt. Und wenn sich dann noch ein Kind einmischt, wie jetzt Lasse und das Thema aufgreift, dann ist eine neue Stufe erreicht, das alte Muster funktioniert nicht mehr."

Ich konnte die Brendaus gut verstehen. Und meine Neugier auf den Alten, den Vater, wuchs.

„Herr Suter", sagte Brendau mit Blick auf seine Uhr, „ich muss leider wieder. Die Zeit ist schon um. Tut mir leid. Ich hoffe, Sie haben das bekommen, was Sie brauchen? Auf jeden Fall Ihnen vielen Dank."

Das war nicht nur ein eleganter, sondern auch ein gekonnter Rausschmiss. Und mehr als vorher wusste ich auch nicht.

„Eine Frage hätte ich noch." Ich hatte ja einen Auftrag. „Soll ich mich direkt bei Ihren Eltern melden oder kündigen Sie mich an?"

„Kein Problem. Ich lass' die beiden wissen, dass Sie sich melden werden." Mit diesen Worten stand Brendau auf, gab mir die Hand, so dass mir nichts anderes übrig blieb, als aufzustehen, mich zu verabschieden und zu gehen.

Ein wenig benommen, verließ ich Büro und Baumarkt, atmete draußen tief durch und beschloss, am Wasser entlang nach Hause zu gehen. Ich hoffte einfach, dass die Luft und der Wind mir den Kopf frei pusteten.

Es war erst Mittag. Ich lächelte und beschloss, mir zuhause eine geruhsame Mittagsstunde zu gönnen. Und genau das tat ich auch. Das, fand ich jedenfalls, hatte ich mir verdient.

Kapitel 18 – Zwischenspiel

Die Mittagsstunde hatte mir richtig gut getan. Ich hatte mich tatsächlich ins Bett gelegt und konnte mich nun, nach dem Aufwachen, nur noch schwach daran erinnern, dass ich anfangs dachte, ich würde nie schlafen können. Irgendwie rasten meine Gedanken, kreisten um das Gespräch mit Peer Brendau, wurden unterbrochen von plötzlich auftauchenden Bildern aus meinem Vaterleben. Ich wälzte mich hin und her, von einer Seite auf die andere und merkte plötzlich, dass es draußen dunkel geworden war. Ich musste also geschlafen haben. Ich reckte und streckte mich. Das tat einfach gut. Ich zog die Füße an, stieß mit ihnen die Bettdecke zurück und nutzte den Schwung, mich aufzusetzen. Mir wurde kalt. Kein Wunder – nach dem Erholungsschlaf. Ab ins Bad. Eine Dusche zum wirklichen Wachwerden. Anziehen. In die Küche.

„Oh!“ Ich lächelte, als ich sah, dass die Zeiger der Uhr signalisierten: Zeit zum Abendbrot. Ich schaute mich um. Was ich sah, erhöhte meine Zufriedenheit. Die Küche war angemessen aufgeräumt. Ich stand eine Weile unschlüssig da, dann beschloss ich, Essen zu gehen.

Das Laredo war um diese Zeit noch ziemlich leer. Wer konnte es sich schon leisten, so früh in der Kneipe zu sitzen. Klar, Singles, Rentner und andere Spezies. Normale Menschen kamen von der Arbeit nach Hause, es sei denn, ihre Schicht fing an. Der Alltag, die Familie wartete. Auf mich wartete niemand. Das war immer wieder ein guter Grund, in die Kneipe zu gehen, vor sich ein Bier und gelassen oder enttäuscht über das Leben zu spekulieren. Und das ging nun einfach am besten, wenn man gut aß und gut trank. Ich wartete also auf mein Steak.

Das erste Bier war geleert, als der Wirt mein Steak – medium, mit Salat und Bratkartoffeln – vor mir auf den Tresen stellte. Er sah mich an. Ich nickte. Er machte das nächste Bier fertig. Ich genoss mein Essen. Kaute langsam. Ein Schluck Bier zwischendurch. Ich war mit mir und der Welt zufrieden.

Langsam füllte sich die Kneipe. Da seit kurzem hier nicht mehr geraucht werden durfte, war die Luft angenehm, das Essen schmeckte – zumindest mir – noch besser und die Leute schienen, allen Schwarzsehern zum Trotz, die Kneipe auch rauchfrei zu genießen.

Die meisten Gäste kannte ich vom Sehen. Das ist einer der Vorteile, wenn man immer wieder oder oft genug in dieselbe Kneipe geht. Einige grüßte ich schon, anderen nickte ich eher etwas verstohlen zu. Sobald sie zurücknickten, grüßte ich sie auch. Und zu einigen konnte ich mich dazu setzen. Vorausgesetzt, mir war nach Gesellschaft.

Ich war satt, fühlte mich rundum wohl, das Bier schmeckte. Ich lächelte. Freute mich meines Lebens. Nickte meinem Spiegelbild hinter dem Tresen zu und sah mich an.

„Moin!“ Der Gruß galt offenbar mir. Im Spiegel erkannte ich Hans und Schorsch, die sich an einem freien Tisch niederließen. Ich setzte mich zu ihnen. Nach den üblichen Floskeln – Wie geht's? Wie steht's? Nichts Besseres zu tun heute? Zufrieden? – und mehrmaligem Zuprosten kamen die beiden in ein sehr ernsthaftes Gespräch. Es ging um ihre Alten-WG, genau wie gestern abend.

„Das war erst gestern?“, fragte ich mich im Stillen, um dann den beiden aufmerksam zuzuhören. Ich war ja auch nicht mehr der Jüngste und irgendwann konnte ich mich der Frage, wie es mit mir, einem allein stehenden Witwer, weitergehen sollte, nicht entziehen. „Den Kindern zur Last fallen?“ Das ist eine der letzten großen Herausforderungen für mich, die ich bewältigen möchte – dass mir das nämlich auf keinen Fall passiert. Und ins Heim ging doch niemand freiwillig. Höchstens, wenn es gar nicht anders mehr ging. Das Zeichen der endgültigen Kapitulation. Die Zeit war um. Das Leben verlassen. Ab ins Heim. Die letzte Station vor dem Grab. Das musste ich vermeiden.

Nur die Gedanken waren da, angezettelt von Hans und Schorsch, die sich um mich nicht kümmerten, sondern ihre Probleme erörterten, nach Lösungen suchten.

„Moment mal“, hakte ich einfach ein. Beide zuckten, schauten mich an. „Ihr seid doch fünf, oder?“ Ich merkte gar nicht, dass ich zum vertraulichen „du" gewechselt war.

„Ja. Sie kennen die anderen ja. War gestern, nicht wahr?" Schorsch nahm einen kräftigen Schluck.

„Wann geht es denn los?", wollte ich wissen.

„Also…", Hans, der Geschichtenerzähler, übernahm. „Wir sind so weit klar. Haben auch ein tolles Haus an der Hand. Herrlich groß. Und tolle Lage. Zwar nicht direkt in der Stadt. Ein bisschen draußen. Aber der Bus fährt fast jede Stunde. Und mit dem Taxi kostet es auch nicht so viel. Aber das Haus ist ziemlich groß und wir knabbern noch an der Finanzierung."

„Das heißt, es wird wirklich. So wirklich wirklich." Ich pfiff leise voller Anerkennung.

Schorsch lachte. „Was glauben Sie denn, was passiert, wenn fünf gestandene Mannsbilder sich so was vornehmen?!"

Ich lachte mit. „Und…", ich war neugierig, denn irgendwie lief auch meine Zeit. „Kann man da noch mit einsteigen? Wenn das Haus so groß ist …"

Beide verharrten, offenbar überrascht. Sahen sich an. Schwiegen.

„Nee, nee, ich mein 's ernst! Wirklich!"

„Das ist interessant, oder? Was meinst du, Hans?"

„Hmm …" Hans kratzte sich am Kinn, blickte sein Bier an, dann schaute er hoch, lächelte. „Ja, doch. Interessant. Das Haus ist groß genug. Und die Finanzierung wäre noch einfacher."

Schorsch griff den Faden auf: „Wir kennen uns ja kaum, aber … sind Sie flüssig genug? Das Ganze ist nicht ganz billig?“

Ich lachte und winkte ab: „Wenn das das Einzige ist … null Problemo.“

Wir prosteten uns zu. Tranken. Ich bestellte eine neue Runde.

„Gut. Und wie soll das praktisch ablaufen?“ Ich wollte Nägel mit Köpfen machen.

Das Ganze schien leichter und einfacher, als befürchtet. Wir verabredeten uns für den nächsten Abend bei Georg, um uns besser kennen zu lernen, Fragen zu klären und die notwendigen vertraglichen Aspekte zu besprechen.

Ich war bester Stimmung, als ich gegen halb zehn aufbrach. Nicht nur wegen der guten Aussichten oder wegen der Biere, die ihren Teil dazu beitrugen. Es tat mir einfach gut, nicht nur die Brendaus im Kopf zu haben oder nach einem Hobby zu suchen. Es tat gut, in der Wirklichkeit zu bleiben, das Beste aus dem zu machen, was noch kommen würde. Und ich war sicher, dass ich dabei war, genau das zu tun.

Zu Hause angekommen, blinkte der Anrufbeantworter. Auch das noch. Die Außenwelt hatte mich nicht vergessen. Doch ich nahm mir Zeit. Zog die warme Jacke aus, hängte sie ordentlich auf den Bügel in die Garderobe. Dann zog ich die Schuhe aus, stellte sie genauso ordentlich neben die Tür und ging in die Küche. Dort zögerte ich kurz. Entschied, keinen Wein zu trinken, sondern ein Glas kaltes Wasser. Erst dann hörte ich den Anrufbeantworter ab. Ich war völlig überrascht und gänzlich unvorbereitet. Es war Hermann, mein ehemaliger Kompagnon aus der Praxis.

„Hallo, Bernfried. Ich dachte, ich sag's dir gleich noch, wo immer du dich auch rum treiben magst. Ich hatte einen interessanten Anruf. Kannst dir sicher schon denken, von wem. Oder? Klar, von Frau Brendau. Ich habe ihr aber deine Nummer wieder nicht gegeben. Wie schon beim letzten Mal. Was sie wollte? Na ja, dem großen Guru ihre Referenz erweisen." Ich konnte hören, wie Hermann bei diesem Satz lächelte. „Sie wollte wissen, was du mit ihrem Mann gemacht hast. Und sich bedanken. Sie meinte, ihr Mann sei so ganz anders, so freundlich, zugewandt und, ich weiß nicht mehr genau, ich glaube, sie sagte: offen."

Ich musste mich erst einmal setzen, als ich das hörte. Aber Hermann redete weiter.

„Sie wusste nicht, wie sie dich erreichen konnte. Auf jeden Fall soll ich dir ihren Dank ausrichten. Und sie bat, dass du sie anrufst. Allerdings erst nächste Woche, denn die nächsten Tage wollen sie weg. Verreisen. Sie klang ganz aufgeregt. Ihre Nummer hast du ja. Also, großer Held, schlaf' gut. Und verpenn's nicht. Tschüss."

Der vertraute Ton der Amtsleitung brachte mich ruckartig in die abendliche Wohnung zurück. Was war da los? Na ja, ich hatte so meine Ideen. Peer Brendau hatte sich dem Wunsch seiner Frau gestellt. Ich hatte ihn, das musste ich mir selber neidlos anerkennen, gut behandelt. Und er fühlte sich vermutlich von einer großen Last befreit. Konnte wieder durchatmen und etwas anders machen. Das kannte ich. Die erste große Entlastung, die erste Begeisterung, ehe der Alltag wieder zuschlug und das altbekannte Muster fortgesetzt wurde. Nun ja, ich konnte ja erst einmal abwarten. Und ich musste nun nicht gleich zu Peer Brendaus Eltern. Ich hatte ja keine Ahnung, ob er es ihnen schon gesagt hatte. Aber – da will ich ganz ehrlich sein – neugierig war ich schon. Und ein wenig stolz auf mich.

Ich stand auf, machte mich bettfertig und genehmigte mir dann noch einen Sherry als Schlaftrunk.

Die nächsten Tage hatte ich Zeit für mich, für meinen Alltag, für meine mir bekannten Muster. Das begann mit so profanen Dingen wie staubsaugen, wischen, einkaufen, abwaschen, waschen, bügeln. Die hausfrauliche Seite des männlichen Daseins genießen.

Und am nächsten Abend war das Treffen bei Georg. Es lief wunderbar. Wir saßen zusammen, aßen und tranken, jeder erzählte ein bisschen von sich und über die Beweggründe, sich diesem Projekt anzuschließen. Irgendwie hatten wir das Gefühl, dass wir alle doch unterschiedlich waren, es aber schaffen würden, jeden so zu lassen, wie er war. Ich kann es auch viel einfacher sagen: wir schwebten auf einer rosaroten Wolke. Nächste Woche wollten wir uns bei ihrem Anwalt treffen, um alle vertraglichen Regelungen zu fixieren. Das fand ich sehr, sehr gut, dem Ganzen eine rechtliche Form zu geben.

Auf dem Weg nach Hause plagten mich dann Zweifel. War ich vorschnell? Wusste ich, worauf ich mich einließ? War ich leichtsinnig? Wieso schloss ich mich Männern an, die ich kaum kannte? War meine Angst vor dem Alter so groß?

Ich schüttelte den Kopf. „Mensch, Alter, nur Mut!", flüsterte eine meiner Stimmen, „Frisch gewagt, ist halb gewonnen", eine andere. „Das ist doch nur eine Entscheidung", ließ sich eine dritte vernehmen, gestützt von einer vierten, die meinte „Entscheidungen sind doch nicht für die Ewigkeit, oder?"

So viel Unterstützung, so viel Wohlwollen. Das tat mir gut und erinnerte mich an die alte Skatregel, „der erste Gedanke ist der beste Gedanke." Klar, dem Zweifel konnte selbst ich nicht entkommen. Aber eines konnte ich tun – mich zu Hause ins Bett legen und schlafen. Das waren doch schöne Aussichten.

Und so kam es denn auch. Ich genoss mein Leben noch mehr als bisher, glaubte ich. Ich rief sogar Bert, meinen Jüngsten, an, aber er war das ganze Wochenende unterwegs.

Am Montag war ich aufgekratzt, ja, richtig ungeduldig. Ich wollte wissen, was los war, aber so ganz früh konnte ich nicht einfach bei Brendau anrufen. Und wenn man wartet, dann schleicht die Zeit. Endlich war es nach zehn. Nun war es genug. Ich wählte die 75368 und nach dem dritten Klingeln meldete sich Frau Brendau.

„Herr Suter!" Sie klang auch aufgekratzt, allerdings, wie mir schien, mit einem eher positiven Unterton. „Ich hoffe, Ihr Kollege ... ist das überhaupt Ihr Kollege?"

„Ist schon klar. Sie meinen den Herrn Meier. Das war mein Kollege, solange ich noch gearbeitet habe. Der hat mir von Ihrem Anruf erzählt." Ich machte eine kurze Pause. Wartete ab.

„Schön. Ja." Frau Brendau begann, mir zu erzählen, welches wunderbares Wochenende sie mit ihrem Mann verbracht hatte. Konnte immer noch nicht begreifen, was ich gemacht hatte und hoffte natürlich, dass alles so weiterlaufen würde. Da musste ich doch ein klein wenig auf die Euphorie-Bremse treten und ihr sagen, dass so ein erster Schritt immer toll ist, weil er zeigt, wie gut es sein kann. Dass es allerdings nicht immer leicht und einfach ist, die nächsten Schritte zu machen.

„Ja, ja", Frau Brendau schien das nicht hören zu wollen. Was mir einleuchtete. „Und die Kinder waren auch so toll. Die haben es richtig gut gehabt, dass wir weg waren. Herr Suter", Frau Brendau zögerte, „ich weiß nicht, wie Sie das gemacht haben. Aber auf jeden Fall: herzlichen Dank!"

„Frau Brendau", ich stand immer noch auf der Euphorie-Bremse, „Sie haben es gemacht. Ihr Mann hat es gemacht. Ich war dabei, aber gemacht haben Sie es."

Das war der Punkt, an dem ich mich entscheiden musste. Sollte ich noch zu Peer Brendaus Eltern oder hatte sich das Ganze erübrigt? Sollte ich Frau Brendau danach fragen? Oder sollte ich das Gespräch beenden und erst einmal abwarten?

Wie meist, so wurde mir auch diese Entscheidung sofort abgenommen.

„Herr Suter, ich finde es toll, dass Sie auch mit Peers Eltern reden. Peer hat dort Bescheid gegeben, dass Sie kommen. Ich kann Ihnen ihre Adresse und Telefonnummer gleich geben."

Ich holte Papier und Bleistift. Jetzt war es gewissermaßen amtlich. Ich war selber sehr gespannt.

Kapitel 19 – Anton und Lone Brendau und eine erste Überraschung

Aufgeregt war ich schon. Der Besuch bei den alten Brendaus, so nannte ich sie, allerdings nur im Stillen und natürlich nur für mich selber, stand an. Ich konnte dem nicht mehr gut ausweichen. Ich überlegte, welchen Auftrag ich bekommen hatte. Irgendwie war er unklar geblieben. Mit den Eltern reden, daran erinnerte ich mich. Und es ging um Dietrich und Peer, die beiden Söhne von Anton und Lone Brendau. Um Dietrichs Tod. Die Auswirkungen auf Peer. Die Frage seiner Schuld.

„Ein ganz schönes Fass“, dachte ich, „was da vielleicht zu öffnen ist. Aber will ich das wirklich?“ Ich verzichtete darauf, mir diese Frage zu beantworten. Denn wenn es darum ging, ein Fass aufzumachen, und wenn ich mich dazu auch noch beim Öffnen beteiligte, sogar ein wenig der Drahtzieher wäre, dann sollte ich doch zumindest die Idee haben, dass etwas Gutes an die Luft kommt und nichts Ranziges oder Verfaultes.

„Lone ...“, ich dachte nach. Das klingt irgendwie dänisch. „Möglicherweise ... könnte sein.“ Das war hier im

Norden, direkt an der Grenze, durchaus nichts Ungewöhnliches.

Ich hatte trotz all dieser Gedanken gut gefrühstückt. Der Wettergott schien auf meiner Seite. Der Himmel war weitgehend wolkenlos. Der Wind mäßig, jedenfalls für mich. Ortsunkundige würden von kräftigem Pusten reden.

Gestern hatte ich mich schon vorbereitet. Die alten Brendaus wohnten draußen, an der Küste. Hatten dort ihren Altersruhesitz. So nahm ich jedenfalls an, denn die Anschrift verwies auf ein Feriengebiet. Ich hatte kein Auto, war auf den Bus angewiesen und das stellte sich schon als eine Herausforderung dar. Zuerst in die Stadt, zum ZOB. Das ging gut zu Fuß. Dann den Bus am späten Vormittag nehmen. Mich durch die Landschaft kutschieren lassen. Fast anderthalb Stunden. Dann wäre ich im Ferienort. Dort würde ich suchen müssen. Aber diese Ferienorte sind klein. Das sollte also kein Problem sein. Zurück fuhr der Bus um halb drei und um fünf. Danach erst wieder um kurz nach acht.

Es war eindeutig – das war nicht nur einfach schnell mal zu einem Gespräch. Das war eine Tagestour. Ich packte meinen Rucksack. Eine Thermoskanne Tee. Früchtetee. Drei Scheiben Schwarzbrot mit Schinken und Mettwurst. Handschuhe und Mütze, denn man konnte nie wissen, wie kalt es werden würde. Ein gutes Buch. Das sollte reichen.

Ich hatte nachgedacht und mich dann entschieden, unangemeldet zu erscheinen. Das bot mir, so dachte ich, mehr Möglichkeiten. Mein Kommen wäre unverbindlicher. Ich könnte rasch wieder gehen, wenn es ungelegen wäre. Und ich hätte mir einen ersten Eindruck verschafft. Schließlich war es so etwas wie ein Auswärtsspiel. Und ich suchte meinen Standort, meine Position. Das fiel mir immer leichter, wenn ich mir einen ersten Eindruck verschafft hatte. Dazu sollte mir dieser Besuch verhelfen. Zu nicht mehr. Aber auch zu nicht weniger.

Abmarsch. Alles ging glatt. Der Bus fuhr pünktlich ab, und ich konnte die Landschaft genießen. Sanfte Hügel, das Land noch grün, einige Wiesen allerdings sehr feucht. Kaum Häuser, denn die Dörfer lagen ein wenig abseits der Bundesstraße. Immer Richtung Osten, gewissermaßen die Sonne im Blick.

Der Bus war ziemlich leer. Was mich nicht wunderte. Das lag sicher nicht nur am Preis. Wer hier draußen wohnte, der musste sich schon anders organisieren. Mit dem eigenen Auto. War das ein Vorgeschmack auf meine Alten-WG? Sicher nicht. Nein, bestimmt nicht, denn Hans hatte doch im *Laredo* erzählt, dass der Bus alle Stunde fuhr. Aber ich hatte den Fahrpreis unterschätzt. Da half auch der Seniorenrabatt wenig.

Solche Gedanken lullten mich ein. Dazu das gleichmäßige Brummen des Busses, die Sonne, das Nichtstun. Ich war froh, dass der Fahrer mich nachdrücklich erinnerte, auszusteigen. Ich wäre glatt zu weit gefahren! Da stand ich nun – an der Bushaltestelle des Feriendorfs. Eine große Hauptstraße. Auf der anderen Straßenseite Häuser, dahinter konnte ich das Meer erahnen. Die Ostsee.

Ich ging einfach die Straße entlang, die den nicht überraschenden Namen *Hauptstraße* trug. Zu sehen war niemand. Was mich auch nicht wunderte. Nicht um diese Tageszeit. Kurz vor Mittag. Die meisten waren sicher auf der Arbeit. Die Kinder in der Schule. Oder im Kindergarten. Und die Frauen im Haus. Ich sah vor mir den Laden, einen Supermarkt von Spar. Ein kleiner Supermarkt, um der Wahrheit die Ehre zu geben. Und ich hatte Glück. Sie wollten gerade zu machen. Mittagspause. Von zwölf bis halb drei. Ich fragte, wie ich in den *Holunderweg 4* käme

„Also, da müssen Sie wieder zurück. So etwa vierhundert Meter. Dann geht rechts 'ne Straße ab. *Lütte Straat* heißt die. Da gehen Sie rein. Und nach fünfzig Metern da sehen Sie so auf der linken Seite ein kleines Tor. So mit Holzschnitzereien. Steht dick und fett *Privatweg* dran. Aber kümmern Sie sich nicht drum. Machen Sie das Tor auf und gehen da durch. Das sind nur ein paar Meter, dann kommen Sie automatisch auf die Hauptstraße. Das ist der *Holunderweg*. Und gleich das erste Haus links, da wohnen die Brendaus."

Ich bedankte mich und stiefelte los. Hatte meine erste Lektion über das Dorfleben gelernt. Hier kannte jeder jeden. Ich hatte nur nach dem Weg gefragt, nur die Adresse genannt, aber der Kaufmann wusste natürlich, wer da wohnte.

Ich fand das Tor. Zögerte. Ich musste lächeln. Ich traute mich nicht so richtig, etwas Verbotenes zu tun. Der Kaufmann hatte gesagt „Mach!“ und so machte ich. Und kam zum *Holunderweg* und sah das Haus der alten Brendaus. „Muss früher sicher ein Bauernhaus gewesen sein“, dachte ich. Das Haus, eher eine Anlage, eine Art Haupthaus mit rechtem Winkel, so dass das Haus zwei Seiten des Hofes abschirmte. „Viel Platz“, schoss es mir durch den Kopf. Mehrere Eingänge. Und links neben dem Haus war noch ein allein stehendes Gebäude, ein Neubau, nicht so alt wie das Haupthaus, das so aussah, als wäre es eine Garage. Aber eine für mindestens vier Autos. „Klar“, dachte ich, „Ferienwohnungen. Deshalb die Größe. Und deshalb die Garagen.“

Langsam betrat ich den Hofplatz. Schaute zurück zur Straße. Jenseits der Straße war es nur noch einen Katzensprung bis zum Wasser. „Beste Lage“, dachte ich, bewundernd und anerkennend. Ich ging nun systematisch vor. Ging von Eingang zu Eingang. Suchte ein Namensschild. Vergebens. So wählte ich die Tür, die mir am zentralsten schien. Klopfte an. Wartete. Dann öffnete ich die Tür und trat ein. Ein dunkler Flur, denn außer durch die Scheibe in der Tür konnte kein Tageslicht eindringen. Ich wartete. Stille.

„Hallo!“ Ich rief. Rief noch einmal: „Ist jemand da?“

Schritte von oben. Jemand stand oben an der Treppe. Eine Frau. Vermutlich ein paar Jahre jünger als ich.

„Hallo. Moin.“, sagt die Frau und lächelte. „Sie haben sich verlaufen?“

„Nein, nein“, beeilte ich mich zu erwidern. „Ich suche die Brendaus. Und weiß nicht genau, welche Tür das ist.“

Die Frau lächelte. „Ja, ja. Das sagen sie alle.“

„Was sollte das denn?“, dachte ich, schwieg aber lieber.

„Ist ja auch nicht ganz einfach, wenn man das erste Mal herkommt“, fuhr die Frau fort, während sie die Treppe herunterkam. Sie kam direkt auf mich zu, streckte mir ihre Hand entgegen. „Hannelore Meisch. Ich bin hier so etwas wie das lebende Faktotum. Früher sagte man wohl ‚Mädchen für alles‘ oder so.“

Ich gab ihr die Hand. „Bernfried Suter.“

So standen wir uns einen Moment im dunklen Flur gegenüber. Frau Meisch lächelte noch immer. Das schien ihre zweite Natur zu sein. Ihre Falten an den Augen und die Grübchen auf den Wangen sprachen da eine deutliche Sprache.

„Ja“, ich zog meine Hand zurück, war ein wenig irritiert. Keine Ahnung, wieso. War ungewöhnlich, aber durchaus nicht unangenehm. „Ich wollte zu den Brendaus.“

„Ja, kein Problem. Frau Brendau ist da. Aber wenn Sie noch eine Wohnung wollen, da ist vor’m Frühjahr nichts zu machen.“

Jetzt musste ich lächeln. Sah ich aus wie ein verfrühter Urlaubsgast?

„Nein, nein“, korrigierte ich. „Kein Urlaubsgast. Ich wohne selber hier in der Gegend. Ich wollte mit den beiden sprechen, weil ihr Sohn und ihre Schwiegertochter mich darum gebeten haben.“

„Oh“, hörte ich Frau Meisch, konnte aber nicht einschätzen, wie das gemeint sein könnte. Sie sah mich an. Ernst. Nachdenklich. „Und das muss wirklich sein? Heute?“

Ich verstand die Frage nicht und sagte das auch.

„Also“, Frau Meisch nahm meinen Arm, führte mich auf eine Tür zu und verließ mit mir den Flur. Wir betraten ein gemütlich eingerichtetes Wohnzimmer. Sie ließ mich los, drehte sich zu mir und fuhr fort: „Es geht mich im Grunde nichts an, aber ... Peer und Lisa und Lone und Anton ... nun, wie soll ich das sagen ...“ Sie sah mich an, so als würde ich verstehen, was sie meinte.

Ich wartete. Da war es wieder, das Chamäleon. Und tatsächlich, Frau Meisch erzählte weiter.

„Die haben es nicht so miteinander, um es freundlich auszudrücken. Ich weiß ja nicht, wie weit Sie Bescheid wissen, aber ... ich glaube, die reden kaum noch miteinander. Wenn da nicht die Kinder wären ...“ Sie machte eine Pause, schien in sich selber hineinzublicken und lächelte. „Ganz besonders Leo, also die Eleonora, die ist der Sonnenschein ihrer Großeltern. Das ist auch die Einzige, die von sich aus kommt.“ Sie hielt inne, beinahe erschrocken. „Aber was geht Sie das eigentlich an? Ich erzähl’ einfach zu viel.“

„Nein, nein, überhaupt nicht. Von den jungen Brendaus“, ich konnte mich nicht dazu durchringen, von Lisa und Peer zu sprechen, „da weiß ich schon ein wenig. Und Sie kennen sich ja auch gut aus, wenn Sie so lange schon hier sind.“

„Ja, stimmt. Und deshalb liegt mir das Wohl der beiden Alten auch so am Herzen.“ Sie sah mich ernst an.

„Wissen Sie“, mir kam da eine wunderbare Idee, „wenn ich nun schon ’mal hier bin und Sie sich so gut auskennen ... haben Sie da etwas Zeit für mich? Dann können wir uns etwas Ausführlicher darüber unterhalten?“

„Ja, das wäre gut, denke ich.“

Wir standen uns schweigend gegenüber. Ich schaute Frau Meisch genauer an. Ihr Gesicht war sympathisch, freundlich, offen. Sie war nicht wirklich hübsch oder schön. Sie strahlte etwas anderes aus. Und das hatte bei mir den Gedanken ausgelöst, mit ihr zu reden.

„Wissen Sie was, warten Sie einfach hier.“ Sie machte eine Handbewegung durch den Raum. „Machen Sie es sich gemütlich. Ich muss noch zwei, drei kleine Sachen machen. Dann ist Mittag und dann komm ich hierher und wir können in Ruhe reden. Denn sonst müssten wir draußen ’rumlaufen, wo uns jeder sieht. Das wäre nicht gut. Und die Kneipe macht erst heute abend auf.“ Sie sah mich an. Offen und auffordernd.

„Wunderbar. Danke. Ich warte dann. Bis später. Ich habe genug zum Beschäftigen dabei."

„Soll ich nachher etwas mitbringen? Kaffee oder Tee? Oder etwas zum Essen?"

„Nein. Vielen Dank. Ich habe alles dabei."

Und weg war sie. Es war schon etwas merkwürdig, plötzlich wieder allein da zu stehen. In einem fremden Haus. Ohne Wissen der Bewohner. Egal. Ich zog meine Jacke aus, suchte mir einen bequemen Platz auf dem Sofa, nahm das Buch aus dem Rucksack und schaute mich im Zimmer um. „Klein und fein", dachte ich. Sehr groß war es nicht. Behaglich. Das Sofa, ein Zweisitzer, stand im Raum, dem Fenster gegenüber. Das Fenster hatte keine Gardinen, nur ein Roll-Rollo, das jetzt hochgezogen war und den Blick in die Landschaft frei gab. Ein kleiner rechteckiger Tisch, dazu noch drei kleine Sessel, in der Ecke neben dem Fenster eine Musikanlage. Zwei unauffällige Lampen. Ein bunter Strauß Blumen. Ein Zeitungsständer mit ein paar Zeitungen.

Ich lehnte mich zurück, nahm die Thermoskanne aus dem Rucksack, schenkte mir ein und begann zu lesen.

Ich musste eingeschlafen sein, denn ich schreckte auf, als die Tür aufging. Das Buch fiel polternd auf den Boden.

Frau Meisch lachte. „Guten Morgen! Ausgeschlafen? Tut mir leid, dass ich Sie geweckt habe ... und dann noch so unsanft." Da konnte ich nur noch mit lachen. Das löste jede Spannung und verscheuchte die Unsicherheit.

Frau Meisch hatte ein Tablett voller Köstlichkeiten dabei. Duftenden Kaffee. Den Rest einer Sahnetorte. Sahne, Zucker, Milch. Sie stellte das Tablett auf dem kleinen Tisch ab. Ich lehnte mich mit gespieltem Entsetzen zurück. „Sehe ich so verhungert aus?“ fragte ich lächelnd.

„Ja“, Frau Meisch lächelte, „nicht dass Sie mir noch vom Fleisch fallen und ich alles wegmachen muss ...“

Sie ordnete den Tisch. Teller, Tassen, Torte, Kaffeekanne, Besteck, Tortenheber, Tortenmesser. Ich fühlte mich wunderbar.

„Ein Stück Torte?“

„Gerne. Vielen Dank!“

„Ich hoffe, Sie nehmen auch Kaffee?“

„Ja, gerne.“

Der Beginn einer gemütlichen Kaffeerunde. Damit hatte ich als allerletztes gerechnet. Kaffee und Kuchen in angenehmer Runde. Wir tranken und aßen.

„Sie kommen aus der Stadt?“

„Ja.“

„Und ... was machen Sie da?“

„Ich, nun, im Grunde gar nichts ... also ich bin in Rente und genieße mein Leben.“

„Und das soll ich Ihnen glauben?“ Frau Meisch lachte irgendwie spitzbübisch. „Wenn das wirklich so wäre, dann wären Sie ganz bestimmt nicht hier.“ Jetzt klang sie ernst, fast besorgt.

„Im Grunde haben Sie natürlich Recht. Ich weiß nicht, aber ich hatte Sie so verstanden, dass Sie mir etwas sagen wollten. Etwas, was ich unbedingt wissen müsste."

Frau Meisch nickte. „Das stimmt. Ich weiß nur nicht, was ich Ihnen erzählen soll. Und darf."

„Da machen Sie sich keine Sorgen", bemühte ich mich um Entspannung. „Alles, was Sie sagen, werde ich niemals weitererzählen. Keiner Menschenseele." Und da mich der Teufel ritt, ergänzte ich „Nicht einmal Ihnen, wenn Sie mich später fragen sollten."

„Also gut. Eines müssen Sie wissen. Anton ist ziemlich alt."

„Ja, ich weiß. Er muss weit über achtzig sein, glaube ich."

„Ja, ja, fünfundachtzig. Und er baut immer mehr ab. Seit ein paar Jahren. Es ist schwer, mit ihm auszukommen, denn er lebt in seiner ganz eigenen Welt. Und Lone ..." Sie machte eine Pause, lächelte, so als ob sie ein wunderbares Bild vor ihrem inneren Auge sah, „Lone, die kümmert sich um ihn. Und die Kinder, nein, Peer, ja der lässt sich nicht blicken. Und Lisa auch nicht."

Klang da ein Vorwurf mit? Das Chamäleon war da, wartete, um einfach dabei zu sein.

„Ich kann das verstehen." Frau Meisch sah mich an. „Ich weiß nicht, ich glaub', Sie können sich das nicht vorstellen, wie schwer das ist. Anton will dies, Anton will das. Und dabei passt das eine nicht zum anderen. Er lebt in einer anderen Welt. In seiner. Und Lone, ja, die bemüht sich, immer freundlich, immer auf ihn eingehend ... wirklich ... bewundernswert. Und manchmal wartet Anton darauf, dass der Dietrich kommt." Sie sah mich an. War das herausfordernd? „Ja, er wartet, dass der Dietrich kommt. In so einer Welt lebt er manchmal."

Ich nickte, wurde nachdenklich. Es war wirklich Glück, unglaubliches Glück, dass ich zuerst Frau Meisch getroffen habe. Hätte ich mit den alten Brendaus gesprochen, ich glaube, es hätte eine ganze Zeit gedauert, bis ich mitgekriegt hätte, was da abläuft. Dass der alte Brendau weit weg war. Wie sollte ich da etwas klären? Das ging dann nur noch über seine Frau. Und die hatte mehr als genug zu tun. Ich wurde zunehmend unsicherer. Und, das erstaunte mich, es machte mir im Moment nichts aus. Eine neue Erfahrung.

Ich hatte beim Zuhören und Nachdenken zwei Stück Torte verspeist, drei Tassen herrlichen Kaffee getrunken, fühlte mich wohl, wie schon lange nicht mehr, saß entspannt im Sofa.

„Und?" Frau Meisch ließ nicht locker.

„Tja ...", ich atmete hörbar aus, „das ist alles ganz neu. Das wusste ich nicht. Ich kann Ihnen nur danken, dass Sie mir das alles erzählt haben." Ich lächelte Frau Meisch an. Sie lächelte zurück. Ich streckte meine Arme aus, um mich zu entspannen. Dabei fiel mein Blick auf meine Armbanduhr. Zwei!

„Frau Meisch, ich sehe gerade, es ist schon zwei. Der Bus fährt gleich. Ich glaube, ich mach' mich wieder auf die Socken. Ich überleg's mir, was ich mache. Ich glaube, ich werde auch noch mal mit dem Sohn und seiner Frau reden. Die haben mir das gar nicht gesagt."

Frau Meisch stand auf, lächelte. „Danke, dass Sie Lone heute in Ruhe lassen." Sie kam auf mich zu, gab mir die Hand. „Auf Wiedersehen." Sie hielt die Hand ein wenig länger, als üblich, dachte ich jedenfalls.

„Auf Wiedersehen", sagte ich auch, packte meinen Rucksack, zog meine Jacke an und folgte Frau Meisch in den Flur. Ich nickte ihr beim Hinausgehen zu, sie nickte zurück, lächelte und wiederholte ihr „Auf Wiedersehen" und als ich ging, fügte sie hinzu „Wäre schön."

Ich ging denselben Weg zurück und überlegte die ganze Zeit, ob ich die letzten Worte wirklich gehört oder ob ich es mir nur eingebildet hatte.

Kapitel 20 – Nach der Heimfahrt

Die Rückfahrt mit dem Bus verlief ziemlich anders als die Hinfahrt. Das lag auch oder vor allem, genau konnte ich das nicht sagen, am Tageslicht. Die Sonne war hinter zähem Nebel verschwunden, der sich breit gemacht hatte. Es war allerbestes Novemberwetter. Düster, verschwommen, unscharf. Eine Einladung zur Depressivität. Ich nannte das immer, es ist gut, auch mal ein bisschen nachzudenken und empfindsam zu bleiben. Draußen konnte ich die Landschaft nur noch erahnen und nicht mehr richtig erkennen. So döste ich vor mich hin, überließ mich meinen Gedanken. War doppelt gut aufgehoben. Der Bus kutschierte mich zurück. Da brauchte ich mich um nichts kümmern. Und meine Gedanken ließen mich gelassen umherwandern. Da brauchte ich mehr nun wirklich keine Gedanken mehr zu machen.

Kurz nach vier traf ich am ZOB ein. Glücklicherweise wehte der Wind jetzt nicht mehr, so dass die Temperatur fast angenehm zu nennen war. Ich schulterte meinen Rucksack, überquerte die Straße, erreichte die Fußgängerzone und ließ mich weiter mit dem Strom der Menschen treiben. Ein bisschen Einkaufen – neudeutsch: Shopping –, das war's doch, dachte ich. Ein angenehmer Ausklang. Ich kaufte nichts, stöberte ein bisschen im Bekleidungsgeschäft herum, im Buchladen und in der Musikabteilung des Kaufhauses. Ich merkte, wie ich langsam schlaff und müde wurde. Ein gutes Gefühl nach einem langen Tag. Also, zurück nach Hause. So dachte ich, aber dann, nach einem Blick auf die Armbanduhr, es war inzwischen kurz vor sechs, wendete ich meine Schritte Richtung *Laredo*. Das öffnete schon um fünf. Und zu Hause erwartete mich ohnehin niemand.

Gedankenverloren fand ich mich auf meinem Lieblingsplatz wieder. Am Tresen, hinter einem Glas Bier, den Blick nicht nur auf, sondern sogar hinter den Spiegel gerichtet. Ich wollte daran gehen, meinen Tag auszuwerten. Schließlich war ich ja gewissermaßen dienstlich unterwegs gewesen.

Was also hatte ich erreicht?

Ich mochte nicht weiter denken, denn etwas Düsteres, Unangenehmes machte sich immer deutlicher bemerkbar. Ich wollte mir aber den Abend nicht verderben lassen. Ja, ich wusste es selber – je mehr ich mich dagegen wehren würde, desto stärker würde es sich bemerkbar machen. Ich schüttelte den Kopf. Nie wollte ich das auf mich selber anwenden, was ich anderen als guten – und meist nützlichen – Rat mitgab. Okay – meistens wollte ich das nicht. Solche Gefühle abwehren, machte sie nur noch stärker und drängender. Das wusste ich, und wollte es heute nicht für mich gelten lassen.

Ich nahm noch einen ordentlichen Schluck Bier, drehte mich um, so dass ich mich mit dem Rücken am Tresen anlehnen konnte und bemühte mich um Klärung.

Also – ich wusste nun, wo die alten Brendaus wohnten. Und eine weitere Person hatte das Spielfeld betreten. Ich lächelte. Frau Meisch. An ihr blieben meine Gedanken zunächst hängen. Allerdings war das innere Bild, das ich von ihr entwarf, irgendwie unscharf. Es wollte sich nicht wirklich einstellen. Stattdessen machten sich Gefühle breit. Sicherheit. Klarheit. Wärme. Einfach angenehm. Ich fühlte mich an Mecki erinnert. „Komisch“, sagte ich mir und widmete mich wieder den Ergebnissen.

„Nee“, ich schüttelte den Kopf, „da stimmt doch was nicht. Ganz und gar nicht. Die jungen Brendaus lassen mich mit den alten Brendaus reden. Und Frau Meisch erzählt mir, es gibt gar keinen richtigen Kontakt mehr.“ Ich verstand das Ganze immer weniger. „Und dann“, fuhr ich fort, „dann ist der alte Brendau leicht verkalkt. Und von den jungen sagt mir keiner was. Ob die das gar nicht wissen?“

Je mehr ich darüber nachdachte, desto ärgerlicher wurde ich. Auf mich. Auf Lisa Brendau. Auf Peer Brendau. „Was hatten die vor?“

„Na, altes Haus. Auch wieder da."

Ich schreckte auf. Georg stand direkt vor mir. „Hallo!" Er fuchtelte mit beiden Händen vor meinem Gesicht. So kam ich langsam zu mir zurück. Zurück ins *Laredo*.

„Was ist denn mit dir los, Bernie?" Georg klang beinahe sorgenvoll.

„Ach, nichts. Eigentlich ..." Ich stand auf, gab ihm die Hand. „Schön dich zu sehen. Kommt noch jemand?"

„Keine Ahnung. Ich hab' heute noch keinen von der alten Bande gesprochen. Kommst du mit rüber?" Dabei wies er mit seinem rechten Daumen auf einen freien Tisch hinter sich.

„Klar." Ich drehte mich zuerst um, nahm mein Bierglas samt Bierdeckel in die eine Hand, in die andere meinen Rucksack, stand auf und folgte Georg an den Tisch. Der hob seine rechte Hand, winkte damit dem Wirt zu, streckte dann den Daumen nach oben, nickte und wartete, dass der Wirt zurücknickte, um seine Bestellung zu bestätigen.

Georg legte seinen Mantel sorgsam neben sich auf den Stuhl, ich nahm einen Schluck und wartete.

Das Bier kam. Ich bestellte mir ein neues.

„Und?" Georg war richtig neugierig. „Du machst nicht den allerbesten Eindruck. Siehst nicht so richtig zufrieden aus." Er schaute mich an, hob sein Glas, prostete mir zu. Wir tranken schweigend.

Georg saß mir gegenüber. Das Bierglas vor sich. Schaute in meine Richtung und schwieg. „Im Grunde hat er doch so verdammt Recht", ließ sich eine meiner Stimmen vernehmen. „Also, entscheide dich", meinte eine andere Stimme. „entweder du machst deine Klappe auf oder du verziehst dich."

Eines wusste ich genau – an diesem Punkt konnte auch das Chamäleon nicht mehr helfen. Ich seufzte, nahm einen Schluck und erzählte Georg von meinem Tag. Klar, keine Namen. Nur den Ablauf. Den Auftrag, etwas zu klären. Das Gespräch im Ferienort mit Frau Meisch. Die widersprüchlichen Aussagen der Beteiligten und mein Ärger auf die Brendaus. Und auf mich.

Georg hatte schweigend zugehört. Ab und zu genickt. Ab und zu einen Schluck getrunken.

„Das war's?", fragte er ganz trocken. „Das ist die ganze Geschichte?"

„Ja." Ich merkte, wie mein Ärger zunahm und sich sogar noch verstärkte. „Wieso verstand Georg das denn nicht? Ich wurde irgendwie hinters Licht geführt! Vorgeführt. Als ob das so schwer zu verstehen wäre?" Ich redete mich innerlich immer mehr in Brass. Und das musste irgendwann raus.

„Das ist doch ...", begann ich, lauter, als beabsichtigt. Dann fehlte mir das passende Wort. „Ja, wie würdest du dich denn fühlen, wenn jemand so mit dir umgeht?" Ich klang vermutlich vorwurfsvoller, als beabsichtigt.

„Oh je, oh je.“ Georg hob abwehrend beide Hände. „Was hab ich denn da angerichtet?“ Und dann lachte er einfach los. Ich war wie vom Donner gerührt. Und vermutlich habe ich auch so ausgesehen.

„Mann, Bernie ...“ Georg sah mich an, nun mit einem breiten Grinsen.

„Hallo, ihr zwei Hübschen!“ Hans stand plötzlich an unserem Tisch. „Ihr scheint euch ja gut zu amüsieren.“

„Na ja“, Georg reichte Hans die Hand, ich reichte Hans die Hand. Er setzte sich zu uns. „Bernie ist ein bisschen durch den Wind. Er ärgert sich ... glaubt er.“ Georgs Grinsen wurde noch breiter.

„Über dich?“, fragte Hans, „das kann ich verstehen.“

„Ich werde nach Strich und Faden von Leuten an der Nase herumgeführt“, ich dachte, ich sollte Hans mit dem Ganzen vertraut machen, „und Georg amüsiert sich darüber.“

Ich lehnte mich zurück, kniff die Lippen zusammen, verschränkte meine Arme vor der Brust und merkte, dass es mir ein wenig besser ging, weil ich anfing, die beleidigte Leberwurst zu spielen. Das ist immer besser, als so etwas zu sein.

„Und ...“ Hans war auch neugierig.

„Also“, Georg lehnte sich beinahe verschwörerisch zu Hans, senkte die Stimme, nicht ohne ab und zu zu mir zu schauen, um sicher zu sein, dass ich auch jedes seiner Worte verstand. Und das waren Worte! „Bernie war auf

Tour. Und da hat ihm eine Frau die Tour vermasselt. Und jetzt ist er auf alle Leute sauer. Richtig stinkig."

Georg legte eine kunstvolle Pause ein, vergewisserte sich, dass ich noch zuhörte, legte Hans dann – Steigerung der Verschwörung – vertrauensvoll die Hand auf den Arm und holte zum entscheidenden Schlag aus: „Und jetzt ist Bernie auf alle sauer! Richtig wütend! Und weißt du was ... nicht sauer ist er auf eine einzige Person ... die Frau, die ihm die Tour vermasselt hat."

Georg lachte. Hans lachte mit. Beide schauten mich an. Ich wusste nicht, was ich denken, sagen oder tun sollte. War wie vor den Kopf geschlagen.

„Stimmt", Hans unterstützte Georg, „und das kann nur eines bedeuten. Da gebe ich dir Recht!"

„Siehste", Georg nickte Hans zu, „genau das hab' ich mir auch gedacht."

Beide schauten mich an. Voller Erwartung. Ich wusste überhaupt nicht mehr, was los war. Mein Ärger und meine Wut wuchsen. Jetzt waren es nicht nur Lisa Brendau und Peer Brendau. Nein, jetzt waren es auch Georg und Hans.

„Idioten!", platzte ich heraus. Was nur dazu führte, dass beide noch mehr lachten. Der Wirt hatte die Heiterkeit an unserem Tisch bemerkt und gesellte sich zu uns.

„Wissen Sie", Georg zwinkerte Hans zu, als er den Wirt ansprach, „unser Freund hier ist ziemlich durcheinander."

„Oh“, meinte der Wirt, schaute mich an, „ich kenne immer nur drei Gründe dafür. Erstens, man weiß nicht weiter. Zweitens, man hat zuviel Stress. Und drittens“, jetzt machte auch er eine Pause, grinste und ergänzte „man hat sich frisch verliebt.“

„Idioten!“ Ich konnte mich nur wiederholen.

„Ich geb’ ’ne Runde aus“, meinte der Wirt, stand auf und verschwand.

Georg und Hans schauten sich an, dann mich.

„Mensch, Bernie, nimm’s doch nicht gleich so todernst.“ Hans lenkte ein. Georg sprang ihm bei. „Weißt du, du hast gesagt, du warst auf alle sauer. Nur die Frau, die dir die Tour vermasselt hat, die sparst du aus. Da kommt man doch ins Grübeln.“

„Frau Meisch“, sprach eine meiner Stimmen. „Die beiden spinnen“, sagte eine andere Stimme. Doch bevor sich auch meine Stimmen in eine Diskussion einlassen konnten, kam der Wirt mit vier Schnäpsen.

„Prost!“ Wir tranken. Knallten die kleinen stabilen Schnapsgläser auf den Tisch, bedankten uns. Jetzt konnte auch ich lächeln. Es war ja alles nur Spaß gewesen. Ich stand auf. „Leute, ich muss los. Hab’ noch nichts gegessen und war den ganzen Tag unterwegs. Also, bis später.“

Ich holte meine Jacke, schulterte meinen Rucksack und verließ das *Laredo*. Draußen war es noch dunkler. Und kälter. Der Wind pustete wieder. Ich hatte noch eine schöne Strecke vor mir. Schritt für Schritt. Ich lächelte über Georgs und Hans' Scherz. „Frau Meisch...", da musste selbst ich jetzt lächeln. „Wie heißt sie doch gleich mit Vornamen ..." Der wollte mir nicht gleich einfallen. Stattdessen fielen mir einige Momente im Wohnzimmer des Ferienhauses ein. Ich war selber irritiert. „Alter Trottel", schalt ich mich, doch je mehr ich mich bemühte, meine Gedanken in eine andere Richtung zu lenken, desto weniger gelang mir das.

Ich war froh, zu Hause zu sein und ins Bett zu kommen. Allein. Irgendwie fehlte mir Mecki immer wieder einmal. Besonders heute. Und noch etwas war klar. Das fiel mir auch im Bett ein. Ich musste mit Brendaus reden. Als ich das dachte, da sah ich den grinsenden Georg vor mir mit dem markigen Satz: „Und wieso nicht mit der Frau, die dir die Tour vermasselt hat?"

Kapitel 21 – Telefonitis

Es war noch dunkel draußen, als ich die Augen aufmachte. Der Wind pfiff und brachte jede Menge Frischluft durch das leicht geöffnete Schlafzimmerfenster. Ich zog die Federdecke fast bis zur Nasenspitze, schloss die Augen wieder und ließ mir alle Zeit der Welt mit dem Wachwerden.

Richtig wach wurde ich erst, als meine Füße kalt wurden. Ich hatte ganz einfach die Decke zu hoch gezogen, so dass die Füße nicht mehr bedeckt waren. Der Wind und die kalte Luft von draußen reichten da völlig aus. Ich zog die Beine an, schimpfte mit mir selber, drehte mich auf die Seite, so dass ich mit den Händen die Füße ein wenig warm reiben konnte.

„Hat doch alles keinen Zweck", sprach ich mir, ja, was sprach ich mir zu: Mut, Zuversicht, Einsicht in das Unvermeidliche?

„Aufstehen, mein Lieber." Jedenfalls ging ich freundlich mit mir um. Es war schließlich auch erst morgen. Ich rollte mich aus dem Bett, schloss das Fenster, drehte die

Heizung an und nun konnte die Morgenroutine ablaufen.

Irgendwie war ich ein wenig unkonzentriert. Das fiel an Kleinigkeiten auf. Ich vergaß, die Milch für den Kaffee, stellte statt Marmelade Käse auf den Tisch, vergaß den Kugelschreiber für das Zeitungsrätsel.

„Was ist los mit dir?“, fragte ich mich selber. Stimmt, irgendwie war ich unruhig. Keine Ahnung wieso. „Vielleicht schlecht geträumt?“, meldete sich eine Stimme zu Wort. „Quatsch“, antwortete ich laut. Leise dachte ich darüber nach. Ich hatte etwas geträumt, war sogar wach geworden, fand den Traum ungewöhnlich, geradezu bemerkenswert, wollte ihn mir merken, um am Morgen darüber nachzudenken. Und nun? Nun konnte ich mich an das nächtliche Aufwachen und meine Gedanken erinnern, aber überhaupt nicht an den Traum.

„Macht auch nichts“, munterte ich mich auf. Das Wetter – der Blick aus dem Küchenfenster war unvermeidlich gewesen – hatte meine Laune nicht gerade beflügelt. Dasselbe wie gestern – duster, düster, windig. Heute kam noch Feuchtigkeit hinzu. Nur gut, dass ich nicht mehr los musste. Ich konnte es mir zu Hause bequem machen.

„Bequem?!“ Das war die Stimme, die ich am ehesten meinem schlechten Gewissen zuordnete. Ich wusste, ich musste mich an Brendaus wenden, um Klarheit zu bekommen. Also rief ich an und erreichte Frau Brendau. Nach dem ersten üblichen Smalltalk – „Guten Tag. Wie geht's? Haben Sie einen Moment Zeit, oder soll ich mich später melden?" – kam ich in Fahrt.

„Frau Brendau, ich war gestern bei Ihren Schwiegereltern."

„Toll, dass das so schnell geklappt hat, Herr Suter."

„Na ja, so würde ich das nicht nennen." Ich machte eine bedeutungsvolle Pause.

„Wieso? Was ist passiert?" Hörte ich da ein wenig Beunruhigung in Frau Brendaus Stimme?

„Ich habe weder mit Ihrem Schwiegervater noch mit Ihrer Schwiegermutter gesprochen. Lediglich mit Frau Meisch."

„Ja ... und wieso nicht mit den Schwiegereltern?"

„Ja, wie soll ich das sagen?" Ich wollte vorsichtig sein. „Also, Frau Meisch erzählte mir, wie es Ihrem Schwiegervater geht."

Keine Reaktion am anderen Ende.

„Ich meine, so gesundheitlich. Seelisch und geistig."

Weiterhin keine Reaktion.

Jetzt wurde ich unruhig und fragte direkt: „Sie wissen, wie es Ihren Schwiegereltern geht?"

„Ja, klar, schon." Pause. Kein Wort mehr.

„Was mich verwirrt", ich wollte nun nicht mehr um den heißen Brei herumreden, „Frau Meisch sagte, Ihr Schwiegervater, also, der ist nicht mehr so gut davor. Verwirrt. Vermutlich Altersverwirrtheit. Und seine Frau pflegt ihn. Und Sie haben im Grunde keinen Kontakt mehr."

Pause. Schweigen.

„Frau Brendau? Sind Sie noch da?“

„Ja, ja, natürlich.“ Das klang ein wenig erregt. Vielleicht ärgerlich. Oder ertappt. Da erschien wieder das Chamäleon und tatsächlich, Frau Brendau redete weiter.

„Ich weiß, die Frau Meisch ... ja, die weiß immer alles ... glaubt sie. Wissen Sie, die ist schon ewig bei den beiden. Ich glaub', ja das sind bestimmt schon dreißig Jahre. Und wissen Sie, die hat viel gut davon gehabt. Ich meine, dass Peer und sein Vater nicht gut miteinander auskamen. Er hat ihr dauernd was zugesteckt. Ich weiß nicht ...“ Frau Brendau schwieg abrupt.

„Sie wissen nicht ...“ Das Chamäleon wiederholte.

„Ich hab' gesehen, wie der Alte ... ach, ich weiß nicht, was Sie das angeht ...“ Frau Brendaus Stimme klang angriffslustig. Oder verteidigte sie sich nur? Obwohl niemand sie angeklagt hatte.

„Peer hat mir 'mal gesagt“, Frau Brendau war offenbar bereit, mir die ganze Geschichte zu erzählen, „er weiß nicht, ob sein Vater nicht ein Verhältnis mit ihr hat.“

Das also war des Pudels Kern. Beziehungsgeschichten. Das war ja mein Metier. Jedenfalls früher, im Beruf.

„Und, hatte er?“, fragte ich leichthin.

„Und wenn schon.“ Das klang patzig, dachte ich.

„Was mich interessiert, Frau Brendau“, ich wollte wieder Anschluss finden, „was, nein, wie ... in welchem Zusammenhang steht das mit Dietrichs Tod? Und wie hat sich das auf Ihren Mann ausgewirkt?“

Ich hörte Frau Brendau schwer atmen.

„Das können Sie sich doch denken, oder?“ Ein bisschen schnippisch, dachte ich, doch das Chamäleon riet zur Ruhe. Ein guter Rat, dem ich folgen konnte. „Der Herr Chef, der seinen Sohn runterputzt, weil der sich mit so einem Flittchen wie mir eingelassen hat, die nur hinter seinem Geld her ist. Und dieser alte ...“ Kräftiges Ausatmen. „Ja, dieser alte Bock hat nichts Besseres zu tun, als sich seine Geliebte ins Haus zu holen. Sie einzukaufen. Sie anzustellen. Vor den Augen seiner Frau. Und damit niemand auf böse Gedanken kommt, hackt er auf Peer herum. Wegen Dietrich. Und niemand kann mit ihm darüber reden. Die einzige, die was davon hat, ist die Meisch.“

Das war eine neue und ganz andere Version der Geschichte. Ließ sie in einem anderen Licht erscheinen. Aber klar war mir das Ganze immer noch nicht.

„Soll ich noch mit Ihren Schwiegereltern reden?“ Ich dachte, der direkte Weg wäre der beste.

„Ja, unbedingt ... und, bitte, erzählen Sie Peer nicht, was ich Ihnen gesagt habe. Bitte.“

Ihr Flehen war nicht zu überhören, aber die Erfahrung hatte mich gelehrt, nicht darauf einzugehen. „Gut, dann mache ich das. Ich melde mich.“

Ich drückte das rote Symbol auf dem Telefon und ließ mich erschöpft auf dem Sofa nieder. Ich merkte erst jetzt, dass ich die ganze Zeit hin- und hergegangen war. Ich stand auf, stellte das Telefon ins Aufladegerät und machte mir einen Tee. Das dauerte länger und nahm mich mehr in Anspruch, als einfach die Kaffeemaschine anzustellen. Ich hoffte, ruhiger zu werden, um wieder klarer denken zu können.

Ich blieb in der Küche sitzen, wärmte meine Hände am Tee, trank ab und zu einen Schluck und dachte nach. „Nachdenken hilft auch nicht", sagte ich laut zu mir, „denn die Gedanken rasen." Daher entschloss ich mich, laut mit mir zu reden.

„Also, was weiß ich? Verschiedenes. Die jungen Brendaus haben offenbar ein paar Probleme. Mit den Kindern. Mit ihrer Beziehung. Und mit seinen Eltern. Vermutlich mehr mit dem Vater. Und da soll ich etwas klären und aufklären. Nämlich Dietrichs Tod. Nein, dass Peer nichts mit Dietrichs Tod zu tun hat."

Ich nickte, stimmte mir zu, trank einen Schluck Tee und fuhr fort.

„Nun erzählt mir Frau Meisch ... Hannelore, jetzt weiß ich wieder ihren Vornamen ..."

„Ist das jetzt wirklich wichtig?", ließ sich eine meiner Stimmen vernehmen. „Ach, du denkst doch nur wieder an das, was Hans und Georg gestern erzählt haben", meinte eine andere Stimme.

„Ruhe!“ Das war ich. Laut und unfreundlich, beinahe so, als fühlte ich mich ertappt. „Weiter im Text. Frau Meisch erzählt mir nun, der Alte ist verkalkt, Altersdemenz oder so, seine Frau kümmert sich seit Jahren um ihn. Und nun erfahre ich, dass sie ein Verhältnis mit dem Alten haben soll.“

Ich schüttelte den Kopf. „Siehst du“, schon wieder eine meiner Stimmen, „du bist voreingenommen. Du willst das nicht glauben.“

Wieder fühlte ich mich wie ertappt. Ich begann, über meine Aufgabe, meinen Auftrag und meine Rolle nachzudenken. Psychofachmann oder verdeckter Ermittler – das war einmal meine Frage gewesen.

Ich schwieg. Auch alle meine Stimmen. Mir war es zu still. Ich ging ins Wohnzimmer, suchte passende Musik und legte van Morrison und Linda Gail Lewis *You win again* auf. Der Rhythmus der ersten Stücke riss mich aus meiner Lethargie. Ich lachte. Mir war etwas klar geworden.

„Psychofachmann oder Ermittler, das war überhaupt kein Widerspruch. Wenn ich nämlich davon ausging, dass jeder seine Sicht der Dinge hat. Wenn ich ein Geldstück hoch halte, dann sieht der eine die Zahl, der andere die Eiche. Und der dritte sieht nichts von beidem, sondern eine schmale Seite.“

Ich musste an den Witz von den Blinden und den Elefanten denken. Der eine betastete die Elefantenhaut, der andere den Schwanz, der dritte den Rüssel, der vierte die Beine. Und jeder beharrte darauf, im Recht zu sein.

„Das schließt sich doch alles nicht aus“, sagte ich mir „und was ich hier mache, ist doch nichts anderes, als jedem Gelegenheit zu geben, sich über die eigene Sicht klarer zu werden. Das schwere Stück Arbeit kommt doch hinterher, wenn die Sichten auf dem Tisch liegen. Wie mit den unterschiedlichen Sichten umgehen? Denn schließlich hatte jeder Recht. Das ist doch wie mit Gefühlen. Entweder ich fühle das oder etwas anderes. Da kann mir jemand einreden, wie er will. Es geht nicht.“

Ich war froh, den Widerspruch meiner Rollen für mich gelöst zu haben.

„Meine Aufgabe ist es also, Sichten zuzulassen.“

Ich lächelte und suchte das Telefonbuch, schlug den Ferienort auf, fand aber nicht die Nummer von Frau Meisch. „Von Hannelore“, wie ich mir gegenüber von ihr sprach. Aber ich fand die Nummer der Brendaus und dort rief ich an.

„Meisch bei Brendau.“

„Bernfried Suter. Guten Tag, Frau Meisch.“ Ich blieb ein bisschen förmlich.

„Herr Suter.“ Das klang ja erfreut. Und richtig, sie fuhr fort „Das ist ja schön, dass Sie sich melden. Das freut mich.“

„Vorsicht“, warnte mich eine meiner Stimmen, „du hast doch gehört, sie ist die Geliebte des alten Brendau.“

Jetzt lächelte ich. Dieser Einladung, eine Sicht für die einzig Wahre zu halten, konnte ich leicht und leichten Herzens ausschlagen.

„Frau Meisch, ich würde gerne noch mit den Brendaus sprechen."

„Kein Problem", die Stimme klang beinah ein wenig aufgeregt, schien mir, „ich habe mit Lone gesprochen. Sie können kommen, wann immer Sie wollen. So um die Mittagszeit, wie das letzte Mal, das ist eine gute Zeit."

„Prima. Dann danke ich Ihnen, dass Sie das für mich geklärt haben."

„Aber Herr Suter", jetzt klang die Stimme anders. Schmeichelnd? Einschmeichelnd? Keine Ahnung. „Das hab ich doch gerne getan. Für Sie."

Das schmeichelte mir tatsächlich. Ging ich da jemandem auf den Leim? „Spiel dich nicht so auf, du alter Esel!" Wie gut mir meine Stimmen halfen.

„Danke." Das war sicher keine der besten Erwiderungen, aber mir fiel keine andere ein. Mir! Ausgerechnet mir! Der ich sonst nie um eine Antwort verlegen war.

„Ja, das freut mich", fuhr Frau Meisch fort. „Bringen Sie doch ein bisschen mehr Zeit mit als das letzte Mal. Dann lade ich Sie hinterher wieder zum Kaffee ein."

Nun war ich wirklich sprachlos.

„Ja, bis demnächst. Ich freu' mich. Bis dann, Herr Suter."

Und noch ehe ich etwas sagen konnte, hatte sie aufgelegt. Vielleicht ganz gut, denn mir fehlten immer noch die passenden Worte.

Nach diesen Telefonaten war ich innerlich unruhig. Ich glaube, wenn ich mich selber beraten hätte, würde ich von „aufgewühlt“ sprechen. Und „aufgewühlt“ hieß nichts anderes, als das Gefühle im Spiel waren. Dabei war ich so froh, dass ich ein ausgeglichenes Gefühlsleben entwickelt hatte, dass ich nach Meckis Tod ruhig geworden war. Kein dauerndes auf und ab. Verlässlicher Gleichmut. Manchmal zogen mich Freunde deswegen mit der Bemerkung „alter Langweiler“ auf. Stimmte schon. Irgendwie. Und jetzt das. Dieses Durcheinander. Ich wusste, was hilft. Ich fing mit Routinearbeiten an. Den Frühstückstisch abdecken. Den Tisch abwischen. Die Küche fegen. Das Geschirr abwaschen. Den Flur fegen. Das Wohnzimmer saugen. Ein bisschen Staub wischen.

Solche Rituale – um nicht sagen zu müssen, dass es sich durchaus auch um unangenehme Pflichten handelt – schaffen Ruhe, Gewissheit, manchmal sogar Zufriedenheit. Ich weiß, was ich zu tun habe, kann mich völlig darauf konzentrieren und alles andere gleichsam an- oder ausschalten. Das gelang heute auch, nur nicht ganz so gut wie meistens.

Ich hatte alles fertig, die Geräte weggestellt. Das Wetter hatte sich immer noch nicht gebessert. Meine Laune passte durchaus dazu. Ich stand unschlüssig herum. Allein in meiner Wohnung. Das gefiel mir heute nicht. Und in der Mittagszeit Leute anzurufen, ist, wie ich finde, ungehörig. Rausgehen, dazu war das Wetter auch nicht einladend genug.

„Ach, Mist!“

Ich fluchte laut. Dann zog ich, einem Impuls folgend, Schuhe und Jacke an, griff meine geliebte Schiebermütze, verließ die Wohnung, schloss sorgfältig ab und genoss meinen Gesundheitstripp – sechs Treppen hinunter bis zur Haustür.

Draußen flog mir als erstes die Schiebermütze vom Kopf. Ich hatte schlicht und einfach den Wind unterschätzt. Regentropfen fielen. Ich musste laut lachen. Dann rannte ich los, meine Mütze einzuholen. Glückspilz, der ich mir nun einmal einbildete zu sein, wurde die Mütze von einem der Straßenbäume gebremst. Ich hob sie auf, schlug sie aus, wischte die Nässe ein bisschen ab, setzte sie wieder auf, wobei ich sie sehr fest zog und den Kopf gegen den Wind hielt, so dass er die Mütze nur noch fester auf den Kopf drückte. Das ging gut, solange ich gegen den Wind anstiefelte. Änderte ich die Richtung, dann drückte ich die Mütze mit einer Hand fest auf den Kopf. So erreichte ich den Friedhof. Der lag geschützter. Hier konnte der Wind nicht ungehindert herrschen. Ich konnte mich wieder aufrichten, meine Hand vom Kopf nehmen, entspannt durchatmen.

Ich stand vor Meckis Grab, schaute auf das Holzkreuz. Lächelte, als mein Blick auf dem freien Platz ruhte, auf dem dereinst mein Name und meine Tage stehen würden. Hier fühlte ich mich besser. Sicherer. Aufgehoben. Verstanden. Ich lächelte und hielt Zwiesprache mit Mecki. Das tat wie immer gut. Und wie immer, wenn es um Gefühlsaufwallungen ging, schien Mecki sich über mich lustig zu machen. Und wie meist, entspannte ich mich dabei.

Ich spürte den Wind, jetzt irgendwie sanfter, und die Regentropfen, die mich umschmeichelten. Ich fühlte mich wieder einmal bärenstark. Richtete mich auf. Atmete mehrmals kräftig durch. Nahm meine Schiebermütze ab, stopfte sie in eine Jackentasche und verließ aufrecht gehend den Friedhof.

Kapitel 22 – Intermezzo

Auch am nächsten Morgen war das Wetter unverändert – nicht angetan, das Leben zu genießen. Eher eine Einladung, sich zu wärmen, zurückzuziehen. Und ich hatte einiges zu tun. Arbeitete am „Fall Brendau", wie ich es manchmal spielerisch nannte, um mir die Absurdität meines selbstgewählten Hobbies vor Augen zu führen.

Eines wusste ich nach den letzten Erlebnissen sehr genau. Der Druck und die Unsicherheit, die mich manchmal zu überrennen schienen, waren immer hausgemacht. Produkte von mir. Ich war Autor, Designer, Produzent und Konsument. Alles in einem. Ich hatte also die Folgen meiner eigenen Ideen und Sichten zu tragen. Das ließ mich lächeln. Ich beschloss, mir das Leben leichter zu machen. Schließlich war es ja mein Leben. Auch wenn es mir nicht gehörte. Hobby Hobby sein lassen. Das Leben leben. Herausfinden, was das für mich im Ruhestand bedeuten könnte.

Ich lächelte. Fühlte mich leicht. Erleichtert. Heiter. Gut gelaunt. Trotz des Wetters. Ich machte mich auf den Weg ins Kaufhaus. Ich wollte gewissermaßen noch mal von vorne anfangen. Diesmal als Lebemensch. Gesagt, getan.

Trotz des Wetters – oder gerade deswegen, keine Ahnung – waren viele Menschen unterwegs. Ich wunderte mich wieder, ob überhaupt noch jemand arbeitete. Musste aber wohl sein. Ging mich im Moment aber auch gar nichts an.

Ich betrat das Kaufhaus, in dem ich – noch gar nicht so lange her – meinen ersten Reinfall erlebt hatte. Heute ließ ich mir Zeit. Ging langsam. Merkte den Unterschied. Musste aufpassen, dass mich niemand umrannte. Alle hatten ein hohes Tempo drauf. Keine Ahnung, wieso.

Ich schlenderte im Erdgeschoß durch die Schreibwarenabteilung, dann durch die Buchabteilung. Haushaltswaren. Schaute mir weniger die Auslagen als die Menschen an. Langsam näherte ich mich der Rolltreppe, um auch heute nach oben in die Cafeteria zu fahren. Da sah ich ihn. Ich erkannte ihn sofort wieder. Er hatte mich nicht gesehen. Oder nicht wieder erkannt. Kein Wunder. Ich erkenne auch nicht jeden wieder, wenn ich ihn nur einmal kurz gesehen habe. Und der Kaufhausdetektiv hatte mich nur einmal kurz gesehen. Bewusst jedenfalls.

Ich blieb stehen und schaute ihm zu, wie er sich ganz unauffällig zu bewegen versuchte. Nun ja, ich hätte ihn nicht als Detektiv erkannt, hätte ich es nicht gewusst. Ich lächelte. „Die Zeiten sind vorbei, Bernie“, sagte ich mir selber und trat auf die Stufen der Rolltreppe.

Die Cafeteria war relativ voll. Glücklicherweise herrschte inzwischen überall Rauchverbot. Da war es besser auszuhalten. Angenehmer zum Essen. Und zum Trinken.

Ich blieb am Eingang stehen, schaute mich um, sah niemanden, den ich kannte und fuhr wieder ins Erdgeschoß und betrat die Einkaufsstraße.

Es ging mir saugut. Ich kann es nicht anders ausdrücken. Mit einem Lächeln im Gesicht schlenderte ich durch die Straße. Suchte ein Lebensmittelgeschäft. Kaufte mir Gutes zum Essen ein. Das hatte ich verdient.

Zuhause lud ich meine Schätze aus. Sechs Lammkoteletts, Broccoli, Kartoffeln, saure Sahne. Das würde das Hauptgericht werden. Nicht dass Sie denken, ich wäre verfressen. Nein, ich hatte unterwegs mit Fredo telefoniert, einem alten Freund, und ihn zum Essen eingeladen. Er hatte nicht nur zugesagt, sondern auch darauf bestanden, den Wein mitzubringen. Fredo war Weinkenner.

Ich machte mich an die Arbeit. Arbeit? Nein, im Grunde ein arbeitsreiches Vergnügen. Zuerst wählte ich eine CD aus, damit ich beschwingt mit der zu meiner Stimmung passenden Musik ans Kochen gehen konnte. Ich entschied mich für eine meiner vielen CDs von *Doctor John*.

Dann stellte ich alles auf der Ablage bereit – verschiedene Messer, die notwendigen Töpfe, Gewürze, Pfanne. Öl. Bester Laune legte ich los.

Das Essen war ein Gedicht. Und der Wein auch. Fredo war ein wunderbarer Gesellschafter. Am frühen Abend, später Nachmittag würde siebzehn Uhr besser kennzeichnen, waren Fredo und ich nicht nur gut gesättigt, sondern auch ein wenig voll des guten Weines. Wir räumten ab, erledigten gemeinsam den Abwasch – „was wir Männer doch alles können", war dabei ein geflügeltes Wort – und planten dann den weiteren Abend.

„Ein bisschen Kultur stünde uns gut an", meinte Fredo lachend.

„Kultur?!" Ich war skeptisch. „Du meinst ... so richtig ... Kunst und so ..."

„Ich bin schließlich kein Banause, sondern ein gebildeter und kunstinteressierter Rentier. Betonung auf der zweiten Silbe. Rentier.", erwiderte Fredo, wobei er auf eine noch ungeöffnet auf dem Tisch stehende Flasche Rotwein zeigte. Da konnte ich nur mit lachen.

„Ach, diese Kultur meinst du. Ehrlich gesagt ... mehr hätte ich dir auch nicht zugetraut."

„Darauf muss ich noch einen nehmen", sagte Fredo und blickte sich suchend um. „Ist die Flasche etwa leer? Müssen wir eine neue aufmachen?"

„Tja, wenn du zu Besuch bist ... du kennst weder Halt noch Mäßigung, Fredo."

„Stimmt!", lachte er. „Jetzt halt' mich, sonst mäßige ich mich."

Ich schüttelte den Kopf und schlug vor, erst einmal los zu gehen.

„Kino, Kneipe oder Kultur?", fragte Fredo. „Wirf doch die Münze!"

„Kopf oder Zahl – und was ist dann mit der dritten Möglichkeit?", wollte ich wissen.

„Mann, bist du schwer von Begriff ... Bernie, Bernie ..." Fredo wiegte den Kopf mit ernstem Ausdruck. „So alt bist du doch auch noch nicht, oder?" Er sah mich an, wartete einen Moment, ehe er mich ins Bild setzte. „Die Münze hat doch auch eine Schmalseite. Kino ist Zahl, Kneipe ist Kopf und wenn die Münze auf der Schmalseite stehen bleibt, dann ist das Kultur."

Ich musste laut lachen. „Das ist nicht nur Kultur, das ist dann sogar hohe Kunst."

Lachend verließen wir die Küche, zogen uns im Flur Schuhe und Jacke an und dann ging es los.

Es tat richtig gut, mein Leben zu leben. Nach so vielen Jahren. Und einfach so. In netter Begleitung. Ohne Tiefgang. Einfach dahin driften. Es sich gut gehen lassen. Sorgen und Mühen konnten morgen wieder kommen. Heute ging es um uns.

Wir besuchten zuerst die Ausstellung eines lokalen Künstlers in einer kleinen Galerie in der Innenstadt. Da es schon spät war, schloss sie bald, so dass wir uns voller Überzeugung sagen konnten, wir hatten es ja gewollt, aber die Umstände, die waren nicht so. Ladenschluss. Feierabend. Auch Kultur kennt Grenzen.

Daher war es keine Überraschung, dass wir irgendwie im *Laredo* landeten. Fredo traf dort einen Bekannten, und wir verbrachten den Abend bis zum Lokalschluss mit Skat. Ich hatte lange nicht mehr gespielt, was interessanterweise dazu führte, dass ich weniger ängstlich war und als Alleinspieler öfters gewann, als ich gedacht hatte.

Kurz nach eins verließen wir die warme Kneipe, verabschiedeten uns laut und freundlich in der nächtlichen Kälte und Feuchtigkeit und dann zog jeder seines Weges.

Ich musste mich auf meinem Weg sehr konzentrieren. Hatte heute wohl ein wenig zu viel getrunken. Nicht wirklich zu viel, sondern wirklich nur ein wenig zu viel. Hatte einen entspannten, unbeschwerten, angenehmen Nachmittag und Abend verlebt. Mit diesen Gedanken und Gefühlen kam ich zuhause an. Schaltete das Flurlicht ein. Wieder allein. Melancholie holte mich ein. Eine sentimental-traurige Freude. Manchmal hatte ich das Alleinsein satt. Deshalb beeilte ich mich, ins Bett zu kommen. Ich wollte nicht mehr daran denken und es auch nicht mehr spüren. Aber, oh Schreck, auch das Bett war kalt. Das war nicht der beste Ausklang eines schönen Tages. Doch Glückskind, das ich nun einmal war, schlief ich schnell ein.

Kapitel 23 – Advent

Ich hatte es mir weiterhin gut gehen lassen, mich vom Druck befreit, den ich mir selber aufgebaut hatte. Es war mir sogar gelungen, meine Wohnung ein wenig der Jahreszeit anzupassen. Advent. Vorweihnachtliche Zeit. Die gefühlsträchtigsten Wochen des Jahres. Glaub ich. Aus meiner aktiven Zeit, im Beruf, wusste ich, dass in den Einrichtungen – wie wir sie nannten: Erziehungsheime, Krankenhäuser, Gefängnisse, aber auch Kasernen, um nur ein paar zu nennen – diese Zeit am turbulentesten war. Und als ich so meine Tannenzweige in der Bodenvase ansah, die weihnachtlichen Fensterbilder und die roten Kerzen, da musste ich mich manches Mal zusammenreißen, aufraffen, um nicht selber in meinen Erinnerungen zu versinken.

Das ist etwas, was mich selber erstaunte, verwunderte. Bei all dem, was ich bisher mit den Brendaus erlebt hatte, war kein einziges Mal bei mir eine Erinnerung an meine Eltern aufgetaucht. Überlegungen in Hinblick auf meine Rolle als Vater und Ehemann schon. Aber nichts mit den Eltern. Ich lächelte. Da hatte ich wohl kein Geschäft mehr zu erledigen. Auch wenn die Beziehung zu meinen Eltern nicht spannungslos gewesen war. Aber nach ihrem Tod, mit meinem Älterwerden, mit dem Größerwerden meiner Kinder, mit der Dauer meiner Beziehung zu Mecki, da hatte sich doch einiges gewandelt. Nicht gebessert. Relativiert, würde ich sagen.

Ich schüttelte den Kopf. „Na, Alter, jetzt wirst du selber weihnachtlich-sentimental, was?“ Ich lächelte. Winkte ab. „Was soll's ...“

Bisher hatte ich nicht mit den alten Brendaus gesprochen. Das sollte heute passieren. Zwischen dem ersten und dem zweiten Advent. Weihnachtlich. Gefühlsbeladen. Aber ich hatte selber das Gefühl, ich könnte das Gespräch nicht mehr länger hinausschieben. Ich hatte überlegt, die jungen Brendaus mitzunehmen, merkte aber selber, dass das wohl keine so gute Idee war. Obwohl – das reizte mich nämlich daran – es sicher interessant wäre, die so vielfältigen und unterschiedlichen Meinungen sozusagen „live“ zu erleben. Aber das war schließlich nicht mein Job.

Ich konnte – auch deshalb passte mir der Termin – mit Fredo fahren, der seine Tochter besuchen wollte und sich bereit erklärt hatte, den kleinen Umweg in Kauf zu nehmen. „Für dich, Bernie“, hatte er lachend gesagt, „tue ich doch alles ... wenn du mir mal wieder so ein tolles Essen bereitest.“

Ich lachte mit. „Hatte ich mir's doch gedacht. So ganz uneigennützig bist selbst du nicht."

Fredo wollte gegen Mittag hier sein, und das konnte bei ihm vieles bedeuten. Mit Lone Brendau hatte ich telefoniert, so dass sie wusste, dass ich kam. Und es war ihr gleich, wann. Auch wenn es Mittagszeit wäre.

Ich merkte, dass meine Ruhe ein wenig trügerisch war. „Na, mein Lieber, spielst du dir wieder Theater vor?", ließ sich eine meiner Stimmen vernehmen.

„Lass ihn doch. Er übt schon", brachte eine andere eine ganz andere Sicht hervor.

„Bin gespannt", ich glaube, das war mein schlechtes Gewissen, „er hat doch keine Umgangsformen. Oder was seht ihr, was er mitnimmt? Nicht 'mal Blumen. Tss, tss, Herr Suter! Haben ihre Eltern ihnen das nicht beigebracht?"

Das stimmte. Deshalb bat ich Fredo am Blumenladen vorbeizufahren. Nein, keinen Weihnachtsstern. Ich suchte nach etwas Buntem, etwas Blühendem. Das war um diese Jahreszeit gar nicht so einfach, aber am Ende hat der geduldig Suchende Erfolg. Rote Amaryllis.

Gegen halb drei bog Fredo auf den Hof der Brendaus ein.

„Rufst du an, wenn du fertig bist? Vielleicht kann ich dich ja wieder mit zurücknehmen? Ich denke ...", Fredo überlegte kurz, „ich bin in drei, dreieinhalb Stunden wieder hier. Wenn du magst."

„Lass man Fredo. Vielen Dank für's Angebot. Aber ich hab' kein Handy und ich will mich zeitlich auch nicht so unter Druck setzen. Gute Fahrt! Und grüß dein Töchterlein."

Ich schlug die Beifahrertür zu, sah Fredo nach, wie er aus dem Hof fuhr, winkte. Dann musste ich, ob ich wollte oder nicht.

Die Tür ging schon auf, noch ehe ich sie erreicht hatte.

„Herr Suter, schön Sie zu sehen!" Hannelore stand in der offenen Tür, strahlte mich an.

„Hannelore ...?", was bildete ich mir denn ein? Laut sagte ich: „Frau Meisch ..." Obwohl ich damit hätte rechnen müssen, kam ich doch ein wenig durcheinander. War ein wenig verlegen.

„Na, kommen Sie doch erst mal rein." Sie ging zur Seite, ließ mich eintreten, gab mir dabei die Hand und half mir aus dem Mantel. „Ich sag dann 'mal der Lone Bescheid, dass Sie da sind" und fügte, nachdem sie meinen Mantel aufgehängt hatte, hinzu: „Schön." Ich glaube, ich wurde sogar ein wenig rot. Aber was soll's. Ich musste mich konzentrieren.

Frau Meisch führte mich ins Brendausche Wohnzimmer und ließ mich dort allein, um Frau Brendau zu holen. Ich war erstaunt. Mit so viel Helligkeit hatte ich nicht gerechnet. Ein großes Fenster mit Blick in den Garten. Die Wände hell gestrichen, einige Bilder an den Wänden. Kunst, glaube ich, nicht zu ungewöhnlich, aber auch nicht zu selbstverständlich. Und dazu Kiefernmöbel, die hier oben nicht ungewöhnlich waren, die ich aber hier nicht vermutet hätte. Irgendwie strahlte dieses Zimmer eine Gelassenheit und Sicherheit aus.

„Guten Tag!" Frau Brendau war von mir unbemerkt hereingekommen. Feste Stimme. Sehr klar. Sehr bestimmt. Und auch irgendwie distanziert. Sie war ein bisschen kleiner als ich. Ging sehr aufrecht. Trug ein einfaches grünes Kleid, das fast bis zum Boden reichte. Trug bequeme Pantoffeln. Falten im Gesicht, die auf viele Erfahrungen und Erlebnisse verwiesen und ihr gut standen. Das Haar kurz geschnitten. Grau. Ich überlegte kurz. Ja, Frau Brendau musste auch schon über achtzig sein. Achtzig und sehr vital. Beeindruckend.

Ich musste bei meinen Überlegungen wohl einfach so da gestanden sein, denn Frau Brendau zögerte. Blieb ein paar Schritte vor mir stehen. Ich kam wieder zurück. Nickte. „Guten Tag, Frau Brendau." Machte einen Schritt auf sie zu. Sie machte einen Schritt auf mich zu, reichte mir die Hand. Eine kleine Hand, fester Händedruck. Ich gab ihr die Blumen.

„Danke. Und nehmen Sie doch Platz." Sie zeigte auf den Tisch, der in der Mitte des Raumes stand. „Darf ich Ihnen etwas anbieten? Kaffee vielleicht?" Sie sah mich an.

„Gerne. Vielen Dank." Ich nickte. „Und welches ist Ihr Stammplatz?" Ich wollte mich an die Regeln halten.

„Ach“, sie lächelte, „ich wohne schon so lange hier. Ich kenne jeden Platz. Mir ist es egal. Machen Sie es sich einfach bequem.“ Dann wandte sie sich an Frau Meisch, die mit hereingekommen war. „Hannchen, kümmerst du dich bitte um den Kaffee? Und um die Blumen? Danke.“

Frau Meisch nickte und verschwand. Ich setzte mich mit dem Rücken zum Fenster. Das war ja klar. Wenig Ablenkung, beste Sicht. Frau Brendau setzte sich mir gegenüber. Frau Meisch kam mit einem großen Tablett zurück. Das Ganze kam mir irgendwie bekannt vor. Wie eine zweite Aufführung. Deckte den Tisch. Kaffeetassen, Kuchenteller, Warmhaltekanne, Torte, Zucker, Milch. Und eine Vase mit meinen Blumen. Ich lächelte und sagte zu mir selber: „Das volle Programm.“

Frau Meisch schenkte uns allen Kaffee ein. Erst da fiel mir auf, dass sie drei Gedecke hingestellt hatte. Wollte sie dabei sein, oder kam der alte Brendau auch noch?

„Ein Stück Torte?“ Frau Meisch strahlte mich an.

„Gerne. Danke.“ Und schon lag ein großes Stück Nusstorte auf meinem Teller.

Ja, da saß ich nun. Mir gegenüber Frau Brendau. Neben ihr Frau Meisch. Das konnte nur bedeuten, dass Frau Meisch eine wichtige Rolle bei den alten Brendaus spielte. Und dass sich die beiden Frauen gut verstanden.

Nachdem wir alle angefangen hatten, von der Torte zu essen, lehnte sich Frau Brendau zurück und sah mich einfach an. Ernst. Distanziert. Kontrolliert. Nun musste ich loslegen. Es gab keinen Aufschub mehr.

„Frau Brendau, erst einmal vielen Dank, dass Sie sich die Zeit genommen haben.“ Ich wollte einen freundlichen Rahmen setzen, doch offenbar hatte ich Frau Brendau unterschätzt.

„Das können Sie gerne alles weglassen. Kommen Sie gleich auf den Punkt. Denn Lisa hat Sie ja geschickt. Also ... was will sie?“

Das ging mir nun fast zu schnell. Da konnte auch das Chamäleon nicht helfen, denn ich war aufgefordert zu reden. Ich erinnerte mich, welche Aufgabe ich hatte. Es ging nicht um die Wahrheit, es ging um Sichten. Das entspannte mich wieder ein wenig.

„Ja, was will Ihre Schwiegertochter? So ganz klar ist mir das auch noch nicht geworden. Am besten ich erzähle Ihnen ganz kurz, wie es zu unserer Kaffeerunde hier kam, wenn es Ihnen Recht ist?“

„Selbstverständlich.“ Frau Brendau blieb ganz bei sich. Gastgeberin. Den Überblick behaltend. Abwartend. Im Grunde das, was ich gerne gemacht hätte. Aber heute war eben alles anders. Ich lächelte, als mir das klar wurde, und konnte es mir nur bestätigen: „Du bist nicht mehr im Job. Dies hier ist ein anderer Job. Sieh’ es doch einfach als Gespräch unter netten Menschen.“ Dabei schaute ich kurz zu Frau Meisch, die mich offenbar die ganze Zeit beobachtete.

Ich erzählte Frau Brendau, wie ich es sah. Die Termine der jungen Brendaus in der Praxis. Der Unfall von Lasse. Mein zufälliges Auftauchen. Die Gespräche mit der jungen Frau Brendau. Mit ihrem Mann. Mit beiden. Und der Idee der Schwiegertochter, dass das alles irgendwie mit Dietrich zusammenhängen könnte. Und sich ungünstig auf die Ehe ausgewirkt hätte.

Frau Brendau hatte mir aufmerksam zugehört. Keine erkennbare Regung gezeigt. Mich angeschaut. Jetzt lehnte ich mich zurück.

„Ja ...", Frau Brendau überlegte. „Und was genau soll ich Ihnen nun sagen?"

Bevor ich antworten konnte, ging die Tür auf. Ein alter Herr trat ein. „In Schapptüch", wie es hier hieß. Anzug, Schlips, Mantel überm Arm.

„Wann kommt Dietrich? Wir müssen los." Er schien von niemandem Notiz zu nehmen.

Frau Brendau stand auf, ging auf den Herrn zu. Es musste ihr Mann sein, der alte Brendau. Frau Meisch hatte mir ja erzählt, dass er abbaut, in seiner eigenen Welt lebt. Das konnte ich nun miterleben.

Frau Brendau stand vor ihrem Mann, schaute ihn an, nickte. „Du siehst wieder gut aus. Ja, der Dietrich, der kommt heute etwas später. Ich hab vergessen, dir das zu sagen. Entschuldige bitte." Ihre Stimme klang hier ganz anders. Irgendwie zart. Wenn die beiden nicht über achtzig wären, hätte ich gesagt „liebevoll".

„Lernt der das dann nie!“ Der alte Brendau schimpfte richtig. Dann sah er mich, zeigte mit dem Finger auf mich und polterte weiter: „Und wer ist der da? Du hast mir nicht gesagt, dass wir Besuch bekommen!“

Frau Brendau hatte sich jetzt bei ihrem Mann eingehakt, stand neben ihm und zeigte mit ihrer freien linken Hand auf mich. „Das ist der Herr Suter. Herr Suter, das ist mein Mann.“ Sie zeigte auf ihren Mann. „Anton, der Herr Suter kam ganz überraschend vorbei. Er ist …“ sie schien zu überlegen, ihr Blick fiel auf Frau Meisch, „er ist ein Bekannter von Hannchen. Und da er hier in der Gegend war, schaute er überraschend herein.“

Sie lächelte. Frau Meisch lächelte. Und ich machte vermutlich einen ziemlich belämmerten Eindruck.

„Wann kommt Dietrich? Wir müssen los.“ Der alte Brendau hatte sich von mir weg- und seiner Frau wieder zugewandt. Frau Brendau, immer noch bei ihrem Mann untergehakt, nutzte das, um sich mit ihm zusammen umzudrehen. „Lass’ man, der kommt gleich. Ich glaube, wenn du oben auf ihn wartest …“ Ich konnte die letzten Worte nicht mehr hören, weil beide schon auf dem Flur waren.

Frau Meisch lächelte nun nicht mehr. Sie grinste. „Hallo, Bekannter.“ Sie winkte mir zu.

„Was soll das denn jetzt?“ Ich war verunsichert. Andererseits auch erleichtert. Laut sagte ich: „Hallo, Bekannte.“ Ich ging auf ihr Spiel ein.

Ihr Grinsen wurde noch breiter. Das stand ihr gut, fand ich. „Oder alte Bekannte?“ Sie schaute mich an. „Oder sogar Freunde?“

Ich schwieg. Ich musste mit Frau Brendau reden und nicht ... ja, was nicht? Ich glaube, ich hatte in den letzten zehn Jahren verlernt, mich frei und ungezwungen Frauen gegenüber zu verhalten. Aber das musste ich doch nicht jetzt nachholen!

Ich nickte. Aß von meinem Stück Torte.

„Guten Appetit, mein Lieber.“ Frau Meisch konnte es nicht lassen, und so war ich erleichtert und beinahe dankbar, als Frau Brendau wieder erschien.

„Entschuldigen Sie, Herr Suter, aber Sie sehen ja selbst ... mein Mann ist nicht immer so ganz einfach.“ Sie setzte sich. „Wo waren wir stehen geblieben?“ Sie hielt sich nicht mit Abschweifungen oder Nebensächlichkeiten auf.

Ich suchte mein Gleichgewicht wieder. Anschluss an das, was ich gesagt hatte. „Also, irgendwie hat Ihre Schwiegertochter die Idee, dass ihr Mann, also Ihr Sohn Peer, sich für Dietrichs Tod verantwortlich fühlt. Und nicht nur das. Sie hat den Eindruck, dass Ihr Mann das irgendwie ... wie soll ich sagen ... genutzt hat. Peer fühlt sich dafür verantwortlich gemacht. Ja, natürlich bin auch ich neugierig, das können Sie sich denken ...“ Ich brach ab, wartete. Nun konnte mir endlich das Chamäleon wieder helfen.

Frau Brendau schaute mich an, dann Frau Meisch. „Hannchen, was hast du ihm denn alles schon erzählt?“

„Im Grunde so gut wie gar nichts“, antwortete sie sofort. „Ich hab’ ihm nur gesagt, wie es um Anton steht und wie gut du dich um ihn kümmerst. Alles andere ... nee, das ist nicht meine Sache.“

„Ja“, Frau Brendau atmete tief ein und aus. Sie machte den Eindruck, als würde sie gleich los legen. Und genau so war es auch. Sie berichtete kurz und präzise. Ich erfuhr, dass sie nicht im Hause war, als Dietrich starb. „Es war dubios“, sagte sie und schien dabei die Bilder wieder in sich wachzurufen. „Aber ich weiß es auch nicht. Und Anton ... Sie haben ihn ja selbst gesehen ... der erzählt Geschichten ... der wartet noch auf Dietrich.“ Sie schüttelte den Kopf. „Ich fürchte mit der Wahrheit ...“ sie machte eine kleine Pause, sah mich an, „mit dem, was gemeinhin als Wahrheit gilt, da kann ich Ihnen leider auch nicht dienen.“

Sie trank einen Schluck Kaffee. Hannchen schenkte ihr nach. „Hannchen?“ Nein, Frau Meisch.

„Und was war mit Peer?“ Meine Neugier war geweckt. „Und Ihrem Mann?“

Frau Brendau atmete schwer und hörbar. „Ich glaube, dass hat ihn irgendwie kaputt gemacht ... Dietrich war sein Liebling ... und als Dietrich tot war ...“ Sie schüttelte den Kopf, nickte vor sich auf den Tisch, versank in sich selber.

Ich wartete. Nickte. Wartete.

„Das war eine ganz, ganz schlimme Zeit ... damals. Anton war so ungerecht. Keiner konnte es ihm mehr recht machen. Vor allem Peer. Der wurde weggeschickt. Immer mit Dietrich verglichen. Da konnte er nur verlieren, denn der Tote gewinnt immer. Seitdem geht es zwischen den beiden nicht gut ..." Frau Brendau hob den Kopf, sah mich direkt an. „Und wissen Sie was, Herr Suter. Damals war ich kurz davor zu gehen. Ich hab's nicht gemacht ..." Sie lächelte. „Ich glaube, ich hatte nicht genug Mut!"

Ich nickte. Wartete. Wie das Chamäleon es wollte.

„Ja – und Lisa." Frau Brendau strahlte richtig. Das konnte ich nun überhaupt nicht verstehen. „Die hat den Peer so richtig mitgerissen. Das war eine Freude. Das glauben Sie nicht." Frau Brendau erwachte richtig zum Leben. „Aber ich war bei Anton geblieben. Ich konnte mich doch nicht so offen auf ihre Seite stellen ... das hat sie nie verstanden ... ich war doch Antons Frau ... ich musste doch ..." Sie brach mit einem großen Seufzer ab. Schwieg.

Jetzt wusste ich Bescheid. Oder nicht? Jeder hatte Recht. Jeder hatte es anders gesehen. Und alle hatten aufgehört, miteinander zu reden. Was sollte ich da noch?

„Frau Brendau", ich sprach leise, mir war irgendwie ganz ehrwürdig und erhaben zumute. Ich war Zeuge geworden. „Ich danke Ihnen sehr für Ihre Offenheit."

Sie lächelte mich an. Ein trauriges Lächeln. „Ja, und jetzt ist alles zu spät. Anton wird sich nicht mehr ändern." Das klang sehr resignativ.

Wir saßen schweigend am Tisch. Es war, als einte uns ein Geheimnis. Als hätten wir eine Treueschwur geleistet und wären auf dem Weg. Ja ... wohin? Ich glaube, wir hingen alle unseren Gedanken nach und das Schweigen war Ausdruck des gegenseitigen Respekts und Wohlwollens.

Inzwischen war die Dunkelheit gekommen. Frau Meisch stand auf, holte Kerzen, zündete sie an. Kerzen passten ausgezeichnet zu unserer Stimmung.

Draußen polterte es. „Anton“, sagte Frau Brendau, stand auf und verschwand mit den Worten, „Ich muss da mal nachschauen.“

Frau Meisch sah mich an. „Und nun?“

Ich schüttelte den Kopf. „Ich weiß es nicht.“

Wir schwiegen. Es war ein angenehmes Schweigen, das uns Raum ließ.

Frau Brendau kam zurück, jetzt wieder ganz Gastgeberin, so schien es mir. Ich stellte meine letzte Frage: „Darf ich das, was Sie mir erzählt haben, Ihrer Schwiegertochter und Ihrem Sohn sagen?“

Frau Brendau lächelte, seufzte. „Tun Sie das, wenn Sie denken, es wäre gut.“

Dann verabschiedete sie sich und bat Frau Meisch, sich um mich zu kümmern.

Kapitel 24 – Dritter Advent

Die nächsten anderthalb Wochen wurde ich Teil des Weihnachtstrubels. Ich hatte mit Frau Brendau, der jungen, telefoniert, wollte ihr berichten, allerdings nicht am Telefon. Sie ließ sich Zeit, schlug den dritten Advent vor, und ich ließ mich darauf ein.

Jetzt musste ich auch mein Weihnachten planen. Die Kinder waren alle groß, lebten in festen Beziehungen, hatten nicht mehr die Zeit, Mama und Papa zu besuchen. Wobei es – Mecki war schon lange tot – nur noch um Papa ging. Und der, so schien es meinen Kindern, kam doch ganz gut mit sich selber zurecht. Sie würden alle ihr Weihnachten leben, sicher anrufen, vielleicht sogar ein Päckchen mit einem kleinen, möglicherweise passenden, meist auf jeden Fall originellen Geschenk schicken.

Ich schlenderte oft durch die Stadt. Es roch nach Lebkuchen, vor allem aber nach Punsch. Und Geschenke für die Kinder, da hatte ich überhaupt keine Idee. Vermutlich konnten sie eine Finanzspritze am besten gebrauchen, auch wenn das irgendwie unpersönlich wirkt. Egal. Ich mach's. Und etwas Kleines dazu. Eine Kerze. Ein Korkenzieher. Eine gebrannte CD. Mal schauen.

Am Freitag vor dem dritten Advent rief Erwin an. Fragte, ob ich Lust und Zeit hätte, mit ihnen zusammen – der Alten-WG, wie wir uns selber nannten – Weihnachten zu feiern. Das war die Lösung, fand ich. Ich sollte dann auch am Nachmittag – „Wenn du Lust hast, so gegen halb vier, zum Kaffee" – bei Hans sein.

„Wir dachten, so ein gemütliches Kaffeetrinken. Wer will, kann dann um fünf in die Kirche. Die ist gleich zwei Straßen weiter. Und Georg hat die Idee für ein Festessen. Er kocht auch. Wer Lust hat, kann mithelfen. Oder einfach zugucken. Seine Küche ist riesig, das glaubst du nicht. Und dann gut essen und trinken und alles andere sehen wir dann."

Eine großartige Idee, fand ich. Ich war begeistert, und ich glaube, das kam bei Erwin auch an.

Ich überlegte, ob ich den Fünfen auch etwas mitbringen sollte. Ein kleines Geschenk. Zumindest eine kleine Aufmerksamkeit. „Ich weiß", munterte ich mich selber auf, „ich nehm' Wein mit. Das passt immer."

Mit der Einladung hatte sich die nächste Frage von selber beantwortet. Wenn ich Heiligabend nicht zuhause wäre, die Kinder auch nicht kämen, dann bräuchte ich auch keinen Tannenbaum mehr. Ich nickte, ein wenig nachdenklich. „Stimmt, mein Lieber", sagte ich mir, „Änderungen treten ein. Und zeigen sich auch in diesen kleinen Dingen.“ Ich hörte auf, weiter zu denken, zu überlegen, was sich alles verändert hatte. Musste ich das wissen? Nein, es war im Moment nicht wichtig. Es gab soviel Neues!

Ich pfiff gut gelaunt vor mich hin, sang dann laut den Refrain von Dylans Forver young, may you stay forever young. Ob ich mich auch so fühlte, wusste ich nicht. Es war aber spannend, selber so alt geworden zu sein. Vor fünfzig Jahren hätte ich gedacht, Leute in meinem Alter wären scheintot, langweilig, schlecht gelaunt, krank und irgendwie bewegungsunfähig. Ich musste lachen. „Schön, sich selber zu überraschen!“

* * * *

Am dritten Advent wachte ich spät auf. Für meine Verhältnisse spät: kurz nach acht. Zwar begann der Tag wie üblich, mit immer denselben Ritualen, doch innerlich war ich angespannt. Der Besuch bei den jungen Brendaus schwebte irgendwie über mir und beeinträchtigte meine Laune. Deshalb war es gut, etwas zu tun, damit die Zeit schneller verging. Ich telefonierte fast mein ganzes gespeichertes Adressbuch durch, machte mir zwischendrin einen Tee, blätterte in der Fernsehzeitung, in der Tageszeitung. Telefonierte weiter. Ging raus, fuhr eine Runde Rad. Ich hatte es geschafft. Ich konnte los gehen.

Kurz vor halb vier kam ich an der doppelflügeligen Holztür des Brendausches Hauses an und machte meine

Ankunft mit dem Metallklopfer hörbar. Peer Brendau öffnete.

Ich hatte dieses Mal keine kleine Aufmerksamkeit dabei. Vorsätzlich. Es war für mich formaler. Und vertrauter.

Im Zimmer, das ich nun schon kannte, warteten Frau Brendau und, das überraschte mich, Lasse. Als wir alle saßen, mit Kaffee und Weihnachtsgebäck versorgt waren, schauten mich drei Augenpaare erwartungsvoll an. Beinahe hätte ich mich verschluckt.

„Gut", sagte ich mir, „Sie wollen es so. Und Lasse soll dabei sein."

„Ja", ich begann langsam, „ich war draußen, wie Sie wissen, habe mit Ihrer Mutter", dabei schaute ich Peer Brendau an, „mit Ihrer Schwiegermutter", Blick zu Lisa Brendau, „mit Ihrer Großmutter", ein Nicken in Richtung Lasse, „gesprochen. Ich weiß nicht ..." Ich zögerte, wusste nicht genau, wie ich mich verhalten sollte. „Ich glaube, ich habe nichts Neues erfahren. Jedenfalls nichts, was Sie noch nicht wissen."

Schweigen. Ich bemerkte, dass Lasse seinem Vater einen beinahe finsteren Blick zuwarf.

„Was ist denn nun mit Dietrich wirklich passiert?", wollte Frau Brendau wissen.

Ich sah sie an, schüttelte leicht den Kopf, was sie zu verwirren schien, um ihr dass zu sagen, was ohnehin bekannt war: „Niemand weiß, wie Dietrich wirklich gestorben ist. Ihre Schwiegermutter war nicht dabei … und Ihr Schwiegervater, der lebt inzwischen in seiner ganz eigenen Welt. Von dem werden Sie es nicht mehr erfahren."

Peer Brendau ließ seinen Kopf auf die Brust sinken. Lasse grinste seinen Vater an. Lisa Brendau war noch nicht bereit, das Unvermeidliche anzuerkennen: „Aber … das geht doch nicht … irgendjemand muss es doch … und was ist mit Peer?" Sie blickte hilfesuchend zu mir und zu Peer.

„Ja, das war interessant", ging ich auf die Einladung ein. „Ihre Schwiegermutter wusste genau, dass Ihr Mann keine Chance gegen den toten Dietrich hatte. Sein Vater zog ihn vor. Wie sagte Ihre Schweigermutter? Sinngemäß sagte sie etwa, dass Dietrich Vaters Liebling gewesen war, dass Ihr Mann immer mit Dietrich verglichen wurde. Und dann sagte sie einen, wie ich finde, überaus klugen Satz: ‚Peer konnte nur verlieren, denn der Tote gewinnt immer.' Und da hat sie sehr Recht, finde ich."

Lisa Brendau sah mich mit großen Augen an. „Das hat sie gesagt … dann … dann musste sie das ja alles wissen … wie's um Peer stand …"

„Nicht nur das", pflichtete ich ihr bei, „Ihre Schwiegermutter hatte überlegt, ihren Mann zu verlassen. Und sich dann entschieden, bei ihm zu bleiben. Mit allen daraus resultierenden Pflichten und Verpflichtungen." Ich schaute Frau Brendau an. „Ich glaube, aber das hat sie nicht gesagt, aber ich glaube das, dass sie sehr gelitten hat."

„Dieses falsche Weib!“ Lisa Brendaus Wut, Zorn und Erregung ließen sich weder überhören noch übersehen. „Statt einmal ein Wort zu sagen ... nein, nichts! Hat ihren eigenen Sohn hängen lassen! Unmöglich!“

Ich unterbrach sie, indem ich mit leiser Stimme weiter sprach. „Und es gibt noch etwas, was ich Ihnen auch sagen möchte ... sie war von Ihnen ... wie soll ich sagen ... ja, Sie haben sie richtig begeistert! Sie waren, wenn ich Ihre Schwiegermutter richtig verstehe, das Beste, was Peer passieren konnte.“

Jetzt hatte ich genug gesagt, dachte ich, hielt meinen Mund und wartete ab.

Brendaus schwiegen. Ich schwieg mit.

„Na, Alter“, das war Lasse, „da hast du ja richtig Glück gehabt, dass du es nicht warst.“ Er grinste seinen Vater an. Ein wenig verlegen, wie ich fand.

„Ja, ja“, ich mischte mich ein, konnte den alten Psycho eben doch nicht immer ganz beiseitelassen, „das geschieht oft, ist gewissermaßen psychologisches Allgemein- oder Trivialwissen. Dass sich Muster in Familien wiederholen. Anton und Peer“, ich benutzte die Vornamen, um Verwechslungen auszuschließen, „die sich bekriegen, in einer Art Hassliebe. Und dann die nächste Generation. Peer und Lasse. Vielleicht auch eine Art Hassliebe. Vielleicht mit umgekehrten Vorzeichen ...“ Ich machte eine kleine Pause, merkte, wie ich dabei war, mich zum Experten aufzuschwingen. Aber die Versuchung war einfach zu groß.

Deshalb setzte ich noch einen drauf. „Und oft geschieht das einfach nur, weil ganz große Wünsche und eine ganz große Sehnsucht nach Nähe und Liebe dahinter steckt ... aber ich will Sie hier nicht mit Psychologie fürs Alltagsleben belästigen.“

Alle schwiegen. Ich schwieg wieder mit.

„Ich geh dann ’mal. Hab’ noch einiges zu tun.“ Lasse stand auf und ging. Kein Blick zu mir, kein „Auf Wiedersehen“, nichts. Konnte ich gut nachvollziehen. War keine einfache Situation.

„Ja“, ich wollte meine Klarheit, „das war’s, was ich weiß ...“ Ich schaute die Brendaus an. „Gibt es sonst noch was?“

Beide sahen sich an. Schüttelten die Köpfe.

„Dann sage ich ‚vielen Dank für den Kaffee‘ und verschwinde dann.“ Ich stand auf, wartete einen Moment, bis auch Brendaus aufstanden. Beide brachten mich zur Tür. Schweigend. Peer Brendau gab mir meine Jacke, ich zog sie an, verbeugte mich kurz, „Auf Wiedersehen!“ Frau Brendau gab mir die Hand, dann auch er. Ich lächelte und ging.

Draußen dachte ich nach. Was war passiert? Ich hatte keine Ahnung. Ich hätte zu gerne gewusst, ob Peers Veränderung, die mir seine Frau über Hermann hatte ausrichten lassen, angehalten hatte. Hätte ich vielleicht doch fragen sollen? „Nein!“, sagte ich mir voller Entschiedenheit. „Das geht mich wirklich nichts an!“

Ich trödelte durch den dunklen Stadtpark, der – wie konnte es auch anders sein – von Hunden beherrscht wurde. Das brachte mich dazu, vorsichtig zu gehen, auf jeden Schritt zu achten, um nicht auch noch in einen weichen und stinkenden Hundehaufen zu treten.

Kapitel 25 – Ein Jahr

In der letzten Adventswoche habe ich mein Ruhe wiedergefunden. Nicht ganz, aber das werden Sie sicher schon erahnt haben.

Das Kapitel Brendau war für mich abgeschlossen. Nicht richtig rund, aber abgeschlossen. Und mit ihm auch das Kapitel verdeckter Ermittler. Es war spannend, interessant und lehrreich gewesen. Aber genug ist genug. Das war mir jetzt klar geworden. Mein Leben war anders. Ich war im Ruhestand und sollte deshalb nicht einfach anderen Lebensgeschichten hinterherlaufen, auch wenn sie noch so spannend, anregend und verführerisch waren. Das hatte ich jahrelang in meinem Beruf gemacht. Schluss, aus, Ende. Stimmt!

Es gab soviel Neues. Und soviel Gutes, was auf mich zugekommen war und noch auf mich zukäme. Eine Perspektive für das Alter. Das war unglaublich schön. Beruhigend und entspannend.

Ich erhielt auch überraschende Weihnachtspost von Brendaus. Die jungen Brendaus wünschten mir eine gesegnete Weihnacht und ein zufriedenes Neues Jahr. Und sie bedankten sich. Sie schrieben: „Wir danken Ihnen sehr für Ihre Hilfe. Wir wissen zwar noch nicht, wie es weitergehen wird, aber eines haben wir gelernt. Leben tut manchmal weh. Aber das kann nur sein, weil es auch manchmal Freude macht. Danke!"

Das war doch ein guter Ausklang, fand ich.

Und noch eine Weihnachtskarte bekam ich. Von Frau Meisch. Mit den üblichen Grüßen natürlich. Und einer Anfrage. Ob ich Lust hätte, mit ihr zusammen Silvester zu feiern. Unterschrift „Hannelore."

Ja, da bin ich Ihnen vielleicht ein Stück Aufklärung – was für ein Wort in diesem Zusammenhang – schuldig.

Nach meinem Gespräch mit der alten Frau Brendau hatte diese Frau Meisch gebeten, sich um mich zu kümmern. Ich hatte das als freundliche Formel aufgefasst.

Frau Meisch brachte mich zur Tür und stellte fest, dass es zwar schon spät wäre, sie allerdings ein wenig – sie fügte hinzu: „wenn ich ehrlich bin, ziemlich" – aufgeregt wäre und sich freuen würde, wenn ich mit ihr noch ein paar Schritte gehen würde.

Einerseits fühlte ich mich geschmeichelt, andererseits dachte ich, dass es dabei nicht um mich als Person ginge, sondern um Gesellschaft überhaupt. Ich nickte ganz spontan, was mich selber überraschte.

Frau Meisch verschwand, um sich etwas Warmes anzuziehen.

Wir gingen schweigend nebeneinander am Wasser entlang. Einerseits fühlte ich mich beinahe verpflichtet, unterhaltsam zu sein, ein Gespräch in Gang zu bringen. Andererseits wusste ich nicht, was ich sagen sollte. Bezug nehmen auf das Gespräch bei Frau Brendau? Oder Small Talk machen? Oder mich neugierig für Frau Meisch interessieren?

Es dauerte eine Weile, bis ich merkte, dass ich neben einer interessanten Frau ging. Sie schien es zu merken, konnte offenbar Gedanken lesen, denn in genau diesem Moment, wo ich nach rechts schaute, um sie anzusehen, schaute sie nach links.

„Unsere Blicke trafen sich", schoss es mir durch den Kopf. „Dieser blöde Mist, der in Schnulzen und Liebesromanen breit ausgewalzt wird." Ich lächelte trotzdem. Oder deswegen? Frau Meisch lächelte zurück. Sie hakte sich bei mir ein. Solche Nähe war mir ungewohnt. Tat aber gut. Wir gingen schweigend weiter.

Wir sprachen wenig. Frau Meisch erzählte ein wenig über das Land. Ich erzählte ein wenig über meinen Alltag. Meistens schwiegen wir.

Als wir Brendaus Haus wieder erreicht hatten, war es später geworden, als ich gedacht hatte. Der zweite Nachmittagsbus war weg, der Abendbus fuhr noch nicht. Frau Meisch lächelte. „Wenn Sie Lust haben ... kommen Sie noch auf einen Sprung mit zu mir."

Ich zögerte. Was war das für eine Einladung?

Frau Meisch lachte. „Ich weiß, ich weiß ... aber ich verspreche Ihnen auch, ich zeige Ihnen ganz bestimmt nicht meine Briefmarkensammlung."

Wir mussten beide lachen. Gingen zu ihr. Und ich nahm, brav wie ich war, den Kurz-Nach-Acht-Uhr-Bus.

Jetzt kennen Sie die Geschichte. Ich glaube, ich bin mutig genug, die Einladung von Frau Meisch, von Hannelore, anzunehmen. Wie ich schon sagte: Es gab soviel Neues. Und soviel Gutes, was auf mich zugekommen war und noch auf mich zukäme.

Ach ja – das war mir am Ende dieses Jahres auch noch wichtig. Ich habe das Chamäleon in die Freiheit entlassen.

Über den Autor

Jürgen Hargens, Jahrgang 1947, nach über 40jähriger Berufstätigkeit als Psychologe und Psychotherapeut im Ruhestand angelangt, Vater dreier erwachsener Kinder, nutzt einen Teil seiner Zeit, um neben fachlichen Angelegenheiten (Bücher, Fortbildungen) seine psychologisch-therapeutischen Erfahrungen in unterhaltsam-anregender Weise zu erzählen – Geschichten des Lebens, aus dem Leben, freudig und schrecklich, heiter und nachdenklich, dabei immer respekt- und liebevoll.

Nach dem Buch *Motorrad und andere Erzählungen* ist dies sein zweiter Roman im *trafo* Verlag und ein Ende ist noch nicht absehbar.

Bildnachweis:

Foto von William Warby, 2012, gemeinfrei (CC BY 2.0), bearbeitet.

Quelle: http://www.flickr.com/photos/26782864@N00/8190180743/in/photolist-dtJPoP-6WcKeH-77xChs-5ZKQ9w-5ZFBJX/lightbox/

Jürgen Hargens

Motorrad ... und andere Erzählungen

trafo Verlag 2006, 157 S.
ISBN 3-89626-619-5, 12,80 EUR
www.trafoberlin.de/3-89626-619-5.htm

Jung im Alter, so könnte man diese Erzählungen von Jürgen Hargens auch betiteln. In der für ihn typischen Art – genau beobachtend, menschlich, einfühlsam, respektvoll und immer mit einem augenzwinkernden Humor – lässt uns Hargens teilhaben, wie Menschen ihr Leben, jung und alt, gestalten, leben, genießen, erleiden und erleben.

Alt trifft jung – solche Begegnungen laufen nicht nur sehr unterschiedlich ab, sondern lassen sich aus verschiedenen Blickwinkeln auch „ganz anders" begreifen.

Christian Watzmann, ein gutsituierter Mann in und mit einer sog. Midlife-Krise erzählt in Meine Leben von seinen Erinnerungen an seine Kindheit in der Nachkriegszeit und beschreibt zugleich wie unterschiedlich – je nach Blickwinkel, Profession und Interesse – solche Erinnerungen bewertet werden und sich auf das eigene Leben auswirken.

Das Motorrad ist Theo Walkers bester Freund und doch reicht das nicht aus, denn ein Motorrad als Zimmergenosse und Mitbewohner in einem Altenheim scheint dann doch zu ungewöhnlich. Also hat sich der 75jährige Theo Walker mit seinem Motorrad aufgemacht und macht damit zugleich ganz andere Möglichkeiten auf.

Ein Telefon kann zu höchst ungewöhnlichen Begegnungen führen, zu Begegnungen, die viele eigene Erfahrungen verändern und bereichern können. Winfried Schlüter trifft Max Benrath, einen alten Eigenbrötler, der in einem kleinen Dorf ein unauffälliges Leben führt. Ein gemeinsames Frühstück verändert viel im Denken und Erleben des Winfried Schlüter.

Weitere Romane aus der trafo Verlagsgruppe

Awe, Jürgen: "Keine Zeit zum Jammern", Erzählungen, 2010, 182 S., ISBN 978-3-89626-957-7, 12,80 EUR
Titel-Infos: www.trafoberlin.de/978-3-89626-957-7.htm

Baugatz, Christian-Ulrich: "Das Zauberwort oder Neun Tage abseits der Zeit", Erzählung, 2010, 274 S., mehr als 70, teils farb. Aquarelle des Autors, ISBN 978-3-89626-651-4, 19,80 EUR
Titel-Infos: www.trafoberlin.de/978-3-89626-651-4.htm

Baugatz, Christian-Ulrich: "‚Alles Vergängliche ist nur ein Gleichnis.' GOETHE AKTUELL – Ein Essay", 2012, 68 S., ISBN 978-3-86465-009-3, 13,80 EUR
Titel-Infos: www.trafoberlin.de/978-3-86465-009-3.htm

Baugatz, Christian-Ulrich: "Der Herr liebt die Seinen NICHT!! Monotheismus in Geschichte und Gegenwart", 2012, 145 S., ISBN 978-3-86465-019-2, 15,80 EUR
Titel-Infos: www.trafoberlin.de/978-3-86465-019-2.htm

Baugatz, Christian-Ulrich: "Die Phantasie als Grenzgängerin. Über Caspar David Friedrich, Christian Friedrich Daniel, Ernst Schleiermacher, Novalis und Bettina von Arnim ", 2013, ca. 100 S., ISBN 978-3-86465-023-9, 13,80 EUR (in Vorbereitung)
Titel-Infos: www.trafoberlin.de/978-3-86465-009-3.htm

Berger, Gabriel: "Josef und seine Kinder. Odyssee einer jüdischen Familie", [= Autobiographie, Bd. 41], 2011, 204 S., ISBN 978-3-89626-978-2, 14,80 EUR
Titel-Infos: www.trafoberlin.de/978-3-89626-978-2.htm

Dobenecker, Christel: “Und knüpft hinein alles Licht der Welt. Behindert und ganz und gar Mensch”, Erzählung, 2010, 60 S., ISBN 978-3-89626-914-0, 9,80 EUR
Titel-Infos: www.trafoberlin.de/978-3-89626-914-0.htm

Hirschenberger, Alfred: “Eruption und Erosion. Ein Österreich-Roman”, 2013, 273 S., ISBN 978-3-86465-011-6, 16,80 EUR
Titel-Infos: www.trafoberlin.de/978-3-86465-011-6.htm

Igel, Oliver (Hrsg.): “Clara Bohm-Schuch: »Der Menschheit Sehnsucht«. Gedichte und kurze Prosa aus der Geschichte der Sozialdemokratie”, 2013, 91 S., ISBN 978-386465-028-4, 15,80 EUR
Titel-Infos: www.trafoberlin.de/978-3-86465-028-4.htm

Klich, Monika / Preuße, Günther H. W.: “MEDINA oder Mein Leben im Schweinsgalopp”, 2010, [= Autobiographie, Bd. 40], 224 S., zahlr. Abb. und Fotos, ISBN 978-3-89626-836-5, 16,80 EUR
Titel-Infos: www.trafoberlin.de/978-3-89626-836-5.htm

Korb, Viktoria: “... kein polnischer Staatsbürger”, 2010, dt. Ausgabe des in Polen unter dem Titel: „Weder Fisch noch Fleisch“ erschienenen Romans, 330 S., ISBN 978-3-89626-921-8, 18,80 EUR
Titel-Infos: www.trafoberlin.de/978-3-89626-921-8.htm

Klompmaker, Beate / Rothärmel, Katharina: “Eleonore Prochaska (1785–1813). Die Trommlerin der Lützower. Erzählung / Eleonore Prochaska. Eine Art Denkmal – Ein mediales Kunstprojekt”, 2011, zahlr. Abb., 200 S., ISBN 978-3-89626-973-7, 19,80 EUR
Titel-Infos: www.trafoberlin.de/978-3-89626-973-7.htm

Kühnel, Klaus: “Elias auf dem Scheiterhaufen. Zwölf historische Miniaturen zur jüdisch-christlichen Geschichte bis etwa 1750”, 2012, Tb, 275 S., französ. Br., ISBN 978-3-89626-849-5, 14,80 EUR
Titel-Infos: www.trafoberlin.de/978-3-89626-849-5.htm

Melchert, Monika: "Leben spielen. Die schönsten Szenen bei Max Frisch. Ein Lese-Verführer", 2011, 230 S., mit 13 Grafiken von Peter Hoffmann, ISBN 978-3-89626-969-0, 14,80 EUR
Titel-Infos: www.trafoberlin.de/978-3-89626-969-0.htm

Morgenstern, Beate: "Huckepack", Roman, 2012, 305 S., ISBN 978-3-89626-997-3, 17,80 EUR
Titel-Infos: www.trafoberlin.de/978-3-89626-997-3.htm

Özkara, Sami: "ARDA. Biographie eines Deutschen mit Migrationshintergrund", autobiograph. Roman, 2012, 399 S., ISBN 978-3-86465-005-5 19,80 EUR
Titel-Infos: www.trafoberlin.de/978-3-86465-005-5.htm

Preuße, Günther H.W.: "Nekrolog. Gedanken um die letzte Rede. Ein Essay", 2012, 110 S., ISBN 978-3-86465-015-4, 15,80 EUR
Titel-Infos: www.trafoberlin.de/978-3-86465-015-4.htm

Rock, Marita: "Zweierlei Grün", Roman, 2012, 500 S., ISBN 978-3-86465-013-0, 26,80 EUR
Titel-Infos: www.trafoberlin.de/978-3-86465-013-0.htm

Schon, Jenny: "Rheinisches Rondeau. Erzählungen, Gedichte", 2012, 246 S., französ. Br., zahlr. Fotos, ISBN 978-3-86465-010-9, 18,80 EUR
Titel-Infos: www.trafoberlin.de/978-3-86465-010-9.htm

Schumacher, Gerhard: "Borowski oder die Endlichkeit der Illusion", Novelle, 2010, 98 S., ISBN 978-3-89626-947-8, 9,80 EUR
Titel-Infos: www.trafoberlin.de/978-3-89626-947-8.htm

Schumacher, Gerhard: "Halunkenpostille. Notizen aus der Hauptstadt der BRD", 2011, 151 S. ISBN 978-3-89626-546-3, 12,80 EUR
Titel-Infos: www.trafoberlin.de/978-3-89626-546-3htm

Schumacher, Gerhard: "Marrascas Erbe", 2012, Roman, 554 S.
ISBN 978-3-86465-016-1, 24,80 EUR
Titel-Infos: www.trafoberlin.de/978-3-86465-016-1.htm

Sommer, Heidrun. "Die Nichte auf dem Weg in die Stadt und andere Erzählungen", 2010, 226 S., mit 30 Grafiken von Heidrun Sommer, ISBN 978-3-89626-960-7, 16,80 EUR
Titel-Infos: www.trafoberlin.de/978-3-89626-960-7.htm

Weinholz, Erhard: "Ortsgespräch oder Erinnerungen an Sandwegsheide", Erzählung, 2013, 110 S., ISBN 978-3-86465-029-1, 9,80 EUR
Titel-Infos: www.trafoberlin.de/978-3-86465-029-1.htm

Weiss, Ruth: "Miss Moores Hausparty", Roman, 2010, französ. Broschur, 227 S., ISBN 978-3-89626-866-2, 12,80 EUR
Titel-Infos: www.trafoberlin.de/978-3-89626-866-2.htm

Wörner, Axel: "Der Marmortisch", 2011, Kriminalroman, ISBN 978-3-89626-979-9, 17,80 EUR
Titel-Infos: www.trafoberlin.de/978-3-89626-979-9.htm

Zurita, Raúl: "Las ciudades de agua. Die Wasserstädte", 2012, (zweisprachige Ausgabe, span. u. dt.), hrsg. v. Liliana Bizama Muñoz, 132 S., ISBN 978-3-86465-008-6, 14,80 EUR
Titel-Infos: www.trafoberlin.de/978-3-86465-008-6.htm